生命的年轮

刘香河 ◎ 著

天津出版传媒集团

百花文艺出版社

图书在版编目（CIP）数据

生命的年轮 / 刘香河著. -- 天津：百花文艺出版社，2022.8(2022.10 重印)

ISBN 978-7-5306-8314-9

Ⅰ.①生… Ⅱ.①刘… Ⅲ.①散文集-中国-当代 Ⅳ.①I267

中国版本图书馆 CIP 数据核字(2022)第 096619 号

生命的年轮
SHENGMINGDE NIANLUN

刘香河 著

出 版 人：薛印胜
选题策划：薛印胜　王　燕　**责任编辑**：徐　姗
装帧设计：郭亚红
出版发行：百花文艺出版社
地址：天津市和平区西康路 35 号　**邮编**：300051
电话传真：+86-22-23332651（发行部）
　　　　　　+86-22-23332656（总编室）
　　　　　　+86-22-23332478（邮购部）
网址：http://www.baihuawenyi.com
印刷：天津新华印务有限公司
开本：880 毫米×1230 毫米　1/32
字数：160 千字
印张：7.875
版次：2022 年 8 月第 1 版
印次：2022 年 10 月第 2 次印刷
定价：58.00元

如有印装质量问题,请与天津新华印务有限公司联系调换
地址:天津东丽开发区五经路 23 号
电话:(022)58160306　邮编:300300

目　录

第三辑 岁有痕

第一辑

年轮里

年轮所蕴藏的信息密码，是丰富的。本辑所录几则散文，或写个人生命记忆，或写特定生存境况，虽然是一种个人视野下的私人表达，但个人的情感、世事的变迁、时代的印记，自然在笔端呈现。

弥漫在生命年轮里

每一个生命年轮里的贮藏，千姿百态，千差万别，这应该是常识。然而，这并不妨碍我们的生命年轮里，保有共同的美好与温暖。

眼下正值隆冬季节，冬至刚过。一句"大冬大似年，家家吃汤圆"，无疑告诉我们，汤圆是冬至日之标配食物。《独断》中说："冬至阳气起，君道长，故贺。"过了冬至，白昼日益加长，阳气回升，乃一个节气循环之开始，吉日也，应该庆贺。显然，此时的汤圆呈现出的是团圆、美好之意味。古人有诗云："家家捣米做汤圆，知是明朝冬至天。"

然而，在我童年记忆里，印象最深的却是大年初一吃"糖团"。大年三十晚上，一家人欢天喜地吃好年夜饭之后，便会在堂屋的电灯下，围坐在大桌旁，各自动手，包糖团。

在包糖团之前，我和父亲有一件重要工作要做：敬神。父亲是从旧社会过来的人，又读过几年私塾，自然会讲些旧时的规矩礼节。

敬神，主要的祭品是"三呈"：鱼、豆腐、一块猪肉。鱼，多为一条鲫鱼；豆腐，一方整的，不能散；猪肉需在开水锅里"焯"一下，且配有"冒头"和"冒子"。这"冒头"或"冒子"，原本指文之序言，鲁迅先生在《彷徨·孤独者》中有"先说过一大篇冒头,然后引入本题"这样的句子。此处用其引申义,意为不重要的搭配物。"冒头"是一小块猪肉。听父母讲,无论什么时候,猪肉不能是一块,一块便是"独肉",含吃"独食"之义,引之为"毒肉",不作兴。因而须有"冒头"。"冒头"和"冒子"原本意思相近,这里的"冒子"指拴肉用的草绳。早先是几根稻草,能拴住肉便行。

此外,酒是少不得的。得是新开的,满瓶酒,白酒。已经开了瓶的酒,再敬神,不恭。一瓶酒,配三盏小酒盅。还有就是黄元、香和烛台。这里的"黄元",乃敬神专用之物,纸质,绘有神灵图案,因其色黄而得名。

我们家敬神程序多半是这样:父亲先洗了脸,在家神柜上摆好敬神所需之物,点燃烛台上的蜡烛,之后手持黄元和香柱,在家神柜前下跪(母亲早备好了软软的草蒲团),磕头,给神上香,敬第一杯酒,每盏略加少许,敬酒要敬三次,一次添满杯盏,后面难办。父亲有的是经验,这样的小环节,自然会考虑周全的。

待三次酒敬过之后,父亲便会点燃黄元和手中一挂小鞭,向家里喊一声:"放炮仗啰!听响——"因家中有小孩子,提醒后好让孩子们注意,不至于吓到,怕响的孩子可捂住耳朵。一阵短促的"噼啪"声后,便是我的"主场":燃放长鞭。长鞭可是真够长的,两三米总是有的。"嗤嗤"声过后,一阵长时间、剧烈的鸣响,"噼里啪啦""噼里啪啦"……耳朵被炸得有点儿吃不消呢。且慢,吃不消的还在后头呢!

紧接着,父亲和我一起点燃一种叫"天天炮"的大炮仗,一般是十个,取十全十美之意,我和父亲各点五个。"嘭——啪!"

"嘭——啪！"只见一束火花直蹿入年三十的夜空，火花四射了，心花怒放了。妹妹们是插不上手的，放这样的"天天炮"有点儿危险，稍不小心就会受伤，炸伤手、炸伤眼睛的，都有。当时没有连响礼花炮，点一次，响50响、100响。时代毕竟不同了，禁放鞭炮的呼声越来越高，现在我所居住的城区已彻底"禁放"矣。

我和父亲敬神放鞭炮时，母亲也没闲着，在进行一件同样重要的工作：和米粉。米粉，是年前母亲精心准备好的，预备着过年时用，最重要的便是大年三十晚上。这米粉是饭米（顾名思义是平时煮饭之米，多为籼米，较糯米黏性差）和糯米混合而成，和米粉时得考虑其黏稠度。和的过程中，水的分量要恰好，过多、过少，皆不能和出米团（米粉和到一定程度的形态）的最佳状态。米团，讲究的是软硬度、黏稠度都达到最佳。说得玄一些，和米粉者必须掌握米粉的性子，要知其根底，是吃水多，还是吃水少，不是仅靠现场看瓷盆里的米团是烂了还是硬了。这点儿名堂，当然是难不倒母亲的。每年都是她想方设法备下这过年用的米粉，有时候还到外婆家去"借"。

说是"借"，我从没见"还"过。母亲说，这是外婆的一个策略。外婆生有七八个子女，母亲最小，偏爱一些，也正常。那年月，家里宽裕的人家不多，要是舅舅们、姨娘们都到外婆门上，要这要那，外婆再富余，也不够分的。一个"借"字，让他们也就没话说了。其实，在我的印象里，数我母亲对外婆最贴心，最舍得给。"借"，应该源出于此。

这米粉，用的是多少饭米、多少糯米磨碎而成，配比多少，都在母亲肚子里装着呢！用乡里人说法，"一肚子数（意为十分清楚)"。和起米粉来,当然得心应手。

　　母亲和米粉的当口,三个妹妹也没闲着,除了看我和父亲放鞭炮,就是分配大年初一早晨扎辫子的头绳儿,各种颜色。过年当然选红色,但红也分好多种呢,大红、粉红、深红、紫红……母亲真够细心的,想着法子让妹妹们开心。当然,这些头绳儿,即使现在不一定全派上用场,也浪费不掉,能用一年呢。想要新的,只能等下一年啰。

　　妹妹们还会相互比新衣裳的花头,看哪个身上的花头好看。在母亲眼里,姑娘家,还是打扮得花蝴蝶似的,好看,讨喜。所以,过年,即使父母手头再紧,也要给她们各人买件新衣裳。不一定一身新,但大年初一走出去,让人家一看,浑身都有一股新鲜气。母亲总挂在嘴边一句话:"自己的孩子,穿得叫花子似的,做家长的脸也没地方放。大人穿得旧点儿,人家能体谅的。"因此,父母很多时候添不了新衣裳。像人们常说的那样,有钱没钱,洗洗过年。在我印象里,父母的新衣是要穿好几个年的。也就是正月里过年几天穿一下,年一过立马脱下洗净,折叠整齐放回箱子,等待下一个新年。如此,外人看上去,还以为是新添置的。

　　等到母亲把和好的米团端到堂屋的大桌子上时,一家大小都围拢过来,共同完成一件最最重要的工作:包糖团。

　　父亲洗过手后,拿出糖罐子、芝麻罐子,准备做包糖团需要的馅儿。糖团的馅儿,在我们家有两种:一种是直接放糖包的,多为红糖馅儿;另一种是将芝麻捣烂成粉末状,和红糖混在一起,制成芝麻红糖馅儿。这芝麻红糖馅儿,比起红糖馅儿,更多一层芝麻香。我们家包糖团,有趣的是妹妹们。她们仨总是要比试包糖团手艺的高低,有意在自己包的糖团上做记号,好在第二天早上父亲下糖团时做个仲裁。

一盏灯照着,一家人团团地围着,开心地说笑着,并不影响手里包糖团的活儿。这便是一年中最快活的时光。包着包着,外面下起了鹅毛大雪,沸沸扬扬,飘飘荡荡。不用多会儿,白了天,白了地,白了树杈,白了村庄。父亲朝门外望了望,说:"这是瑞雪,好着呢。"

是啊,瑞雪兆丰年。庄稼人,能盼上一个好年景,比什么都重要。可我和妹妹们惦记的重要的事,是大年初一早晨,烧开水,下糖团。

在我们家,这道程序多数时候是由父母来完成的。大年三十晚上,一夜的兴奋,年初一早晨,我的妹妹们都迟迟起不来。这样的时候,母亲会先给我倒杯红糖茶,让我吃点儿京果、云片糕之类。等到她们仨都起来,相互拜了年(说几句祝福的吉祥话,并不真的拜),一家人团坐到大桌上喝茶、吃糖团。这糖团,咬在嘴里黏滋滋、甜津津。真的好吃。

过年吃糖团,取团团圆圆的意思,大吉大利。

大年初一少不了糖团,五月初五则少不了粽子。农历五月初五,端午节是也。据闻一多先生考证,端午是中国古代南方古越族举行图腾祭的节日,比纪念屈原氏更早。虽然端午节并非为纪念屈原而设立,但是端午节之后的一些习俗显然融进了纪念屈原的元素。在这样一个特殊的日子,诗人们也会奉上一份缅怀——

"国亡身殒今何有,只留离骚在世间。"这是宋人张耒的悲切；"年年端午风兼雨，似为屈原陈昔冤。"这是南宋赵藩的不平；"屈子冤魂终古在，楚乡遗俗至今留。"这是明代边贡的思念。

在我的故乡，百姓虽然不一定都知道屈原其人，但一提到"三闾大夫"是楚国人，心里头便亲近起来。我们那地方，很久很久之前，曾是楚将昭阳之食邑，当然属楚。至今，我们那儿还保留着"楚水"的别称，亦算是对昭阳将军的怀念吧！

过端午节，除了划龙舟这种大型户外纪念活动外，家家户户要挂上菖蒲、艾草叶，以求驱鬼避害，家庭和顺；小孩子手上、脚上，要佩戴五色"百索"，以求驱邪免灾，保佑平安；大人中午一定要喝几杯雄黄酒，以求驱邪扶正，祛病强身。

汪曾祺先生在他的散文《端午节的鸭蛋》中，有这样的描述："喝雄黄酒。用酒和的雄黄在孩子的额头上画一个王字，这是很多地方都有的。"为了与雄黄酒相配，当天中午的菜品也有讲究，需"五红"或"五黄"。"五红"通常是烤鸭、苋菜、红油鸭蛋、龙虾、雄黄酒；"五黄"分别是烧黄鱼、烧黄鳝、拌黄瓜、咸蛋黄、雄黄酒。据说端午节吃了这"五红""五黄"，整个夏天便可驱五毒、避酷暑。凡此等等，不一一细述。这当中，自然少不了一样重要食物：粽子。

传说屈原投江后，他家乡的民众害怕龙鱼吃了先生的身体，纷纷裹粽子投入江中，任由龙鱼吞食，以此避免屈原身体受伤害。这样裹粽子的习俗，就一年一年延续了下来，粽子也成了人们生活当中的一道美食。

唐代诗人元稹"彩缕碧筠粽，香粳白玉团"之句，写的是粽子的形状和味道。同样是唐代,温庭筠的"盘斗九子粽,瓯擎五云浆"则描绘了粽子的大小和品质。宋代陆游的"盘中共解青菰粽,哀甚将簪艾一枝",道出了那时已有"以艾叶浸米裹之"的"艾香粽子"。大文豪苏东坡尤喜食粽,品尝了馅中藏有蜜饯的粽子之后,留下了"时于粽里得杨梅"的诗句。清代林苏门的"一串穿成粽,名传角黍通。豚蒸和粳米,白腻透纤红。细箬轻轻裹,浓香粒粒融。兰江腌醢贵,知味易牙同",则写尽了火腿肉粽之妙。

粽箬,天生是和端午节拴在一起的。因为端午节,这粽箬才有了用武之地:裹粽子。

故乡上好的粽箬,大多生长在肥沃的荡子里。这样的荡子,我们多半直呼其为"芦苇荡"。因芦苇繁盛,完全忽略了其他物种之存在。

芦苇荡多淤泥,水生植物丰富,很是适合芦苇生长。尤其是盐柴,生长在芦苇荡,芦苇子更是肥美,秆儿粗粗的,苇叶儿阔阔的。端午节前,便有姑娘媳妇,三三两两,划了小船到荡子里来打粽箬。碰上这样肥美的粽箬,这些姑娘媳妇会开心一整天呢。

粽箬从芦苇秆上打下之后,需一把一把地扎好,放到箩筐里,之后送到城里街上去卖。在家乡,卖粽箬多是女子所为,且不是一人独做,而是三五个甚至十来个女子,搭成帮,划了小木船进城。

端午节前的县城,卖粽箬的女子,随处可见。她们挑着青篾小箩筐,走在青砖小巷之上,一溜儿软软的步子、杨柳腰,青竹小扁担在肩头直晃。时不时地,有女子亮开嗓子吆喝起来:

"卖——粽箬格——"

"卖——粽箬格——"

那嗓音脆甜甜的、软酥酥的,叫人流连。

在民众心目中,对中秋节的重视程度,似乎要超过端午节。难怪说,中秋节是仅次于春节的第二大民间节庆。最早出现于《周礼》的"中秋"一词,到唐代才成为固定节日,《唐书·太宗记》就有"八月十五中秋节"之记载。

中秋节,成为万家团圆的节日,一个重要的角色闪亮登场:月饼。田汝成在《西湖游览志余》中说:"八月十五谓之中秋,民间又以月饼相遗,取团圆之义。"

电影《啊,摇篮》中有一首歌《爷爷为我打月饼》,抒写的是"我"与红军爷爷之间的真挚情感。其旋律轻快活泼,词儿也明白晓畅。不妨将歌词抄录如下——

"八月十五月儿明呀,爷爷为我打月饼呀,月饼圆圆甜又香啊,一块月饼一片情啊。爷爷是个老红军哪,爷爷待我亲又亲哪,我为爷爷唱歌谣啊,献给爷爷一片心哪。"

作为糕点的月饼,其内馅多为核桃仁、杏仁、芝麻仁、瓜子、山楂、莲蓉、红小豆之类,对人体自然具有一定的保健功效。清人袁枚《随园食单》对月饼亦有介绍:"酥皮月饼,以松仁、核桃仁、瓜子仁和冰糖、猪油作馅,食之不觉甜而香松柔腻,迥异寻常。"

"西点东进"之后,国人所青睐的月饼似乎在走着下坡路。中华文化促进会糕饼文化委员会于2018年中秋之际推出了"国饼十佳"评选,用意就在于倡导中国传统糕点的复兴。吾邑"红五星"食品企业产品"月宫饼"在此次评选中,荣获"国饼十佳"之美誉,让我在心生"举头望明月""千里共婵娟"之幽思时,有了凭借之物。

在我儿时的记忆里,早先过中秋节,我们这些普通人家中,并没有广式、苏式之类品种繁多的月饼,家里能准备的也只有黏炒饼。敬月光时,也是用黏炒饼。

黏炒饼,以糯米粉为主要原料,做起来颇方便。糯米粉和水搅拌,成泥状,硬、烂适宜。硬,糯米粉不黏,易散;烂,则过黏难做成饼状。先做成大如小孩巴掌的圆饼,一只一只贴在锅上,盖上锅盖,生火加温。待饼子有煳面,再将另一面翻贴在锅上,继续加温。两面皆形成煳面后,便加适量的菜油、红糖,抑或白糖,喷少许净水,在锅里炒,炒至饼呈熟色,软乎,黏稠,即可出锅。此时,搛在筷子上的饼子有黏丝牵出,大概这便是黏炒饼"黏"字的出处吧。

这黏炒饼,不仅搛在筷上软软的、黏黏的;吃在嘴里,同样也是软软的、黏黏的,更多一种香香甜甜的味道,与米饭饼是完全不一样的口感,完全不一样的味道。黏炒饼的"格"似要高于米饭饼。

月光映照下的黏炒饼,油滋滋的,饼香四散。我们这些小馋猫,便早就口水流了尺把长了,瞅着大人干别的事,两个指头一捏,一只饼子便丢进嘴里去也。此时,翘望天空中亮晃晃的凉月,咀嚼着黏滋滋、甜津津、香喷喷的黏炒饼,便对那月宫中的嫦娥仙子心生感激。

四季轮回,秋去冬来。一进腊月,腊八节便成了我们儿时的期盼。腊月初八,过腊八节,吃腊八粥,由来久矣。

粥，原本属众生日常所需寻常之物，因为附着了多重文化意味、精神内涵，变得如此风靡，传播之久，扩散之广，演绎出一个又一个关于"粥"的传奇，实在是令人惊叹。对于一种食品进行如此包装、如此推广，依我看，可谓空前绝后。这真是一个值得商家去研究总结的商业案例。

腊八粥当然是时令的产物。吃腊八粥，当然是在腊月初八这一天。那么，腊月初八这一天，又为何要吃腊八粥呢？

从先秦起，腊八节就是用来祭祀祖先和神灵、祈求丰收和吉祥的。吃腊八粥的风俗，在宋代已十分风行。每逢腊八这一天，从皇城汴梁，到地方各官府；从名刹古寺，到黎民百姓家中，都要做腊八粥。试想，那是怎样的一个壮阔场景？整个大宋，几百万平方公里的疆域之内，数以万计的人，在腊月初八这一天，都在干一件事：喝粥。那一场关于"粥"的盛事，不知要上演多少故事！

《永乐大典》记述了吃粥的另外一个庞大群体：僧侣。"是月八日，禅家谓之腊八日，煮红糟粥以供佛饭僧。"据说，腊月初八，是佛祖悟道之日。各大寺庙除了举办浴佛会，诵经，还要送"七宝五味粥与门徒"。这"七宝五味粥"，便是腊八粥，也称"佛粥"。

在吃腊八粥这个问题上，历朝之中，数清朝对皇族中人要求最为具体。朝廷规定，从皇帝开始，到皇后、皇子，都要向本朝文武大臣、侍从宫女赐送腊八粥，同时，向各寺院发放熬制腊八粥所需的米、果之类物品。雍正三年（1725），皇帝爱新觉罗·胤禛曾下令，每逢腊月初八，在雍和宫内万福阁等处熬煮腊八粥，请藏传佛教僧人前来诵经，然后将粥分给各王公大臣，品尝食用，以度节日。皇上都做得这样认真，还怕下面官吏不奉行吗？

在民间，也有将腊八粥抛洒在庭院的院门、篱笆、柴垛之上的习俗，以祭祀五谷之神，祈求来年风调雨顺、五谷丰登。亲朋好友之间，也会将腊八粥拿来相互馈赠。有宋代诗人陆游诗句为证："今朝佛粥更相馈，反觉江村节物新。"

由此看来，这腊八粥，肯定是品种繁多，不然亲友之间还赠送个什么意思哦？还真的是这样，腊八粥所配食材十分丰富，每一不同食材组合，其熬煮出来的粥，风味自然不同。据《燕京岁时记·腊八粥》记载："腊八粥者，用黄米、白米、江米、小米、菱角米、栗子、红豇豆、去皮枣泥等，开水煮熟，外用染红桃仁、杏仁、瓜子、花生、榛穰、松子及白糖、红糖、琐琐葡萄，以作点染。"这从沈从文先生的散文《腊八粥》一文中，同样可以得到佐证——

"初学喊爸爸的小孩子，会出门叫洋车了的大孩子，嘴巴上长了许多白胡胡的老孩子，提到腊八粥，谁不口上就立时生一种甜甜的腻腻的感觉呢。把小米、饭豆、枣、栗、白糖、花生仁儿合并拢来糊糊涂涂煮成一锅，让它在锅中叹气似的沸腾着，单看它那欢气样儿，闻闻那种香味，就够咽三口以上的唾沫了，何况是，大碗大碗地装着，大匙大匙朝口里塞灌呢！"

沈先生在文中将腊八粥之配料交代得非常清楚。因为食材实在是太多了，所以沈先生认为这煮的过程，是"糊糊涂涂"煮成的。因多种食材杂合一锅，才会有"叹气似的沸腾着"这样的情形出现。沈先生的文章距今已过去半个多世纪，然而腊八粥的做法，吃腊八粥的风俗，似乎没有太多的改变。

在我儿时的记忆里，一进腊月便掰指头数日子。何为？盼过年吗？不。离过年尚有一段时光呢，盼腊八！一到阴历腊月初八，这天晚上，我们那里乡下也是家家户户都煮腊八粥的。吃上用红枣、花生米、黄豆、红豆、绿豆、胡萝卜等多种食材熬煮而成的腊八粥，香喷喷、甜滋滋，颇解馋的。吃了太多的粗子饭、苋菜馅的肚子，忽然能吃上像腊八粥这样的美味，实属难得。农家孩子，盼"腊八"，吃"腊八"，忘不了"腊八"，不奇怪。

知道腊八粥能益气、生津、益脾胃、治虚寒，是吃了好多年腊八粥以后的事了。各种风味独特且药用价值不同的腊八粥，颇多。诸如，防脚气病的米皮糠粥、防高血压的胡萝卜粥、防心血管病的玉米粥、治胃寒腹痛的生姜粥、治失眠的莲子粥、补血小板的花生粥、补肝的枸杞粥等等，真可谓举不胜举。

毕竟与早年间不同了，如今的孩子，不论城里的还是乡里的，要吃腊八粥，不一定等到腊月初八了。家中各种果点皆有，说煮就煮。更方便的，煮都免了，直接到副食品商场买它一两瓶，开瓶就吃。

偶或，尝过一回，总不似儿时家中煮出的香醇。

糖团、粽子也好，月饼、黏炒饼、腊八粥也好，在现在的孩子眼里皆为寻常食物，早就远离"稀奇"二字，并不一定只在某个特定的节令里出现。这样一来，孩子们与这些食物的亲近程度，自然要大打折扣。

尽管如此，我还是要坦诚地告诉现在的孩子们，在你们父辈，噢，不，应该是祖辈才对！在你们的祖辈心底，这些吃食皆以其迷人的芳香，弥漫在祖辈们的生命年轮里，与那些独具魅力的民间节日一起,滋生出一份独特的温暖与美好！我私下里想,怎样才能让这份芳香,在你们的生命年轮里弥漫呢？温暖着你们,美好着你们,一个又一个,一代又一代,绵延不绝。

那时，我们的农家菜地

一

在我的记忆里，再怎么"大一统"，我们那里的乡亲们都还是有自由发挥的空间。谁家还没有一块小菜地呢？

与集体的农田相对应，农家的小菜地叫"自留地"。乡亲们自由发挥的空间，并不仅仅是小菜地，还有那些跟各家有着关联的拾边隙地。即便是有一阶段，各地纷纷"割尾巴"，伤了不少鸡鸭猪羊之性命，农家的小菜地也没受什么冲击，无恙。

要知道，那时的小菜地，对于每个农家是不可或缺的。那年月，没有农家小菜地，没有基本口粮，日子没法过。

那时的农家菜地，从种植品种上看，大致相同，似有重复之嫌。其实也难怪，一个地方，物种相同是正常的，大伙儿的菜地里品种类似，并不奇怪。然，同为农人，自身的活计，精细与否，勤勉与否，还真不一样。农家菜地上，于是乎风貌有异，各不相同。繁茂，生机盎然者有之；顺眼，井井有条者有之；枯瘦，颓败之态尽显者有之；杂乱，野草丛生者有之……

当然，多数农家还是愿意多在小菜地上花心思的。用我们当地人话说，一家几口的"老小咸"，几乎全出在小菜地上呢！"老小咸"一词中，前两字取本意，无须多言；后一字似从"咸淡"之味引申为"菜肴"。

哪个农家孩子没从早晨的饭桌上抓起整板的胡萝卜张口就咬呢？刚蒸煮出锅的胡萝卜，咬在嘴里软乎乎、甜丝丝的，烫也不肯松口。与生食时的脆、甜，口感全然不同。且有更重要的功效：充饥。

哪个农家孩子没从早晨的饭桌上抓起过煮熟的山芋、芋头呢？山芋个头大的，得拦腰切一刀。更大一些的，会切成厚一点儿的片状，便于蒸煮，熟得快。芋头则不用如此麻烦。多半是毛芋头子儿，外表毛茸茸的，不做任何处理，洗净直接下锅，省事，省时。

我们那儿的芋头多为子棵芋（容稍后细述），一棵芋头挖出来，主根茎四周总会生出些大小不一、长圆各异的芋头子儿。芋头的主根茎也叫母芋，多半留着做菜用，舍不得闲吃。芋头子儿，可做菜，可闲吃。蒸煮毛芋头便是一例。若将毛芋头直接丢进粥锅里煮，煮成毛芋头粥，享用之前添少许食盐，吃起来咸咸的，别有一番滋味。

和山芋一块蒸煮的芋头子儿无须剥皮，捏在手里时，只需轻轻一挤，表皮自然开裂，芋头便会露出，洁白如玉，叫人垂涎。那糯黏的口感，伴着食物的清香，一下子满足了味蕾。同锅蒸煮的山芋，虽不及芋头子儿糯黏，却也多出一分粉和甜。如是当季的新鲜食材，那股鲜活之气，起锅时定会扑面而来。

古人云，民以食为天。在粮食颇为紧张的岁月，农家的一日三餐安排并非易事。如今的日子，在我的祖辈父辈们那时，是想都不敢想的。现在可是想吃什么就吃什么，要荤吃荤，要素吃素。

不仅如此，还有一些反时令瓜果蔬菜，从农家的塑料大棚产出，广受欢迎。我心里不免嘀咕，这什么时节吃什么，顺乎天理自然，现在竟然要反着来，能行吗？

过去农家餐桌上，不过年，不过节，不是来人到客，难得见荤腥。而那时的稀罕物白米饭，现在是想吃几碗就吃几碗，再也不用喝见进人脸的薄粥。什么鱼肉荤腥，红烧、清蒸、白灼，想展示什么厨艺，就展示什么厨艺，"巧媳妇"再也不会有"无米之炊"之窘境。而且，现在开始三令五申倡导"光盘行动"！据说每年统计下来，食物浪费十分惊人。真乃此一时，彼一时也。

想当年，乡亲们的日子还是苦了一些。一日三餐确实让农家主妇伤透脑筋。再伤透脑筋，也得有个安排。根据四季忙的程度不同，餐桌上的呈现也就不同。夏插、秋收，属农忙时节，人得拼了命地干农活儿，吃不饱哪成？早餐，粥锅里总要挖上几个疙瘩，碎米糁子做的，吃下去熬饥。午餐，饭一律是干的，多半是胡萝卜粞子饭。蓝花大海碗，满碗装。堆上几段苋菜馅，咀嚼起来，蛮有滋味的。这样的时候，家里的孩子们也跟着沾光，吃干饭。晚餐，家里的孩子喝粥，做活计的劳力先将中午的几碗剩饭，匀了塞下肚子，之后，喝上几碗粥，潮口。这叫"半干半湿"。一到寒冬腊月，身子用不了担太重的农活儿，嘴里也就没有农忙时的好口食矣，多半是一日三餐喝薄粥。有的人家，早晨硬是赖在床上不起。一家老小，肚子饿得"咕咕咕"叫声一片了，也不起床。定要熬到午餐时，才会起来烧饭，两餐拼作一餐，一天只吃两餐混过去。晚上，各家差不多都是粞子粥。顽皮的男孩子几泡尿一尿，便只剩下空肚皮了。

农家的早饭桌上有了蒸煮的胡萝卜、山芋、芋头,是在日子变得好过一些之后,尤其是实行联产承包责任制,各家各户有了"责任田"。当年我们还处在长身体的时段,用家乡话叫"半桩子,饭缸子",能吃得很。有了胡萝卜、山芋、芋头之类"副食"作补充,腹中实在了许多。大人们在地里干活儿,精神头儿也不一样了;我们这些在课堂上听课的孩子,也不会因肚子咕咕叫而走神,弄得不知所云也。

二

我们那一带,原先是不种植胡萝卜的。

从其名便可知,胡萝卜原产地并不是中国。一个"胡"字,天机尽泄。据《本草纲目》记载:"元时始自胡地来,气味微似萝卜,故名。"李时珍说得很清楚,此物种是元代时从胡地传到我国的。因其味与萝卜仿佛,故有了"胡萝卜"之称谓。

胡萝卜,曾救过我们那里不少人的命,善莫大焉。我出生于三年困难时期的中间一年。情形严重时,人们连糁子饭都吃不上,那时候,闹粮荒时有大面积发生。只得外出想办法,从北边购买些便宜的替代品:胡萝卜。入冬时节,各家各户就靠这替代品,才得以安安稳稳地过冬。

那几年,乡亲们的饭碗里,常见的就是胡萝卜糁子饭。胡萝卜切得碎碎的,混在糁子里煮。顺便说一句,胡萝卜缨子现在似乎成了稀罕物,稍作加工,上得城里人的宴席,不论是做成纯粹的凉拌菜,还是制作成一道炒饭,其清爽的口感,独特的清香,均会给食客留下特别的体验。

到北边装运过几次胡萝卜之后，我们那一带的乡亲们便不再去了，而是弄些胡萝卜种子回村，自己种。家乡一带种胡萝卜，始于那年月。种胡萝卜，多半是集体统一种植，也有农家在小菜地自种的。集体统一种植时，择定了一畦田，翻耕，破垡，落种。等到绿茵茵的叶子长出，黑土地不见了，荒凉萧条之气不见了，绿绿的一片，充满了生机，充满了希望，乡亲们的日子便有了色彩，有了念想。

多年之后，我才知道，胡萝卜中的胡萝卜素能在人体内转化成维生素 A。当下，人们的生活条件毕竟不一样了，绝大多数人讲究健康饮食，讲究身体摄入的各种维生素要平衡，于是乎，胡萝卜身价提了上来。现在的星级酒店，早晨的自助餐，蒸煮的胡萝卜，必不可少。

与胡萝卜成片大田种植为主不同，山芋、芋头多为农家各自种植，在农家菜地范畴之内。山芋的种植，在我们那儿多半以山芋苗插栽。山芋苗，多为购买所得，极少自家地里育苗的。购买山芋苗，需进城。没人将山芋苗挑到乡间来卖的。其实，这山芋苗，需求市场在乡村，不在城里。就是没人到乡下做这样的生意，不知何故。

春末夏初，县城的街头巷尾，便有山芋苗卖了。卖山芋苗的，多半挑了箩筐，沿街叫卖："山芋头儿，二角五一把啦！"乡里人称山芋苗为山芋头儿，颇有道理。说是苗，其实无根，不过是从育种地老藤上剪下的头儿罢了。山芋头儿，入土自会生根。卖山芋头儿的，在城里沿街叫卖，不是给城里人听的。城里人住房似鸡笼一般,够紧的,哪有地方长山芋呢。那叫卖,是给进城的乡里人听的。这种买卖,不论斤,不论两,论把数。一百棵一把,还是五十棵一把,卖主早数定,扎了稻草。买山芋苗的,一开口,便是要几千,多的上万,数目挺吓人,其实说的是棵数。多则几亩,少也有几分地呢,用得着。

长山芋的地,在插栽山芋苗之前,有一件重要工作要做:筑垄。将原本平整的地,翻挖,筑成土垄子,一垄一垄的,有了起伏。筑垄时,得注意垄与垄之间的间距,适宜为好。紧了,将来山芋藤爬不开;疏了,费地。山芋头儿,栽在土垄上。有独行的,也有双行的。小垄子,便是一行栽在垄脊背上;大垄子,便可两行栽在垄两侧。

山芋苗颇泼,少用肥,多浇水。活棵后,藤迁得特快。头儿很快会伸到别的垄子上去了。这时,便要翻藤了。把山芋藤拉向原先生长的相反方向,叫翻藤。据说,翻一回藤,能多结大山芋的。藤叶过密的垄子,还得打掉些叉藤和叶子,带回家中,猪是很欢迎的。但只喂猪,不免可惜了。山芋的藤叶,去其叶,撕表皮,切短,配以青椒,爆炒,便是一道家常小菜。清香,脆生,蛮下饭的。

山芋生长月余,便可割藤收获。翻挖出的山芋,皮红肉白,形态万千,颇好看。也有皮色淡黄的。脆、嫩、甜、水分足,解馋、解渴,又解饱。山芋挺能长的,分把地,能挖好几百斤呢。家里预留之外,更多的是到街上去卖。不贵,几分钱一斤。街上人买得挺多,吃个新鲜。切了条子炒,切了块子煮,皆可。也有切成片子,晒山芋干子的。

乡里孩子,在家里收山芋时,也会在房檐风口处挂上几串,让风吹上一冬。天冷了,飘雪花了,再一串一串取下来,或生吃,或丢进灶膛里"炕"。生吃，那山芋，特甜。炕山芋，则香甜。山芋给乡里孩子的冬季添进几多趣味。

城里也有炕山芋，跟我们乡里的炕山芋不太一样。城里有人专门卖炕山芋，那是在做一门生意。入秋就有了。做这种生意全部的家当，便是一只大炭炉子，特大。立在路旁。炉台上放山芋。卖炕山芋的，与做别的生意不同，从不吆喝。老远，便能闻到炕山芋的香味了，颇馋人。

山芋，其名可谓五花八门，各地叫法大多不一样。其中有一种叫"金薯"，道出了山芋传入中国的经过。清人陈世元所著《金薯传习录》中，曾援引《采录闽侯合志》：

> 按番薯种出海外吕宋。明万历年间闽人陈振龙贸易其地，得藤苗及栽种之法入中国。值闽中旱饥，振龙子经纶白于巡抚金学曾令试为种时，大有收获，可充谷食之半。自是硗确之地遍行栽播。还说："以得自番国故曰番薯。以金公始种之，故又曰金薯。"

相传番薯最早由印第安人培育，后来传入菲律宾。传入菲律宾之后，一度被当地统治者视为珍品，严禁外传，违者要处以死刑。如今这般寻常之物，曾经那样的金贵，真是很难想象。让我有些意外的是，陈振龙正是从菲律宾将山芋引入国内的两个中国商人之一。在当时，可是要冒着巨大风险的。

陈世元在文中所提及的陈振龙，不是别人，其六世祖是也。乾隆二十年前后，这位陈世元，还曾在浙江宁波以及山东青岛一带做山芋种植的推广工作。陈世元，便是我党红色经济专家陈云的父亲。据说，陈云年轻的时候，也曾跟随自己的父亲宣传山芋种值。如此看来，这山芋得以进入我国并传播开来，实在有陈云祖上之功德。

除了番薯、金薯的称谓，山芋还有着众多叫法。北京人叫白薯，河北人叫山药，河南、山西人称红薯，辽宁、山东人称为地瓜，江苏、上海和天津人称其为山芋，福建、广东和浙江人称为番薯，陕西、湖北、重庆、四川和贵州称其为红苕，江西人称为红薯、白薯、红心薯、粉薯之类，不一而足。即便是同一区域，不同地方的人，对山芋的称呼也不尽相同，譬如我的老家山芋就叫山芋，而同属江苏的徐州地区则称为白芋，隶属徐州的下属县——丰县附近又称为红芋。再如山东大部分地区虽称其为地瓜，但鲁南枣庄、济宁附近的当地人又习惯把它叫作"芋头"，而真正的芋头则被叫作"毛芋头"。我不是农作物方面的专家，实在无法将山芋的叫法理得一清二楚。

向读者诸君坦白，在我儿时记忆里，对于芋头，是没什么好印象的。之所以没什么好印象，主要是因为给芋头去皮带来的麻烦，一个字：痒。汁液只要沾到皮肤上，痒得往肉内钻，其痒难忍。万一有汁液进进眼皮内，则更难受。揉不了几下，便成了一对兔子眼，通红通红的。家里大人才不管这些，他们所有的注意力全部在农活儿上，恰如古人所云：日出而作，日落而息。

不想刮芋头，投机取巧的事儿，我也曾干过。家里大人让刮芋头子儿，待人一走，便只管溜出去，和村上的小伙伴们玩"老鹰抓小鸡"之类的游戏。时辰差不多了，回到家中，将芋头子儿拎到河口，洗洗颠颠。干净了，和了青菜、粳子、米，一锅烧，煮成一锅毛芋头青菜粥。如前文所述，加些盐，烧得咸咸的。最是那毛芋头子儿，筷子一夹，稍一用力，白白的子儿，小鸡蛋似的，脱了皮。咬在嘴里，有滋有味，蛮新鲜。因懒惰烧出的毛芋头青菜粥，三合一或四合一，皆别有风味，让大人们胃口大开，吃了一碗又一碗，忘了原来刮芋头子儿的事儿，自然不再责罚了。

现时，芋头竟走俏了。家里烧菜、汪豆腐少不了芋头丁子，萝卜芋头汤少不了芋头条子。肉与芋头红烧，小孩子一个劲儿抢芋头吃。若是在我们小时候，不抢上几块大肥肉才怪呢。

然，终不及毛芋头青菜粥，来得浑然天成，滋味地道。懒，还能懒出一道美食，看来，懒也不全是不好的。

三

将茄瓜与茄子放在一起叙述，多少有点儿文人心理。仅述一种似乎孤单，两种一并叙述，且名字中都带个"茄"字，似乎也说得通。但我要事先声明，这两个"茄"字，仅字同，彼此间半毛钱关系都没有。茄瓜，正正规规应称作南瓜，属葫芦科。而茄子，则属茄科。

在我们那里，乡亲们从来不会将茄瓜称作南瓜的。有在外地读过几年书的，回得家中，见茄瓜，呼之南瓜，便会遭家人嘲笑："茄瓜就茄瓜，什么南瓜北瓜的。"这种称谓上的纠缠对于茄子则不存在，正规叫法、民间叫法高度一致，都叫茄子。这样好，省却了许多不必要的麻烦。

我们那里人栽长茄瓜，多用与自家相关联的圩堤、岸埂之类的拾边隙地，也有用小菜地的。栽上几塘，够一家老小吃的便行。茄子也是如此。

长茄瓜、茄子，均需先下种，再育苗。上一年留好的种子，适时在预先翻晒好的苗床上落种，每天浇适量的水，促其破土发芽。这里有个细节需要交代，茄瓜落种，要"并"，将茄瓜种子一粒一粒并排着，整整齐齐地直立着插入苗床。茄子落种，无须如此讲究，散撒即可。其后观察的要点，倒是相同的。等到苗床上，所落种子发芽破土，有嫩绿的茄瓜苗、茄子苗，周周正正地生长出来，便可进行下一道工序：移栽。

栽茄瓜苗，论塘，不论株。茄瓜苗不散栽，得事先在选定的隙地、小菜地上，打好塘子，在塘里下足基肥，方可移苗。一塘，栽茄瓜苗三四株。

栽茄子苗，论株，不论塘。家中人口少的，栽个四五株，便够食用了。人多的，多栽些，头二十株亦足矣。茄子前翻后起的，结起来，颇快。

茄瓜生长到一定时候，必须进行的一道工序是套"蕾"。要知道，这茄瓜"蕾"，娇嫩得很，碰不得，碰了会夭折。这"蕾"，决定着茄瓜收成的好坏。"蕾"一夭折，哪里还有什么瓜结哦？

这当儿，套"蕾"就显得十分重要。掐下茄瓜藤上的独亭子花，撕去喇叭形的黄边花，花中长长的，满是花粉的亭子便显露了出来。将其套在"蕾"子上，便叫套"蕾"，实际作用是人工授花粉。

套了"蕾"，茄瓜朵子渐渐大起来。待到花落瓜出，瓜地里便有大茄瓜了。有长的，有扁圆的，有歪把子的，形态各异。从几斤一个到十几斤一个，一个个胖娃娃似的，藏在宽大的叶丛之中。我曾在北戴河集发农业生态园看到过300多斤的巨型南瓜，叫我惊叹，真的是大千世界无奇不有。原本极寻常的南瓜家族中，竟有如此出类拔萃之"巨人"。不过，网上有消息称，几年前瑞士一位名叫贝尼·迈耶的男子，培育出了重达2096磅的南瓜，约951公斤。看着网上那跟小汽车一般大小的南瓜的照片，我无话可说。但是，有一点我可以断定，如此超级巨无霸，入口之味肯定不及那些"小弟弟"。

还是让我回到长茄瓜、茄子，还有黄瓜、辣椒、韭菜等众多成员的农家菜地吧，望着瓜地里随处可见的茄瓜，望着浑身紫紫的茄子，心里头便滋生出收获的喜悦。

什么时候想吃茄瓜、茄子，去摘便是。炒茄瓜丝子，便摘个嫩些的；煮茄瓜，便摘个老些的。嫩茄瓜切成丝子炒起来，嫩、鲜、甜；老茄瓜，切成四方块，单煮，瓜粉，汤甜。考究的人家，将茄瓜内瓤刮下，和上面粉之类，可做成香甜松软的茄瓜饼子。我们那时候，乡里孩子夏天傍晚的"晚茶"，通常是少不了茄瓜这一主角的。喝着甜津津的茄瓜汤，咬几口香软的茄瓜饼子，好不开心。心底觉得，这日子还是有盼头的。

说实在的，我们童年的生活，苦虽说苦点儿，但毕竟不是唱"南瓜谣"的年代了。像我们这样年纪的，大多记得大型音乐舞蹈史诗《东方红》里有一首歌中有这样的词句：

红米饭那个南瓜汤哟，咳啰咳，

挖野菜那个也当粮啰,咳啰咳,

毛委员和我们在一起啰,咳啰咳,

餐餐味道香味道香啰,咳啰咳……

这首从当地《井冈歌谣》演变过来的"红歌",还是传递出了一种革命英雄主义和革命浪漫主义的情怀。这样比起来,我们似乎要为感叹那年月物质生活之匮乏而羞愧。我们的生活里,不仅有南瓜汤,还有紫茄子呢!

乡亲们摘茄子,多半是一大早出门去给自家小菜地浇水时,顺便从小菜地上摘上几个,带回家来,丢给孩子煮饭时蒸上。洗削茄子,一般小孩都会做。茄子滑溜溜的,好洗,不费神。去了小梗子之后,劈成十字形,一分为二,便可放在饭锅里蒸。

蒸,是在饭干汤之后,不是与水、米一起下锅。蒸时,劈成两半的茄子,得让切开的一面贴饭而蒸。用不了几把稻草,饭好了,茄子也蒸好了。开饭时,先用筷子将茄子撩起,置大碗或小瓷盆子里,配上油、盐、味精,再将茄子捣烂。上餐桌前,"扑"上几瓣蒜头子,一道菜便成了。这种吃法,自然天成,不事雕琢,纯粹乡间风味,倒也自有其妙。

农家的吃法,进不得城的。城里人吃茄子讲究多了。较常见的是茄子嵌肉。洗削好的茄子,劈成五六开。劈时得注意,不要完完全全劈开,其中一端得让它连着。这样,一个茄子,虽开成五六瓣,捏住梗端,尚是整的。肉,则要切碎,剁成肉泥,再配以葱花、姜末之类作料,拌好嵌入茄子。此时,须用细线,将嵌好肉的茄子扎一扎,再行加工,或红烧,或清蒸,皆可。上餐桌前去了细线,看到的是一个个完整的茄子，动了筷子，方知内有"锦绣文章"。这种吃法，费点儿事，但味道颇好。肉的油分被茄子吸收，两者可谓是各得其所。此时的肉虽肥，但肥而不腻；茄子虽素，亦是素而不寡。

当然，就茄子的吃法而言，曹雪芹在《红楼梦》里关于"茄鲞"的做法，应属超级豪华版。曹公借王熙凤之口，做了如下陈述：

> 这也不难。你把才下来的茄子把皮刨了，只要净肉，切成碎丁子，用鸡油炸了，再用鸡脯子肉并香菌、新笋、蘑菇、五香腐干、各色干果子，俱切成丁子，用鸡汤煨干，将香油一收，外加糟油一拌，盛在瓷罐子里封严，要吃时拿出来，用炒的鸡瓜一拌就是。

关于茄子的吃法，避开较为繁复的"茄鲞"，城里、乡下哪种吃法更好，难说。吃仅是"吃"吗?!

四

拾边隙地，实乃农家小菜地之重要补充，亦可视为其重要组成部分。架(当地方言音，gà)豇、丝瓜和扁豆，这三种作物，便在拾边隙地种植生长。在我们那一带，大集体时代，集体是不长这三种作物的。集体不长，乡亲们家家户户都长，各家都会有几棵茄子，几塘扁豆，几架架豇，几树丝瓜。架豇、丝瓜和扁豆，三者如能有其他植物依附，则更有利于各自生长。

那时节，农家的家前屋后，总会生长着几株楝树、壳树、榆树、杨柳之类，此时，只需在这些树下打塘，碎土，落种，抑或栽苗，适时浇水。

通常，每株树四周可打上两三塘，一塘内种上十来株苗儿。寻常农家，一个前院有四五棵树，后面猪圈、鸡窝旁，屋后茅坑旁，又有四五棵树，皆能打塘。这样一来，那架豇、丝瓜和扁豆结起来，就"海"（当地方言，非常多的意思）了。一家五六口，怎么也吃不完。

种植架豇、丝瓜和扁豆，多选择初夏时节。这架豇、丝瓜和扁豆，都是藤本植物，有了树的依附，藤儿怎样爬，都没问题，不用发愁。当然，有时也会专门为架豇搭架子。相比较而言，架豇的藤蔓爬得没有丝瓜、扁豆高，搭架便可应对。

专门搭架子的架豇，落种时就得考虑好架子怎么搭。"点"架豇时，得上些规矩，有行有距，不能像点黄豆、点豌豆那样散点。

给架豇搭架子，要等所种架豇种子出苗，长茎蔓。茎蔓渐长，方可依其根部，插下小树棍或是芦柴棒。每株架豇根部都要插到，再用草绳之类，一棵一棵拴连起来，在架子上端连成一线，架子便固定成形矣。这架豇架子，多为两行架豇共用一架。架子上端两两相对相交，成稳定三角形。这种架子，经得住风刮，吃得住藤爬。有了架子，架豇的茎蔓自会盘着架子生长，一圈一圈，盘得极好。

丝瓜藤蔓爬得最高，搭架子不能真正满足其攀爬之欲望，乡亲们便让其借树生长。长长的藤儿，攀树而上。树有多高，丝瓜藤便攀多高。丝瓜从藤上倒垂下来，丁丁挂挂的，错落有致。我们那里的丝瓜以尺把长为常见。有一年，我到中国作协北戴河写作中心度假，在北戴河集发农业生态园，不仅见到了前文所述的巨无霸南瓜，还见到了一种细细的、长长的丝瓜。那丝瓜真够长的，几乎从棚顶垂到地面，有四米多呢！

近得丝瓜，便觉有清香飘出。这清香，架豇、扁豆也有，只是以丝瓜为最。

扁豆爬藤的本领也不在架豇、丝瓜之下，完全可以和丝瓜PK（对决）。家前屋后的树杈间，有丁丁挂挂丝瓜结出之时，亦有嫩扁豆、嫩架豇结出。这三种家庭作物，丝瓜开黄花，以单株花为常见。架豇花与扁豆花相仿佛，有白色，有红色，有紫色，形状有点儿像小蝴蝶，皆成串。远远望去，绿叶丛中，一串串，似群蝶翩跹。架豇、扁豆的花形相差无几，结出的果实，却大相径庭。扁豆，顾名思义，因其果实扁而得名。架豇，较丝瓜更为细长，似乎过于苗条了一些，给人一种弱不禁风的感觉，惹人爱怜。

从树上摘架豇、丝瓜、扁豆，办法虽然多，但终不及一法简便且收效快，那就是遣家中小孩子直接爬树摘取。这些孩子真如细猴子一般，尤善爬树。平时爬树是要挨骂的，稍有不慎，从枝丫上摔下来，极容易受伤。现在准许爬树，去摘取丝瓜之类，在小孩子看来，美差一桩，自然乐滋滋的。"噌，噌，噌"，一眨眼的工夫，上了树杈。大人在下面喊"摘这个""摘那个"。

处理新摘下的架豇、丝瓜、扁豆，并无多少复杂工序。架豇、扁豆处理方法一样，撕筋，掐断，皆可徒手操作。丝瓜去皮的办法颇为特别：先将丝瓜切成段，再用筷子戳进去，贴着皮划一圈，瓜肉出，而圆圈似的瓜皮，则留在了手中。

撕筋掐断之后的架豇、扁豆,可以一起烧菜,亦可和茄子之类配烧。这里需要说明一点,架豇、扁豆这样的蔬菜,味淡得很,最好荤烧。常见的是和猪肉一起红烧。猪肉的油脂,被架豇、扁豆大量吸收,油脂在食物间实现了一次反转。而到了餐桌之上原本寡淡的架豇、扁豆,味香而厚,"寡淡"二字早了无踪影,因而大受欢迎,比那油渍渍的红烧肉还要引人食欲。

在乡间,丝瓜多半是烧汤。打上几个鸡蛋,或放上馓子、油条,烧成馓子丝瓜汤或油条丝瓜汤。丝瓜与鸡蛋爆炒亦很好。

小时候总弄不清,这丝瓜,究竟"丝"在何处。等丝瓜老了,有丝瓜瓤子了,丝瓜之"丝"尽现,至此才算得上名副其实。

"一庭春雨瓢儿菜,满架秋风扁豆花。"转眼一个季节过去,飒飒秋风吹起,原本生机盎然的架豇藤、丝瓜藤、扁豆藤,皆渐枯渐萎,留在树杈上的架豇、丝瓜、扁豆,早干枯了。有少量的可留作下一年的种子,但多数没有太大用处的。倒是老丝瓜,从树上摘下,剔除干脆的外皮,丝瓜瓤子便完全现了真身。这丝瓜瓤子用来洗涤餐具、擦背,均不错。直至今日,我父母仍习惯用丝瓜瓤子。

丝瓜,不如另一些瓜儿,愈老愈甜,愈老愈香。老了,便空了,空成一段瓤子了,仍旧不废。有点儿意思。

接下来,我想借上述所引板桥先生楹联的上联"一庭春雨瓢儿菜",来说一说连根菜吧!与瓢儿菜因菜叶形状得名类似,连根菜,亦从形状命名。顾名思义,连根菜,连根菜,菜上还连着根呢!这说明,连根菜是徒手拔起的。连着根,无疑在告诉人们,它的鲜、活、嫩。显然,这是一种时令小菜。跟有些地方将鲜嫩的小青菜叫作鸡毛菜,道理差不多。想来,多半伴随着一庭春雨之后,方才上得街市的。

在城里做事,上下班得绕几条巷子。时常碰到卖菜的,挑了柳条箩筐,装好一把一把的连根菜,走街串巷,不时吆喝几声:"连根菜卖呀……"有城中居民问价,答曰:"两毛钱一把。"

最令人忆起的,是那些春雨蒙蒙的日子,卖菜人披蓑戴笠,沿巷吆喝。观其菜,叶儿碧,根儿白,鲜灵灵的模样,颇叫人爱怜。那吆喝声,淋着细雨,在小巷上飘荡:"连根菜卖呀……"

连根菜,多在靠水边的拾边隙地落种,无须用苗。择定的隙地,翻晒几日,破垡、碎土,之后,撒下菜籽。撒种定要匀,过密、过稀,均不理想。浇过几回水,隙地之上露出浅浅的绿,有了"草色遥看近却无"意趣。这时,上些许薄水粪,那小菜的叶色便会由嫩黄渐渐"油"起来。用不了几日,便可拔起,或自家享用,或上街去卖。

连根菜,一天一个颜头。拔菜的时日,讲究的是"适宜"二字。早了,菜尚小;晚了,菜则老。连根菜拔起时,以徒手掐得下根来为佳。因而,处理连根菜,多靠手。是拔是掐,无须其他器具。吃连根菜,吃的就是鲜嫩。

我们那一带,最常见的是连根菜烧汤。刚拔下的连根菜,手一掐,嫩滴滴的。洗好,切好,放在锅里稍炒几铲子,之后烧连根菜汤,一透便吃。一个"透"字,提示的是锅里汤汁的状态。透,便是锅开了,汤滚了,可以起锅了。一透便吃,那菜碧,汤清,味鲜,十分爽口。

这连根菜汤,讲究连根菜单烧,无须再杂配其他食材。有一碗连根菜汤，一直留在我的味蕾中，叫我至今不忘。那是许多年前，我到老家的一个乡镇做某项专题调查，中午被留下吃饭。在那个乡政府食堂里，喝到了一碗连根菜汤，那种清爽、那种清香、那种地地道道的原汁原味，真叫我无话可说。能把原本极普通的一碗青菜汤，做得如此纯粹、如此地道，也是一种境界。

与连根菜之鲜嫩堪可比拟的，恐怕要数一种红萝卜。这种红萝卜，萝卜头儿小巧，皮色殷红，似呈透明状。莫言先生有一短篇名作《透明的红萝卜》，让人羡慕。红萝卜在地摊上卖时，多半带着碧绿的叶，煞似好看。这种小个儿红萝卜，另有一颇具诗意的名字：杨花萝卜。

有一则关于乾隆、刘墉、萝卜与南京的故事：乾隆第六次下江南，对新近上市的萝卜很是喜欢。外省一位官员借机拍乾隆马屁，特地从他们本省挑了许多大个儿萝卜，言称，皇上圣明，这些萝卜都是刚长到这么大的。刘墉一向看不惯溜须拍马之人，便想要治他一治。于是，派人专挑了些杨花萝卜进奉给乾隆，并禀报说，今年南京遭了灾，这些是臣从南京找到的最大的萝卜了。乾隆见了一大一小两种萝卜，决定给南京免征当年税赋，其税额全部由那位外省官员所在的省份承担。如此一来，这个头极小的杨花萝卜，便成了"南京大萝卜"。直至今天，"南京大萝卜"还一直叫着呢。只不过，有时这五个字中间会多出一个"人"来，就变成了"南京人大萝卜"，意味完全不一样矣。

"扑萝卜"这道菜，做法颇为简单。先切去萝卜缨子，再将萝卜头儿洗削干净，放置案板之上，用菜刀扑扁，圆溜溜的萝卜头儿，自然碎裂开来，装入盘中，添上些许酱油之类的作料，便可食用了。要注意，千万不能图省事，将萝卜切开了再扑。整扑与切开来扑，口感完全两样。那自然"扑"开的萝卜，皮儿透红，肉儿嫩白，尝一口，脆中带甜，食后颇为开胃。

当然，如果想动刀子，也不是不可以。那就不是做扑萝卜，而是将萝卜切成萝卜丝儿，与海蜇丝儿一起配以麻酱油、醋等作料凉拌，嚼在嘴里"咯吱"作响，脆、甜、爽口。汪曾祺先生曾在他的文章中介绍说："萝卜丝与细切的海蜇皮同拌，在我家乡是上酒席的，与香干拌荠菜、盐水虾、松花蛋同为凉菜。"这倒是和我老家做法一样呢。

在我们那里，城里人，做扑萝卜也好，做海蜇皮拌萝卜丝儿也好，那红萝卜的缨子，多半是丢弃了，不再派用场的。其实，萝卜缨子一样能做出可口佐餐小菜。切下的萝卜缨子，剔去黄老败叶，汰洗干净，切得细碎细碎的，拌入适量食盐，放在小腰桶里，腌上一个时辰。之后，挤去汁水，装入容量适宜的坛子中压紧。再将干净稻草打成球，垫在石块或砖头上，挨墙壁倒扣坛子，让草球堵住坛口即可。这般静放一段时日，食用时，从坛子中取出，配以菜油、生姜之类爆炒，片刻工夫，便可享用。鲜、脆，且带清香，别具一格。用它与早餐时的稀饭配，包你一口气吃上两三碗稀饭，舍不得丢碗。

五

豆类作物，在农家菜地中，分量不轻。常见的有红豆、绿豆、黄豆、蚕豆、豌豆之类。这当中，农家菜地种植，与集体大田种植，似有交叉。在我的印象里，黄豆和蚕豆有大田种植的，也有农家菜地、拾边隙地种植的。其他皆以农家菜地，抑或拾边隙地种植为主。

先说红豆、绿豆和黄豆。此三豆，皆以颜色命名，且同属一科：豆科。放在一起叙述，不仅色彩丰富，而且也能发现三者之间细微之差异。

红豆、绿豆与黄豆相比，颗粒较小，绿豆尤甚。一提及红豆，多数人的脑子里便会涌出这样的诗句：

红豆生南国，
春来发几枝。
愿君多采撷，
此物最相思。

王维的这四句，实在太有名了。但我不得不略带遗憾地向读者诸君坦白，上述所引"相思"之红豆，并非本文所言之红豆。本文所言之红豆，乃"赤豆"是也。无论是色泽，还是颗粒大小及形状，老实说，赤豆皆不及那"相思豆"。

前面已有交代，红豆、绿豆多借拾边隙地落种，以田埂、圩堤最为常见。

田埂、圩堤之上，红豆、绿豆枝叶甚茂，间有豆荚斜挂。其状不像黄豆荚短而扁，看上去，细且长。待豆荚渐渐转黄，便到了收获时节。连秸拔起，捆好，挑至土场上或是庭院里去晒。几个旺太阳晒过，便可用短木棒、木榔头之类去捶，豆荚开裂，有豆粒儿滚出。红豆朱红,绿豆翠绿,很是悦目。

比较起来,黄豆实用性要强于红豆、绿豆。有一点需要交代一下,这黄豆,在我们那儿城里和乡下,叫法各不相同。不像红豆、绿豆那样,城里乡间称谓统一明了。黄豆,结青豆荚时,城里人叫"毛豆",乡里人则喊着"王豆"。我们那一带的乡亲们,在自家小菜地或隙地拔了青黄豆,采摘收拾停当,便可装进箠子里,上街卖青黄豆荚子。沿街叫卖起来:"王豆荚子卖啦……"想买上几斤的街上人,开了门,伸出头,扭着脖子问道:"毛豆几毛钱一斤?"

卖主自然会给个价,买主必定想压压价,双方一阵讨价还价之后,称去几斤的,有,一斤不称的,也有。

这"毛豆"之称,倒好解释。青黄豆荚子未剥壳之前,满壳细毛,挺厚。至于"王豆"之说,怕是"黄"读走了音所致。我们那里的乡民,接受正规教育者少,讲"官话"时,"王""黄"不分,大有人在。

青黄豆荚子刚上市,街上人颇喜欢。剥出黄豆米子,或纯烧,或烧豆腐,均是时鲜小菜。青黄豆荚子里的豆米子,以带了豆衣胞的为最佳。

不过,这青黄豆荚子,还数乡里人有种吃法,很是诱人。现时采摘下来的青黄豆荚子,稍事修剪,连着壳儿用清水洗汰干净,倒入锅中,加适量食盐,清煮。再也不必添加其他作料,煮熟即可食用。软软的豆荚,嘴唇一抿,豆米粒儿便从壳中挤出,细细咀嚼,嫩,且鲜。这种吃法,纯粹天然。察其豆,甚碧;观其汤,甚清;品其味,甚鲜美。

等到城里人嘴里的"毛豆"成了"黄豆"时,黄豆便老矣。

黄豆枯老之后去壳,便见其圆溜溜、黄灿灿的模样,这时才够得上"名副其实"四个字。老黄豆,多为制作豆腐、百页之原料。制作豆腐、百页,在乡间有专门的所在:豆腐坊。豆腐坊主需在前一天晚上浸好黄豆,翌日大早起来给黄豆去壳,之后上石磨子磨。磨成生豆浆,再上浆锅烧。这当中颇难的一道工序是点卤。点了卤之后,便可上器具压榨,制作豆腐或百页了。

若是在浆锅点卤前,从浆面上挑起一张"膜儿",那便是豆制品中之上品。那"膜儿"是悬浮在浆面上的豆油,故而金贵。出售时,是按张数卖的。

每年一进腊月,豆腐坊便忙乎起来。乡亲们多半背了自家地里收的黄豆,让豆腐坊主代加工"作"成豆腐、百页。

这"作"字,似与作坊有关。豆腐坊,在乡间当然是作坊。以"作"为计量单位,由来已久。一作,做三五十斤豆子,能吃上一个正月的,给些加工费,颇合算。我在长篇小说"香河三部曲"的第一部《香河》里,对柳安然家的豆腐坊,对豆腐、百页如何制作,对柳春雨和琴丫头这对恋人如何在香河上卖豆腐、百页,均有详细的描写。读者诸君,不妨参阅,此处不再详述。

与黄豆形成主打地位稍有不同的是红豆、绿豆,红豆、绿豆在我们那里人们生活中,扮演的是非主打角色。以红豆、绿豆为主要原料制作而成的食品,也多为消闲之物。若有机会到我老家的县城逛一逛,会发现兴化街上副食商店卖的糯米年糕,常见的就有赤豆糕与绿豆糕两种。点心店卖包子,有肉的,也有豆沙的。把煮熟的红豆捣成豆泥,便是做豆沙包的馅儿。在我们那儿,寻常百姓家中,也有用豆沙包糖团的习惯。尤其是要过年了,家家蒸团、做糕,总要蒸上几笼赤豆团,用的便是豆沙馅。红豆、绿豆制成食品,松软香甜,家乡人颇喜爱。

红豆、绿豆还是消夏之佳品。"知了在声声叫着夏天"的时候,听凭你棒冰、冰砖地吃个不停,总是难解浑身燥热。这种时节,我们那里的乡亲们,多半在上工前,煮好一大锅红豆粥或绿豆粥,中午回来先喝上两碗,那冰凉的口感,似乎从头一直凉到脚底,好不惬意。在城里工作的人,则多用红豆、绿豆做成赤豆汤、绿豆汤。考究的人家,则做成赤豆元宵汤之类。

黄豆进得城里人的早餐桌,是将黄豆进行"转化"之后的事。前几年,中央电视台有一档很火的节目《舌尖上的中国》,其中有一集专门讲食物之转化。这黄豆成为豆腐、百页,也是一种转化,由物到食的转化。城里人将这种转化放在了自家的早餐桌上:自制豆浆。前一天晚上,将需要上磨子的黄豆在小盆里浸泡好,翌日清晨起来,先给黄豆去壳,再汰洗干净,一小把一小把地往小石磨的磨眼里装。操作者边装黄豆,边转动小石磨上面磨盘把手,一圈,一圈,再来一圈,乳白而黏稠的汁液从磨盘间流出,此乃新鲜豆浆。霎时,一股豆香便在房屋内弥漫开来。家中刚起床的孩子,嗅到这香味,便雀跃了:"有豆浆喝啰!"

如此得来的豆浆,与摊儿上卖的比起来,味纯,新鲜,实惠。当然不会像摊儿上卖的豆浆,越卖越稀,还有股水腥气。这刻儿,再从邻近的烧饼店,买上几根油条、几个烧饼,一家人喝着自家石磨上磨出的原味豆浆,吃着香脆的油条、香酥的烧饼,那个美,真的是美滋滋的。你会觉得,这美好的一天,便是从一碗自制豆浆开始的。

读梁实秋先生的《雅舍谈吃》，读到"豆汁儿"一节，原以为跟我们那里所说的豆浆是一回事，叫豆汁儿，恐怕是北京人喜欢"儿化音"的缘故。细看才发现，非也！这"豆汁儿"跟"豆汁"还真不是一回事。梁先生说："豆汁儿之妙，一在酸，酸中带馊腐的怪味。二在烫，只能吸溜吸溜地喝，不能大口猛灌。三在咸菜的辣，辣得舌尖发麻。越辣越喝，越喝越烫，最后是满头大汗。"他还提及，他小时候是脱光了脊梁喝豆汁儿的。

既然"豆汁儿"与"豆汁"不是一回事，那肯定就不是豆浆了。难怪梁先生感慨："可见在什么地方吃什么东西，勉强不得。"是啊，毕竟梁先生说这番话时，已身处中国台湾，而不是北京。

在我们那里，种入大田的豆子，除了黄豆，还有蚕豆。其实，一种作物，选择种植面积的大小，说到底是跟老百姓的需求多少联系在一起的。黄豆，身为豆腐、百页之类豆制品的主要原料，为百姓普遍喜欢，因而种植面积比绿豆、红豆之类要大，也就在情理之中。想来，蚕豆大面积种植也是如此。颗粒小巧的豌豆竟能位列世界第四大豆类作物，我国又是位列加拿大之后的世界第二大豌豆生产国，这倒让我有点儿意外。看起来，豌豆在我们那一带的排名，并不能反映其真实的境况。

种蚕豆，有条播和点播两种方法。条播，就是将豆种均匀地播成长条状，形成"行"的概念。条播需要注意的是，行与行之间，得保持一定距离。条播的过程，也是行和垄形成的过程。行与行之间的土，因为条播，而往行中间聚拢而至隆起，垄随之形成。垄的形成，便于以后的田间管理。农人行走在田垄之上，不致踩踏蚕豆的植株。这种植播方法,速度快,适合在大田成片种植时使用。

二十世纪八十年代,中国台湾歌手张明敏有一首歌《垄上行》,很是火过一阵子的。唱着这样一首歌,行走于蚕豆田之垄上,那定然另有一番体悟和感慨吧!

蚕豆泼而不骄。对土,对水,对肥,均不甚考究。所谓田间管理,以薅草为主。乡亲们在自家隙地落种蚕豆时,则多用点播之法。先用小锹挖口,之后丢进豆种,覆土,浇水,落种任务便算完成。点播,较条播自由度大。条播时一旦行间距确定,就不能随意再变。一块大田,讲究的是方整化,田间作物行间距基本上是一致的,一眼望下来,很有章法,让人置身其间不仅便于劳作,且心情舒畅。如若无章法可循,行间距一乱,那麻烦就会不断。这些,在条播时必须注意。其实,做任何事情都得遵循此理,无章法,抑或不得法,想要把事情办好,难。

点播对行间距的要求,则没有条播时那么严。落种时,可根据实际面积大小决定点播行距和间距之大小。面积小又想多点,则可将每塘行间距收紧一些;面积尚可又无须多点,这每塘之间的行间距则可放宽一些。当然,蚕豆种植密度也是有一定要求的,过密不利其生长,过稀浪费土地,皆不可取。

豌豆落种,不叫播,不叫种,叫"点"。时令一到,便见乡亲们挎个小篮子,篮内放了豌豆种,外带把小锹,下田。有人问:"干活儿啦?""点豆子。"说的就是点豌豆。

这蚕豆、豌豆,落种之后,仅需浇上几回水,并不用施肥。用不了几日,黑土地便有豆芽露白,渐渐钻出地面,露出几片嫩绿的豆叶来。那嫩绿,那鲜亮,让人怦然心动。一群新的生命哦!

霜打雪覆的时光一过,田埂上,圩岸边,抑或大田里,绿茵茵的豆叶丛中,便有豆花开出。那蚕豆花,形似蝴蝶,瓣儿多呈粉色,外翘得挺厉害,似蝶翅;内蕊两侧,则呈黑色,似蝶眼。偶有路人经过,猛一看,似群蝶翩跹。与蚕豆叶子相比,豌豆叶子则多出一份轻曼与柔美,其花形与蚕豆仿佛,但整体要小些。有洁白的、纯白、乳白,也有鲜红、朱红、粉红,似更秀气。豌豆复叶而出,颇对称。其茎蔓长长地伸出去,多卷曲,亦似蝴蝶的触角。微风吹拂,豆叶飒飒,同样是一幅群蝶翩跹图。当地有一则小调,借豌豆花、大麦穗说事儿的,颇有些意趣。录于此,与读者诸君分享:

> 豌豆花儿白,
>
> 大麦穗儿黄,
>
> 麦田(那个)里呀,
>
> 大姑娘会情郎,
>
> 哪知来了一阵风啊,
>
> 哎哟哟——
>
> 哎哟哟——
>
> 刮走了姑娘的花衣裳。

在豌豆未开花之前,倒是有一道好菜:炒豌豆头儿。

记得读小学时,有位城里派来的先生(这是我父亲的说法,他是读过几年私塾的,叫起我的老师们,倒是没有"先生"不开口的),是位女性。每天早晨学生进校门,她总要从学生书包里拿到不少嫩豌豆头儿。据说，那是她特别关照的。那时，乡里人好像不吃这个。她说，真傻，好吃着呢！日子长了，学生们悄悄地喊她"嫩豌豆头儿"。从女先生那里才知道，嫩豌豆头儿能吃，且好吃。

豌豆的杈头颇多，间着掐些头儿，无什么妨碍。掐豌豆头儿，自然得嫩才好。衡量的标准就是徒手去掐。掐下的豌豆头儿，甬切，洗净，配了细盐、菜油爆炒，一刻儿便好，上得餐桌，碧绿、鲜嫩、清香、爽口，据说宴席上颇受青睐。这道菜，有两个讲究：一是原料得现采现做，否则不能言"鲜"；二是火功要适宜，起锅要适时，否则，非生即烂，不能言"嫩"。

待得叶丛之中蝶儿不见了，便有嫩嫩蚕豆荚儿、豌豆荚结出。嫩豌豆，总是藏在豆荚子里，似待字闺中的少女，轻易不肯露面。故而，家乡一带卖豌豆，是连豌豆荚一起卖的。嫩豌豆荚刚上市时，挺贵的。可城里人不在乎，图个新鲜。将嫩豌豆去其荚，仅用纯豆米子爆炒，炒出的豌豆，绿、嫩、鲜，食之难忘。

嫩豌豆荚简述至此，为的是腾出笔墨来，将嫩蚕豆荚专门细述一番。

蚕豆花落，叶丛间新结出的嫩蚕豆荚子，颇似一条条青虫子，蠕动其间。于是，乡里孩子到田野铲猪草时，时常顺手牵羊，干出捉"青虫子"的事来。这当然是不允许的。然，我们这些孩子，平时都是被称为细猴子的，调皮得很。干捉"青虫子"这类事情，多背了家长，即便有人吵上门来，我们也会把头一歪，言下之意："你逮着了么？"

其实，铲猪草，烧青豆子吃，不仅我们这些乡间孩子干，就连鲁迅、汪曾祺这样的文豪、名士也干。汪先生曾专门为此著文：

我们那时偷吃的是最嫩的蚕豆，也就是长得尚未饱满的，躲在软软的羽叶间，有细细的绒毛，尾巴上尚留些残花，像极了蚕宝宝，只颜色是青的，家乡人有时干脆就戏称其为"青虫子"，摘一条在手里，毛茸茸的，硬软适度，剥开壳——或者也不必剥，只一掰就断了，两三粒翠玉般的嫩蚕豆舒适地躺在软白的海绵里，正呼呼大睡，一挤也就出来了，直接扔入口中，清甜的汁液立刻在口中迸出，新嫩莫名。

汪老回忆了小时候读鲁迅先生《社戏》时的感觉，说："前面浓墨重彩地写与小伙伴游戏、坐船看戏，似乎就是为了衬出后面的偷食蚕豆。"只不过，在鲁迅先生笔下，蚕豆称之为"罗汉豆"。这蚕豆，除了罗汉豆这样的称呼外，还有胡豆、南豆、竖豆、佛豆之谓。据《太平御览》记载，蚕豆是张骞出使西域时带回的豆种，称胡豆，便不奇怪也。倒是那豌豆，有一称呼，叫"国豆"，怪吓人的。是否与我国豌豆产量世界第二有关呢？

汪曾祺先生直接引用了《社戏》里的文字："真的，一直到现在，我实在再没有吃到那夜似的好豆。"汪先生介绍说，"鲁迅写此文时已近四十了，仍念念不忘，可见思之深切，而在小时读来，也正是这些描写，几乎立刻将鲁迅引以为同类。到现在，鲁迅不少文章已没有兴趣了，但此文仍是自己的最爱之一，每每翻来，都禁不住会心微笑——这大概与自己小时多干过此类事有关。"

阅读十分细心的汪先生，还明确告诉我们，鲁迅那时候所吃的似乎并非最嫩的豆子，而是"乌油油的都是结实的罗汉豆"（鲁迅语），并说"长结实的蚕豆生吃不行"。这一点，我与汪先生同感。那时候，我们这帮乡里细猴子拾猪草，捉"青虫子"，吃的就是新结出的嫩蚕豆。且我们的做法，似乎比两位大师直接入口，要有趣些。具体过程如下：

在田埂上挖个小坑，架上枯草，找个破碗片儿，放上剥好的青蚕豆。从衣兜里掏出火柴，一点枯草，毕毕剥剥作响，缕缕白烟直升。片刻工夫，草尽豆熟，拣一颗丢进嘴里，烫得丝丝的，也不肯松口。一嚼，热气一冒，豆香随之飘出。于是，你一颗，我一颗，消灭了这些烤熟的"青虫子"。抬头一看，彼此笑闹起来：

> 小小伢子，
> 长黑胡子，
> 娶新娘子。
>
> 丫头片子，
> 长黑胡子，
> 出不了门子。

笑闹得时辰不早了，便"轰"到河边，洗去嘴角上的黑灰，背了满筐猪草，回家。

细咸菜烧青蚕豆，是农家餐桌上极易见的。收工回家离田头时，从田埂摘上半箩青豆子，回去后，剥好洗净，从坛子里抓上几把细咸菜，混在一起爆炒，待豆子纯碧后，兑水煮上片刻，便可食用。

这道菜极平常，讲究的是青豆子不能老亦不能过嫩。老了不鲜，过嫩不粉。剥开豆壳，观其芽，以亚黄色为佳。且需现摘、现剥、现做、现吃才好。

平日里，城里人虽说也能吃得上这细咸菜烧青蚕豆，但那青蚕豆多半是隔了几宿，才上街卖的。所少的，是鲜活之气。

六

我们那一带的农家菜地里，当然远不止我笔下所记述的这些作物，极常见的如韭菜、辣椒、葱、蒜、生姜，还有黄瓜之类，本篇均未能详述。

说到黄瓜，到现在我都记着外婆从自家小菜地上随手摘给我的那条嫩黄瓜。那是外婆从外公坟头上摘下来的。其时，我在外婆居住的前面一个村子上读小学五年级，有时候会住在外婆家，省得走一段老长的乡路。留下来和外婆做伴，是我很乐意的。要知道，我一生下来，就被父母送给外婆抚养了。母亲生我时也太年轻了一些，喂养她的儿子还不得要领，只能让外婆辛苦一些。外婆一生育有五男四女，九个孩子，抚养我一个当然没什么难得到她的，小菜一碟。

我留在外婆那河边小屋里，与她为伴的时候，有时便会跟随她去小菜地，看外婆给小菜地上的作物浇水，除草，当然她也会从小菜地上采摘些茄子、割些韭菜之类回家，款待我这个"大客人"（外婆语）。那一回，外婆随手摘条黄瓜给我，用手掐去尚未脱落的枯花，在衣袖上搓了搓瓜上的癞点子，洗都没洗，直接递给了我。我接过来就是一口,那略带青涩且清脆的口感,于咀嚼之中滋生出的淡淡甜味,一下子被我记住了。看着小外孙子那个馋样儿,外婆笑着叮嘱:"慢点儿嚼,别噎着。"

人世沧桑,岁月匆匆。当年陪伴外婆的小外孙,如今已年近花甲。外婆离开我已好多好多年矣。我去给她老人家上过坟,也曾给她老人家修过坟。可细细算起来,没有去祭拜她老人家,亦有好多年矣。她的那块小菜地,应该还在吧?不知有没有人打理?会长些什么呢? 外公的坟头上,还会不会有嫩黄瓜结出呢?

有个声音在我在心底响起,你整天都在忙些什么呢?真的就这么忙吗?!

生命的年轮

一

当你站在那个万人注目的领奖台上，也才二十五六岁的年纪，还是一个没见过什么世面的乡野小伙子。说是万人注目，似乎夸张了一些，颁奖典礼的现场也就几百号人。然而其时文学的热度正高，高得出奇。说是全民皆文学，似也不为过。

一则文学作品，在人们荒芜的心田滋生出一片绿洲，让人们畅快呼吸的，有；融化久积人们心底深处的寒冰，化着汩汩春泉的，有；直面人内心的灰暗、险恶，似匕首，似利剑，刺得人遍体鳞伤、鲜血淋淋的，也有。于是乎，一夜之间，传遍大街小巷、乡村田野，成为一种"现象"。当下，动不动夸言"现象级传播"。过来人都知道，当下的"现象级"，放在那时，实乃"小巫"。这样的文学作品，在像你这样的文学青年身上体现出来的，是火烧火燎，是亢奋不已。

让你火烧火燎、亢奋不已的，是自己的一则小说，竟然也有了"现象级"之意味。那个阶段，你每天接收着大量的读者来信，还有不少登门来访者。实在说来，来信尚好处理，拣出一部分看似要紧的回复一下，即可。来访，应付起来则比较麻烦。那时的农家,有多少能够接待客人下馆子的呢? 这可为难了母亲片。她往往给登门来访者下一碗面条,为不致太过失礼,在面碗里打上两个鸡蛋。要知道,其时两个鸡蛋,也不是寻常时候农家孩子能享受得到的。不论你如何看重那面碗里的两个鸡蛋,来访者并不在意。人家在意的是吃完面之后,可以与你通宵达旦地交流文学。具体而言,那些生活中的人物,怎么就能够在你作品里活灵活现地得到呈现,心中的如何才能成为笔下的?

让你火烧火燎、亢奋不已的,是自己的一则小说,竟然让你第一次来到了首都,来到了全国人民的心脏。不仅如此,那短短的几千字,竟然让你登上了人民大会堂的领奖台。实在说来,还真有了"万人注目"的意思。毕竟获此礼遇,在当时全省唯一。

你见到了多位当时叱咤文坛的"大咖"。时任《人民文学》主编的刘心武先生,送了你四个字:"要学会恨"。刘心武先生的四个字,完全够得上你用"微言大义"四个字来回应。而真正让你做出回应的,则是几十年之后的 2019 年,作家出版社推出你的一部短篇小说集。十五个系列短篇,皆为悲剧。你在扉页上有一句话:"向生我养我的故乡奉上痛彻心扉的爱。"这"爱",何尝不是"恨"呢?!

有论者认为:"很显然,这个题记蕴藏着作者写这部书的初衷,他试图用此作来回馈故乡对他的养育之恩,也正因此,这些系列短篇显现出一种不经意的写作状态,这种不经意又透出一种历史无意识。作者让历史自在自为地行进,最终自然而然抵达一种境地。"

由此与你结缘的,有当时在北京作协从事专业创作的著名作家陈建功先生。是他，第一次把你的小说与有里下河文曲星之誉的汪曾祺先生联系在了一起。陈建功先生是这样说的："这位作者的另一点可贵之处是，他开始意识到，要写出'味儿'来了。比如作品中那远距离的叙事态度，不是确实有了一种冷隽的观照的'味儿'吗？……这里面渗透着作者对一种叙事调子的追求。不过，这种叙事调子怎样才能更加独树一帜，以区别汪曾祺先生的某些小说呢？"

建功先生似乎在你和汪曾祺先生之间拴了根"红线"。这根"红线"一拴，让你迷恋了汪老三十多年，把自己变成了一个不折不扣的"汪迷"。他老人家复出文坛后，以家乡高邮为背景创作出的《受戒》《大淖纪事》等作品，让你爱不释手，读来如痴如醉。而你在迷恋汪老三十多年之后，也先后创作出了具有"汪氏风格"的三部长篇小说。

二

文学这粒种子，什么时候在你心里丢下的呢？

四十多年前，你多了一个称呼：落榜生。说完整了，应为"高考落榜生"。你成了当年全国的五百七十万分之一。

那年，你十七岁。从一所名叫鲁迅中学的城郊中学高中毕业，并于恢复高考之后的第二年第一次参加了全国高考。

其时，全国有六百一十万考生，而被录取的仅四十万多一点，录取率为百分之七。这与四十多年后的情形，真可谓天壤之别。当下，每年高考人数在九百多万，其录取率在百分之七十八左右，较四十年前增长超过了十倍之多。这真是青年学子之幸、时代之幸。

回想当年，恢复高考决定一出，犹如在沉寂太久的天空中响起一声春雷。有道是，春雷震天天下春。被封闭十年之久的通道，终于被打开了。人们内心的喜悦无法言说，那就手之舞之，足之蹈之。锣鼓敲起来，花灯点起来，高跷踩起来，龙狮舞起来，鞭炮放起来。经历了漫长严冬的人们，终于可以敞开胸怀，张开双臂，去拥抱期盼已久的春天。"忽如一夜春风来，千树万树梨花开"。就连大名鼎鼎的郭老都满怀激情地惊呼，这是革命的春天，这是人民的春天，这是科学的春天。

如此重大的时刻，如此重大的意义，是当时一名普通高中毕业生所难以深刻领会和把握的。恢复高考，无疑给民众带来了福音。特别是青年学子，面广量大的农村青年，确实是有了一条出路，让他们的人生轨迹，不再囿于乡村。

你理所当然地置身于这"面广量大"群体之中。1977年的第一次高考，你没能赶上。紧接着半年之后，便是第二次高考，你却以三分之差惜败，没能成为四十万人中骄傲的一员，而成了五百七十万"落榜生"中的一个。

那条走了不知多少趟的十里乡路，在你脚下蜿蜒而漫长，送你到一个叫"香河村"的地方。

这是一个在苏北平原上并不起眼的水乡小村。对你而言，"并不起眼"用得大错特错。这是你的衣胞地，用莫言先生的话说，是你的"血地"。在你的笔下，有这样的描述：

"香河村，一村七个生产队，一百三四十户人家，靠龙巷两边住定。家前屋后，栽上几棵杨树、柳树，间或，也会有几棵榆树、槐树、苦楝树。春来杨柳泛绿，浓荫覆盖，如烟似雾，整个村子全笼在绿荫里，成了个绿色的世界。"

这虽然是小说中的文字，却完全够得上"写实"二字。四十多年之后，"香河村"已不复存在。它只能以文学版图存在于你的作品中，成了你的精神家园。

最近一次的区划调整，"香河村"被划归新组建的"千垛镇"，看似身价大升。这千垛镇，倒有两处著名的所在，值得向读者诸君推荐。

先说水上森林。"水杉参天，树梢益鸟欢聚，沟内鱼儿跳跃，林内一片生机。这里是野生动物的天堂，野鸭、白鹭、黑杜鹃、草鹦鹉、山喜鹊、猫头鹰等在此筑巢生息。林中鸟平时有三万多只，最多时有六万多只。黄昏时分，百鸟归巢，遮天蔽日，景象蔚为壮观。"这是广西作家喻红所描绘的兴化李中水上森林。

言称其森林，似有夸大。然，一千多亩垛田湿地之上，确实水杉葱郁，群鸟飞翔。尤其是那长有洁白羽翼的白鹭，双翅铺展，时而盘旋升空，时而翔于林间，在翠绿杉树映衬下，是一种炫美。说来颇有意味的是，这样一处纯美生态之所，源于二十世纪八十年代初，人们无意插柳之收获。当地民众为合理开发利用荒滩资源，将原先的低洼荒滩，挑挖成一垛一垛，垛状田块，俗称垛田，以抗水之淹没。因种粮收成不佳，于是在垛田上种植了水杉之类适合水中生长的林木，之后便再无人问津。几十年过去，形成了上万立方米的林木积蓄。一下子"惊"到了当地居民，皆以为奇。

再说千垛菜花。"眼前的一大片又一大片的菜花，一垛又一垛的漂浮在水中的田,它既是水淋淋的,又是沉甸甸的,既空灵飘逸,又厚重沉稳。"这是江苏省作协主席范小青笔下的兴化千垛油菜花。

"举目四望,前后左右满是菜花、菜花、菜花!在阳光的映照下,炫目的金黄、金黄、金黄!蝴蝶翩跹,蜜蜂嗡吟,一阵阵浓烈的菜花香气,像酒一样醉人,我也确像醉了酒似的萌生着一些睡意了。"这是散文名家忆明珠对兴化千垛油菜花的切实感受。

"河有万湾多碧水,田无一垛不黄花。"乃千垛菜花景区之写实。每年四月油菜花盛开之际,万亩之域,千垛之上,油菜花黄得灿烂,黄得妖娆,群蜂簇拥,游人如织,蔚为壮观。这处重要的农业文化遗产,已经随着摄影家的创作,漂洋过海,登上了美国时代广场大屏。不仅如此,在2018年全国"十大油菜花海"评选中,家乡的千垛菜花取得了第二的成绩,可喜可贺。然,应非常诚实地告诉读者诸君的是,这已经不是家乡原本意义上的垛田了。

你当然记得,1995年,你曾先后接待过因《废都》而到江浙体验生活的贾平凹先生,以及因酷爱摄影已经从新华通讯社社长岗位上退下来的穆青先生,带他们二位名人领略过原汁原味的家乡垛田风光。那时的垛田,与现在的千垛菜花景区风马牛不相及。

眼前如此美好,尚不能弥补四十多年前那一次高考惜败带给你的失落吗?

三

在你生命最初的岁月里,你离不了一个人:外祖母。一个让你倍感温暖而又撕心裂肺之人！

河水潺潺，穿村而过。河边生长着榆树、杨树、柳树，千姿百态，参差错落。绿树掩映之中，村舍沿河而筑。这样的情形之于你，是早年的童话世界。这样的童话世界中，主角不是什么童话仙子，而是你的外祖母。现如今，这样的童话世界，只能出现在你的梦里。梦境里的童话世界，多了一处小小的宫殿——那村河边的小屋。

那是家乡人称为"丁头府儿"的小屋。不论屋墙多么低矮，土坯墙多么平常，亦不论稻草盖顶多么简陋，整个屋体多么狭小，它都是你心中的宫殿。伸手便能触及的屋檐，让你气宇轩昂；缕缕炊烟从钻墙而出的烟囱飘出，让你置身梦幻；就连小屋顶头开设的那扇门，在你眼里都是那么特别，有着童话般的浪漫。门敞开时看似一览无余，你总是无端觉得，有许多看不见的精灵借此藏身。尽管那时你还不知道，"丁头府儿"之名，源出于此。

小屋坐北朝南。屋前有一小块平坦的空地，颇具魔力。每日里，你和外祖母都有温馨和精彩在此上演。再往南，一处生长着众多杂树的小树林，亦显神秘。林间有众多小鸟常栖，更有夏日里热闹的蝉鸣："知了——""知了——"还有那林间弯弯的小路，同样的神秘。它送你出村，送你走向外面的世界。

屋后的小河边生长着一片芦苇。碧绿的苇叶，肥大的苇秆，每天都经受着"哗哗"河水的洗礼。紧挨着便是一处水桩码头，在你想来，它不仅是供人浆洗之用，月光洒满水面的时候，那些隐身小精灵们的童话剧，便会在码头上上演。

生活在这座小宫殿里的外祖母，虽一人独居，其日子过得一如屋后的小河，缓慢而平静。日复一日，年复一年。终于在某个夜晚，她老人家碰翻了床头柜上的油灯，一把大火烧毁了小小的宫殿。被"毕毕剥剥"毛竹爆裂的声音，还有那映红了半边天的熊熊火光，所惊醒的舅舅们，在小屋前看到了一个烧焦的门框。门框上赫然悬着一把小锁，孤傲地悬着，尽乎恶毒。

外祖母在烧毁的门框下被发现时，整个人已蜷缩成一团，极小，极小。

此番外祖母患小恙，在母亲照料下已渐康复。谁承想就在母亲离开的当晚，竟有意外发生。众多舅舅当中的一员，当晚在照料过他们的母亲之后，临离开时在小屋的门上加了一把小锁。

其后很长一段时间，你的脑海里总是出现外祖母在大火中爬行的画面。然而，爬行至门口的外祖母，却被门外的一把小锁要了性命。事实上，你的无端想象，在母亲那里得到了证实。赶到火灾现场的母亲，搂着自己的母亲，哭得死去活来。她发现了外祖母开裂的指甲。母亲的心在滴血。

平日里就曾听母亲说过，你是外祖母带大的。母亲生你时，还是年轻了一些。身为婴儿的你，抱着软乎乎的，似乎抱不上手。给婴儿穿衣服、洗澡之类都不敢，加之奶水又少，母亲便直接把你交给了外祖母。外祖母也曾告诉过你，多少个夜晚，你是吮吸着她的乳头度过的。尽管早吸不出奶水。

童话世界瞬间破灭，你欲哭无泪。外祖母成了一个黑色天仙，飞翔在你的梦境。那是她老人家日常生活里总是一身黑，给你留下的印记。黑褂子，灰裤子，黑布鞋。通常，头上还会顶着素净的花纹头巾，一身干干净净。

你忘不了，一到夏天，外祖母必干一件活儿："吃麻纱"。小屋的树荫底下，只见她从身边水盆里拿出麻皮，放在腿上，用手指剔开，然后一缕接一缕，手指在接头处轻轻一捻，几乎是同时将捻好的麻丝在嘴边"吃"过，原本一缕一缕的麻丝，便神奇地成了麻线。之后，顺顺地堆在身子另一边的小扁子里。

"吃"好的麻线，还得绕成一个一个的团儿。外祖母不仅"吃"的技术好，绕团儿也很有一手。她绕出的团儿，个头一般大，上秤盘一称，几两一个团儿，其他不用再称，数数个数，斤两就出来了。这到织布师傅那儿验过好多回，准得很。不仅如此，外祖母绕的团儿，还是空心的。那细细的丝线，绕成空心，难。外祖母告诉她的小外孙，刚"吃"好的麻纱，绕成空心易于晾干。

"那不会放到太阳底下晒吗？"小外孙觉外祖母这样做太为难自己。外祖母一听小外孙的话就笑了，说："呆扣伙（扣伙是小外孙的乳名，外祖母给起的），麻纱娇得很，一晒就脆，一脆就断，就织不成布啰。"小外孙似乎听懂了外祖母的话，但终究没看清她嘴里的"名堂"。

外祖母"吃"一夏麻纱，能织好多"夏布"的。于是，不仅她床上的蚊帐是用她"吃"的麻纱织的夏布，小外孙家床上的蚊帐也是。外祖母和母亲身上穿的夏布褂子，同样是出自外祖母"吃"的麻纱。说来好笑，外祖母曾经送给母亲好几匹夏布，说是留给她的小外孙结婚时做蚊帐用。亏她老人家想得出。

你当然记得，再度与外祖母在一起生活，是自己十一岁时到邻村读五年级的那段时光。其时，村上只有三个人读五年级，构不成一个班，只得到邻村去。正巧，外祖母家在你要去的学校中间。这样一来,你就不用天天回家,可以住在外祖母那里。平日里,省去了好多乡路,碰到刮风下雨,自然少受风吹雨淋之苦。何乐而不为呢。

对于你住到外祖母家,外祖母很是高兴:"总算有人和我说说话啰!"尽管外祖母生有五男四女,除了五舅夭折之外,其他八个子女长大成人后,都各自独立成家了,有的还不在本地。小外孙去了,外祖母多了个伴儿,也多了个小帮手,她能不开心吗!

和外祖母住在一起,上学前,你都会跟她说一声:"婆奶奶(外祖母,在家乡一带都叫婆奶奶),我上学去啦。"外祖母有时在她的小屋里忙自己的事,在里边应一声:"去吧,一放学就家来呀。"

她有时会走出小屋,帮小外孙整整书包,理理衣角,问一问上学用的东西带齐了没有,叮嘱道:"上课要听讲,不要和其他细小的打闹。回家的路上不准玩水,要记得啊。"家乡一带,每年夏天都要死个把小孩子,多半溺水而死。外祖母的嘱咐,要紧得很。"细小的"乃小孩子之意,外祖母说的是当地方言。

有时放学回来,人没到,小树林那头便会传来小外孙的叫喊:"婆奶奶,我放学啦。"立在小屋门口的外祖母,真如童话里的人物一般,高兴得像得到什么宝贝似的,一边从小外孙身上拿下书包,一边笑眯眯地说:"我家大学生家来啦,快快,有好吃的等着你这个小馋猫呢。"

这时,外祖母便会从锅里端出煨着的蛋茶。喝着放了红糖的蛋茶,甜津津的,咬着嫩滑的蛋瘪子,那股幸福劲儿就别提了。尽管这样的待遇并不常有,因为外祖母家就喂养了一只宝贝芦花母鸡。芦花母鸡生的蛋,平日里多半送到村上代销店里,换些日常用的火柴、盐、酱油之类,她老人家也是舍不得吃的。每每吃着外祖母给煮的蛋茶时,小外孙都会在心底暗暗发誓:"将来工作了,第一个月的工资一定交给婆奶奶,一定要给婆奶奶买好多好吃的,买她从来没吃过的好东西。"

外祖母没等到小外孙给她第一个月工资,也没有吃到小外孙构想中的那许许多多的"好吃的"。在小外孙离开家去外地刚读了一年书的当口,她就离开了人世。

听着母亲的诉说,你欲哭无泪。母亲早就泪流满面你的心中却充满悲愤。你恨,真的恨,恨那无情的铁锁,恨上苍为何如此不公,恨那些不孝子孙,恨自己的无能。

外祖母的离开,结束了她有如收割时遗漏的一粒稻麦一样不为人关注的一生。可对你来说,却是收获时节遇到了天大的灾难。

"婆奶奶,你上哪儿去啊?带我去吧。"身着黑衣灰裤,挎一只半新竹篮子的外祖母,从你身边飘然而过,一句话没有。你拼命喊她,拽她,直至哭出声来,才知道,你又做梦了。

尘世间,再也没有疼你爱你的外祖母了。那河边,再也没有外祖母的小屋了。外祖母和她的小屋永远留在了你的梦里。

四

有些东西,当你该去面对时,还得去面对。别人,无法替代。

外祖母的意外离世,无论你有多么不愿接受,你还是得去面对;无论你如何撕心裂肺地痛,痛不欲生,你还是得自己承受。

外祖母的意外离世是如此，当年高考的落榜之挫折，亦是如此。

十里乡路，在你的脚下，没有了往常归去的欢快，当然也不会有"报喜鸟"的那份急切。你，脚步有些懒散，情绪似有失落。脚下蜿蜒的乡路，是否在勾勒你人生的轨迹？

实在说来，对于一个十七岁的乡村少年而言，第一次的高考失利，还说不上有多深的忧伤。内心小小的失落，自然是有的。对父亲可能会给予的责备，有那么一点儿担心也是正常的。

这毕竟是你十七年人生历程中的第一次。现在想来，自己仅以三分之差落榜，心里头或许还潜藏着些许小小的骄傲呢！要知道，按照当时的高考政策，如果属城市户口，则完全是到了录取分数线的。

缩小城乡三大差别，是当时喊得很响的口号。这农村户口、城市户口之差别，在高考录取分数线上的体现，让不少人不惜花重金去购买，以求拥有一个城市户口。几年之后，变得一文不值，几成笑谈。如今，再无农村户口、城市户口之区分，人们只需按居住地登记即可，真是此一时，彼一时矣。

无论自己的脚步多懒散，十里乡路总有走尽的时候。归来之后的少年，做好了被父亲训斥的准备。

唉，怎儿就没再用把力，何至于三分之差呢？也怪我没把手表给你，答卷时间掌握不好，听监考老师讲，你有一门考试，足足早交卷四十五分钟，也影响成绩呢！

父亲虽然知道考试不比种地，但凡事用力一些总是好的。再说仅三分之差，能不惋惜吗？这可是改变一个人命运的呀！

父亲并没有过多责备他的儿子。相反，他倒是一个劲儿责备自己，没想到给儿子手表，没想到掌握考试时间对考试成绩如此重要。否则，也不至于有三分之差。

父亲从手腕上除下那块老式钟山表，说什么也要给自己儿子戴上。这让落榜生的你颇为意外。其时，父亲负责着一个村的全面工作，工作中一直以一丝不苟服众，赢得了不少赞誉。掌握时间，对父亲而言无疑是极其重要的。说实在的，手表那时在村子上还是个稀罕物。全村也就只有两三块。你记得很清楚，村小的吴老师手腕上戴着一块手表，还有一个从部队回来的远房叔子，有块表，轻易看不见他戴。再有就是父亲，有块老式钟山表。现在，父亲却坚持着，把手表戴到了落榜生的儿子手腕上。

一直在后屋厨房里忙碌着的母亲，端上一碗蛋茶，递到你跟前：吃吧！爸爸已经跟学校老师说好了，让你复读，明年继续考。

刚戴上钟山表的手腕还有些不适应，也不敢细看表的模样。接母亲的蛋茶碗时，你险些失手。咬着滑嫩的蛋瘪子，满口盈香，却难以下咽。

你当然知道，眼前四个鸡蛋一碗蛋茶，在家里是用来款待贵客的。现在，母亲竟端给了你这个十七岁的落榜少年。这一刻，你的鼻腔有点儿酸，眼角有点儿湿，懊悔犹如无数看不见的小虫，在体内蠕动。你懊悔，懊悔高考答题时的随意；你懊悔，懊悔提前交卷时的轻率。唉，怎儿就没再用把力，何至于三分之差？父亲的话，在你心底萦回。

毕竟是不同年代的人，你的这种表现，恐怕很难获得当下同龄人的认同。依现在的年轻人看来，十七岁，是一个多么年轻的年岁,充满着无限可能。年轻就可以任性,一次小小的落榜算什么?著名歌手刘欢是怎么唱的?看成败,人生豪迈,只不过从头再来。是的,只不过从头再来。

五

没过多久,你又有了一个全新的称谓:复读生。

远离校门四十余年矣,对现在高中生的学校生活不甚了了。如今高考录取比例如此之高,应该没有"复读生"之说了吧?

遥想当年,复读几乎是"现象级"的。你最清楚了,当年那帮同学中,复读两三年、三四年,真的不在少数,甚至有复读更多年的。你同窗中就有这么一位老兄,复读得颇为夸张,高考落榜之后,选择了从初中重新读起。为了高考,他也真的是拼了。这么多年过去,再也没能碰到此兄,不知其重读之路是否坚持了下来,亦不知其重读之结果。

在父亲的努力下,你重新回到原本已经毕业了的母校:鲁迅中学。像由你这样的复读生组成的班级,学校给了一个专门的称呼,叫"补习班"。学校在补习班师资选配上,是往强里配的。为高考落榜生办补习班,在当时的城乡中学均极为普遍。学校在造福无数学子的同时,也开辟了一条很好的财源。

正是在这补习的一年之中,你幸运地遇到了补习班教语文的朱老师。朱老师大胆地引进了新时期短篇小说的讲解。这样的举动,放在现在可能并不觉得多难得,但在四十多年前,确实有点儿"吃螃蟹"的意思。刘心武的《班主任》、卢新华的《伤痕》,一篇篇散发着墨香的文学作品，进入了一座普通中学补习班的课堂。这，无疑训练了你这个复读生的文学鉴赏力，在你的心底丢下了一粒种子，一粒文学的种子。

第二年的考试，你考得颇为顺利。

因为有父亲的钟山表，答卷时间掌握得很好，不再贸然交卷，当然也不担心超时。每场考试都认真阅卷答题，最后成绩当然非常理想。

最让你得意的是，再次踏进考场，你在紧张之中生出了些许从容。你有了仔细端详手腕上父亲这块老式钟山表的念头。表的背面，一圈弧形的汉语拼音，是"全钢防震"的全拼。拼音下面印刻着"全钢防震"四个黑体汉字，霸气得很。这也透露出了表的质地，钢质。因为在父亲手腕上戴了有些年，白色的钢几成灰色矣。

更耀眼的是表的正面，不再是灰白色，而是整体镀金。虽有些磨蹭，不是十分的金光亮灿，倒也呈现出一种贵气。戴上它，无疑是种身份的象征，能增强自己的气场。表的"十二点"下方，"钟山"二字，是繁写的毛体，极显眼。最为显眼的，要数表壳内的三根指针，完全称得上"金光亮灿"四个字。因为多了一层保护，三根指针，崭新、闪亮。随着秒针"嘀嗒嘀嗒"的转动，人的眼球很容易就被抓住了。

你第二年参加的，不是"高考"，而是"中考"。这样的选择，正应了"可怜天下父母心"。你的"中考"，超出录取分数线四五十分，能取得这样的考试成绩，在当时实属不易。你成了村子上考取学校的第一人！鱼跃龙门之后，多少能体会先贤板桥先生"我亦终葵称进士，相随丹桂状元郎"之喜悦。这也让你有了志在四方的豪情。于是乎，第一志愿填报了甘肃某铁道学校。你在心底期盼着与家人辞别的那一幕出现，"送你离开，千里之外"。

果然，父母有了一份不舍，更不舍的还有当时健在的外祖母。当你遗憾自己非常理想的"中考"成绩，却没能如愿考上甘肃某铁道学校时，父亲坦陈了个中缘由。原来，父亲私下找到了朱老师，做出了一个与你正好相反的选择，以离家最近为目标，替你选择了一所师范学校。当年，父亲为儿子做出的近乎"无厘头"的改变，竟然让你又一次收获了幸运。

进入师范学校的两年，几乎是你泡图书馆的两年。十八世纪、十九世纪的世界文学名著，由此几乎伴随着你的每一天。这两年，你猛啃名家经典，完成了自身基本的文学积累。一粒文学的种子开始发芽，开始生长。

在师范学校，教现代文学的年轻的费老师，给予了你创作上最为直接的指点。你和几个志趣相投者，牵头组建了"陶然亭"文学沙龙。每周都有同学会聚在校外的那座小小的"陶然亭"上，交流阅读心得，进行文本分析。终于，几年之后你有了小说处女作在《中国青年》杂志发表，并获得当年全国性征文的二等奖，前往北京人民大会堂领奖。

曾经的十七岁的高考落榜少年，已俨然成长为一个文学青年。

居于鸟鸣里

一

曾几何时，"放慢脚步，让自己的肉身，等一等疲惫不堪的灵魂！"这样的呼声愈益高涨。与长久以来一直倡导和推崇的"快"不一样，不少地区把"慢"抬到了贵宾的位置。

据我所知，南京的高淳就以蜗牛为"形象大使"，搞了一个"慢城"，一时火遍大江两岸。当然，我所居住的城市，也是不甘落后，有所动作的。"水城慢生活"，成为城市新的主打口号，令人耳目一新。我还牵头编了一册"水城慢生活"的书，为众多市民所喜爱，亦算是为地方尽了点儿绵薄之力。

一个地方有一个地方的精气神，无论是地方执政者，还是地方人文学者，若能找准这一点，加以提炼提升，形成城市主题口号，持之以恒，推而广之，势必事半功倍，相得益彰。然，在现实中，并非如此。城市主打什么，往往跟着当地"一把手"走，其变化之频繁，有如农妇锅里米饼子，翻来翻去，随意得很，令人诧异。持久打一张牌，一任接着一任干的，也有。果真如此，则乃地方之幸，地方民众之幸也。

客观地说，"快"全方位支配着我们的工作、生活久矣，说有些东西渗透进了我们的骨髓，也不为过。"慢"，就不会那么容易。自然不是说"慢"就"慢"，想"慢"就能"慢"的。关于这一点，我有切身体会。

就我个人而言，因爱好写作，"灵魂"一词，不仅时常闪现于脑海，而且时常出现于笔端，自然是主张肉体与灵魂，二者皆需休养生息，且以后者为要。诸如陶渊明的"采菊东篱下"，李太白的"五花马，千金裘，呼儿将出换美酒，与尔同销万古愁"，还有林逋的"梅妻鹤子"，文人雅士的生活形态，潜移默化地影响着我，成为我的生活理想。

然而，理想很丰满，现实很骨感。我生活在世俗里，缺少堂吉诃德与风车搏斗的勇气。稍有点儿社会阅历、社会经验者，都能感受得到，大凡某种口号喊得铺天盖地，那定是某个方面的问题，不可小觑矣。一个地方如此，一个人亦如此。因此，即便我意识到了，也从心底想去做了，亦未必就真真正正地实现得了。

倒是 2020 年年底，我离开了部门主要领导岗位之后，对自己的工作节奏、生活节奏做相应调整，有些东西放下了，"慢"，极其自然地来了。

二

我搬离城市中心区的空中楼阁，来到了近郊的一处庭院。在这里，每天清晨，在我耳边响起的，不再是轰隆隆的汽车马达声，而是清脆悦耳的多种多样的鸟鸣。

说来，这种躺在床上听鸟鸣的日子，在我的生活里也曾短暂地出现过。初尝居于鸟鸣里的滋味，自己很是有些兴奋。

那是一次欧洲之行，我们一行逗留于荷兰的首都阿姆斯特丹，住在距市区仅半小时车程的夜莺酒店。正是这个夜莺酒店，给了我一个鸟语花香的清晨。

来自"锅底洼之乡"的我，对于水有着特殊的情感。我出生的那年家乡大水，三十年后我又将小船儿划上了大街。城区的街道成了水巷，城市真的有如一片荷叶在水上荡漾着，随时都有没入水中的危险。所幸的是，时代不同矣，即便是大街成了水巷，城区成了"荷叶地"，民众们仍无生命之虞、衣食之忧，更不会再有饿殍遍野的悲剧发生。

荷兰这个国家，跟我的家乡一样地势低洼，全境四万多平方公里的土地有三分之一海拔不足一米，有四分之一低于海平面，是个名副其实的"低地之国"。令人敬佩的是，为了避免海水倒灌的"灭顶之灾"，自十三世纪以来，荷兰人围垦造地，风车抽水，建成了长达一千八百公里的海堤，使国土面积增加了五分之一。其国徽上镌刻的威廉大公格言"坚持不懈"，成了荷兰民族精神的真实写照。

我们一行，是一大早从布鲁塞尔出发，经海牙到达阿姆斯特丹的。一路下来，我和大伙儿一样都有些倦意，当晚简单洗漱之后便睡了。谁料想，翌日清晨，我被窗外树丛中"叽叽喳喳"的小鸟唤醒了。于是，起身走出酒店，想呼吸一下外面清新的空气，看一看酒店周边的环境。

还真的得感谢窗外树林间的小鸟们，是你们让我有机会在荷兰首都的郊外散步，看到了大片大片的田野，看到了大片大片田野上色彩艳丽的郁金香。一片红,红似火焰;一片黄,黄如鹅绒;一片白,白得像飘浮着的云朵。

这个时间点,还是过早了一些。我溜达了一会儿之后,决定再回自己的房间。睡意全无的我,重新躺到床上。窗外树林间的鸟鸣声,此起彼伏,相应相和,一声一声传入耳中,恰是一场多声部的大合唱!

听吧——

一声长鸣之后,来了一个群口的"叽叽喳喳"间以一声清脆的啼叫,绵柔而细长。紧接着,低声部的鸟们集体亮嗓,低沉而雄浑。最是那飙高音的独门绝技,穿透天空,直击了我的心房。

听着,听着,我不再试图去分辨鸟们的种类,亦不再试图去判定它们叫声的优劣。就这么在床上静静地躺着,静静地听着,什么也不去想。有如漫步于荷塘月色之中的朱先生,"便觉得是个自由的人",真好!

其实,我在城区空中楼阁居住的时候,清晨也是有鸟鸣的。你还不得不说,倡导绿色环保之理念,整个生态环境还是有了较大改观。可是,我每日掐着点起床,忙完洗漱用餐之规定流程,便急匆匆冲下楼,踏上上班之途,哪有什么心思顾及窗外树杈上的鸟鸣哦!心绪不在,说啥皆是枉然。

倒是有一阵子,某种鸟的啼叫在我心底引起了共鸣。"Lydia——""Lydia——"是谁在叫,我没细究。叫的是谁,我第一声就听出来了是在叫我的女儿!

"Lydia",我女儿的英文名。其时,她刚刚去新西兰读书。作为独生女的她,离开父母,离开家,离开自己的国度,外出求学,舍不得她的人太多。作为父亲,我的不舍,在心底,只能在心底。

三

至今,我都清楚地记得,女儿临离开的最后一晚,我和母亲在 KTV 陪她蹦迪的情形。

那天晚餐后,女儿提出,他们几个小辈要去"K 歌"。我和妻子自然应允。不想,几位老人也要跟着去,说是他们要听孩子们唱。

平日里,母亲一到点就睡,睡得比我们都早。她有头疼的老毛病,晚上睡迟了,第二天一整天都没精神。说是生养我三妹时落下的病根,很多年了。因此,母亲总是恪守"早睡早起"之原则,在我们家中堪称楷模。

我原以为,母亲不会跟来,那 KTV 的音响"轰轰"的,对她的头不利。谁知她劲抖抖的,一路走得蛮快。因为距要去的 KTV 不是很远,就没打车。可一上路,风挺大,把父亲头上的帽子都刮掉了。我想开口让父亲陪母亲回去,风太大了,况且到了 KTV 全然没他俩的事。然,望着二老劲头十足的脚步,我把到嘴边的话咽了回去。

一进 KTV,我和小辈们的代沟便再明显不过了。我自以为流行歌曲还会唱几首的,可等到他们开口一唱,都是些从未听过的,语速快,节奏强,摇滚味太浓太浓。这样的情形下,我自然退下阵来,小辈们成了绝对的强势主角,"麦"不离手了。

KTV 里,音乐轰鸣声还是大了一些,我担心母亲的头不能适应。可,与我预想完全相反的情形出现了,随着强烈的摇滚节奏,母亲竟跟着她的孙辈们一起跳起舞来，扭胯、摆手、挪步，每一个动作都有模有样，丝毫不比我这个进 KTV 次数不算少的儿子差。几个很时尚的孙辈，看了也激动得直鼓掌，女儿说，奶奶是个跳迪舞的天才。

我看着看着，迎上去拉着母亲的手，和她一起扭起来，动起来。这可是我和母亲第一次跳舞，我相信这也是母亲生平第一次进 KTV 跳舞。这是那个平时安稳慈祥不苟言笑的母亲吗？这是那个平日里围着厨房忙个不停的母亲吗？今晚，母亲身上的红地碎花夹袄异常鲜亮，两鬓花白的齐耳短发随着音乐节奏在飘扬。今晚，我看到了一个全新的母亲，一个身心全然放松的母亲，一个充满诗意的母亲。

说实在的，在拉着母亲手的那一刻，我的眼眶有些发热。我真的想对母亲说，儿子真的不够关心您，只知道给您日常所需，极少关注过您的内心。即便是关心，也是围绕着儿女亲情之类，几乎把您自身的内在需求给忘了。我真的想对母亲说，儿子错了，不该到了您快七十岁了才让您第一次进 KTV，可又何止是KTV 呢？您能去的，儿子该请您去的，有太多太多的所在，可以让您操劳了几十年的身心得到舒展与栖息。母亲啊，请您原谅这么多年来儿子不应该的疏忽。

母亲坚持到晚上十点左右，提出先回去了。这对她来说，已实属破天荒。此刻，我是极想陪母亲回的。可，我知道，母亲是断然不会同意我离开的，她是怕我的离开，会影响现场的气氛，尤其是影响她宝贝孙女的情绪。

她要让孙女在家里开开心心地过好最后一晚。

四

我们父女分离的情感，终于在有一年的春节过后不久，宣泄出来了。

为了多拿学分，那一年，女儿没在家过年提前返校。某一天，女儿哭着打来电话，说自己一觉醒来，周围没有一个熟悉的人！

何止是没有熟悉的人啊，根本就没有其他人，整座房子里就只有女儿一个人。因为是春节刚过不久，女儿的室友们回国尚未返回。那一年，女儿又是一个人在新西兰过的年。

接到女儿的电话，我再也控制不住自己的情绪，结果女儿在电话那头哭，我在电话这边哭。

我亲爱的女儿，爸爸今天要告诉你一个小秘密：你知道吗，自从第一次送你去新西兰之后，爸爸再也没有送过你，哪怕是送你到我们家楼下，我都没有这样做过。因为每次看着你关上车门，从车窗里朝家人们挥手告别时，站在楼上走廊边的我，泪水就会悄然而至。我真的不想让你看到爸爸因为你的离开而流泪，更不想惹你伤心，让你流着泪走。那样的话，你一个人在新西兰又得好多天才能缓过来，我怎么舍得让你因为我而难过呢。

很多很多年之前，给你听音乐的事儿，你还记得吗？那时候，收录机还是一件奢侈品呢。说来，那时你还是小了一些，未必能听懂那些世界名曲。原本就缺乏音乐细胞的我，尽管比你大好多，其实也不一定听得懂。但我俩还是坚持听了好一阵子。见你每次都那么安静地听着收录机里的磁带，你不知道我心里有多高兴了。

和尘世间许许多多的人一样,我也有点儿小私心。让你去学琴,希望能提升提升你的素养和气质。女孩子嘛,如果穿着一袭长裙,坐在一架钢琴前,用那纤纤玉指弹奏出一曲曲如行云流水的旋律,那该是多么美妙且让人羡慕的一件事啊。我当然希望你能成为坐在钢琴边的女子。尽管那时,我还买不起钢琴,只能给你一架电子琴。还记得为了一首练习曲,我狠心地敲打过你的手指吗?真的对不起,我怎么会不知道,手指对弹琴者是多么重要呢,可我一着急还是敲打了。那时一定很疼吧?

是不是我太贪心了,学琴之后又让你学绘画、舞蹈。当你穿着一袭红裙,和你的舞伴在台上随着拉丁舞的旋律翩翩起舞时,坐在台下的我别提有多骄傲了。当你的绘画作品在一次比赛中获奖,我捧着那大红的证书,内心喜滋滋的。可是,因为我的工作变动,你跟着我离开了家乡,来到一个陌生的城市,就再也没能把你喜欢的绘画一直学下去。至今想起来,我总有一份内疚。

好在,你总能给我带来惊喜。一不小心,你的一篇散文竟然在上海的《青年报》发表并且获得了一等奖。那么多人为你高兴,我当然更为你高兴。于是,我希望你能成为一个作家。这样你我就有了共同的爱好,不是能走得更亲近些吗。你每每有作品发表,我要做的第一件事情,就是把你的文章从报纸上剪下来,贴到一本大大的厚厚的硬面抄上,然后时常一个人独自欣赏,读着读着心底便有了一点点小自豪。

然而,你并没有能让我内心的这点儿小自豪延续下去。自从你去了新西兰,我再也看不到你的散文了。不仅是看不到你的散文，就连你的人也不能想见就见，你我之间见面一下子少了许多。算起来，你一个人在新西兰生活也有四年多了。也没有去看望过你，也不知道你在那边是不是有不顺心的时候。每次和你电脑视频时，我总是小心翼翼地避免那些容易让你产生想念的话题。

可此刻，面对在万里之外的异乡流着泪的女儿，我除了劝慰，也只能劝慰。海外求学之路，是你自己的选择，你应该坚持走下去！一个人，就是一次一次在与亲人的离别中，慢慢成长起来的。爸爸会为你有勇气继续在外打拼而感到高兴的。

女儿在新西兰求学四年，窗外树杈上那只会讲英语的鸟儿，就在我耳旁"Lydia——""Lydia——"地叫了四年。

五

人们常说，小猫小狗都通灵性，亏待不得。何止是小猫小狗呢，小鸟一样通灵性。

我在近郊的庭院里，就养有两只虎皮鹦鹉。其初衷是给我的双亲解闷的。这种鸟，小巧玲珑，色彩斑斓，鸣叫悦耳，在我看来，是老年人解闷的好帮手。

不料，鸟笼提进庭院没几个月，惨案发生：一日早晨，悬挂于亭中的鸟笼，遭受攻击，致使一只蓝皮鹦鹉，腹腔被咬开，内脏外露，死得惨烈。从笼内脱落的羽毛，可断定，蓝皮鹦鹉死前是经过一番拼死挣扎的。

老母亲为此很是伤心了一阵子，说什么再也不肯饲养小鸟了。于是，幸存的那只黄皮鹦鹉，被母亲放生了。

没过多久，心地善良的母亲，却又担心起黄皮鹦鹉的生存来。庭院内外，整日飞鸟不断，它们都能活得好好的，黄皮鹦鹉当然也能好好地活着。我劝母亲放宽心。

不一样！黄皮鹦鹉一直关在笼子里，被人喂养惯了，放出去让它自己找食，未必能行。母亲的言语间，还是有着一分担心。就这样，母亲将家中剩余的鸟食，每日在原先放鸟笼的地方撒上一些，指望着黄皮鹦鹉实在找不到食时，能飞回来吃上几口。

母亲每天就这么撒着，自然会有鸟儿从树杈上飞落下来，啄食。只是，不是她老人家希望的那只。

说来奇怪，母亲这样撒食也没有太长时间，那只黄皮鹦鹉竟然飞回来了。再见到黄皮鹦鹉，母亲高兴得跟个孩子似的。母亲断定，黄皮鹦鹉在野外觅食肯定不顺利，要不然怎么会飞回来找食吃呢？

于是，她老人家决定，将黄皮鹦鹉请回鸟笼之中，由她亲自喂养。当然，得给它配上只蓝皮鹦鹉，有个伴儿，才不孤单。

这些，只能是母亲的情感逻辑。我自然是按她老人家的意思办。幸好几年过去了，鸟笼惨案再也没有发生过。两只鹦鹉在笼子里活蹦乱跳的，过着水食无忧的日子，母亲挺开心。

搬过来和二老住在一起之后，我的心似乎一下子定了下来。于我而言，再没有"子欲养而亲不待"之遗憾。

醒在清晨的鸟鸣里，我总会让自己在床上静静地躺着。静静地躺着，放空一切，什么都不去想。无关乎喜悲，无关乎得失，无关乎过去和未来。静静感受一个生命体的存在，已然如此，夫复何求？！

第二辑

醉岁月

"醉岁月"是 2021 年在《大家》开的个人散文专栏。书写的是活跃在民间颇具影响力的非遗传承人。他们陶醉在自己的岁月里,取一种民间视角、民间立场、民间态度。但,在我的笔下,"民间"更是一种生存状态,一种生存智慧。

"醉岁月"这组叙写特定地域民间风俗、风物、技艺的散文中,所涉及的不少非遗传承人,他们在自己所从事的领域皆为响当当的高手,令人们钦佩,让岁月生辉。

"非遗"是一座历史文化富矿,值得更多作家、专家去关注、去研究、去挖掘。我的叙写,连冰山一角都算不上。

在旧时光里沉醉

　　现代社会，科技极速发展，人们的脚步越来越快，生活节奏、工作节奏，乃至情感节奏亦如是。多数人在一路狂奔向前的时候，极少转身回望，极少让自己的脚步慢下来，极少去回味那旧日的时光。在我看来，这实在是件憾事。也许是渐入老境之缘故，我是愿意慢下脚步，让自己在旧时光里沉醉的。在旧时光里，我就遇见了令我痴迷的风俗。

　　风俗是一面镜子，它照见的是一个迷人的世界。无论是哪个地区、哪个民族、哪个时代，都有着独特的不一样的风俗。有俗语云，百里不同风，千里不同俗。我所生活的泰州地区，民间风俗，丰富多彩，仪态万千。

　　清明时节，邀你到溱潼的国家湿地喜鹊湖，来看一看划会船吧！那是怎样的壮阔，怎样的激荡呢？有诗为证：

　　　　溱潼湖里水如天，
　　　　三面村庄俱水田。
　　　　只有湖东无屋宇，
　　　　人家尽住打鱼船。

下河村落自为邻，

惯使舟船气力振。

团练若成皆劲旅，

请看篙子会中人。

这两首诗，出自清同治三年九月刻本《海陵竹枝词》，是一个名叫储树人的知县所作。诗作并无深文大意，然而于溱潼及溱潼会船却意义特殊。储知县的第一首诗作，描述了溱潼特有的水环境，这可是会船能在此发展演变的基础。无此水环境，即无溱潼会船产生于此之可能也。其第二首诗作，直接点出了溱潼一带赛会船的习俗。溱潼一带的下河人，赛会必撑会船。但见会船之上，群情激奋，喊声震天，竹篙挥舞，快捷如飞，好一派热闹的景象。这样的场景，在溱潼已经存在两百多年的历史矣。

现在的每年清明节，只要你到溱潼来，你都能在溱湖之上领略到万舟云集、旗幡猎猎、竹篙如林、鼓乐声声、游人如织、呐喊如潮的壮观与激昂。浩荡的溱湖，敞开宽广的怀抱，迎接四乡八镇的会船，迎接四面八方的游人。湖面上，贡船、花船、拐妇船争奇斗艳，令人目不暇接。最是那贡船、花船吸人眼球。那搭建有三四层高的船体，四周装饰了珠帘、布幔、宫灯、流苏，流光溢彩，色彩绚烂。船体的上两层供表演展示之用，顶部则建成楼宇、宫殿模样，一派富丽堂皇的气概。亦有工匠在建造之初就巧费心思，将整个贡船、花船构建成天安门、五亭桥等独特造型，漂移于湖上，叫人惊叹。

当然，最让人情绪高涨、激动万分的还是赛会船。只听得铜锣鸣响,"咣——咣——咣——"参赛的船只汇聚到指定区域,集合待命,选手们个个凝神屏息,只等出发令响。随着"咣!"一声重槌落到铜锣上,你会看到众船齐发,有如离弦之箭。选手们使出浑身力气,挥动着手中竹篙,口中"下!下!"喊声不断。一条条赛船,犹如蛟龙出水,在湖面上飞速翻腾,穿行向前。这时候,湖岸边观战游人的呼喊声,此起彼伏,一浪高过一浪,看上去比赛船上的选手们还要紧张呢。

溱潼会船以其恢宏的场面、独特的表演、扣人心弦的比赛,已经成为清明时节姜堰溱潼地区特有的民俗活动。而这一民俗活动,在其漫长的形成发展过程中,亦已形成了自己特有的规范,并得以固定下来。

选船。选船的日子大多定在清明节前的十多天,由会头负责张罗此事。其实,会头在会船节期间要张罗的事情挺多的,选船只是其中之一。这时候,有会船的村子都会由会头在村里醒目之处竖起会旗,在村口码头竖起旗杆,旗杆顶端绑有青苗和旗幡。村里有一条会船,村口码头就会竖起一根旗杆。选船,在村民看来是件能给自家带来好运的事,因而便极自愿地把船撑来,听任挑选。选船的要领在"新""轻"二字,极易理解。"新",主要是从美观角度考虑的;"轻"则是从赛船时易于前行,为争先创造条件。鉴于此,所选之船,以六至八吨的"黑鱼鳃"为最好。

试水。试水即操练。主要是选手们集中到船上,熟悉船性、水性,以达到"齐号"之效果。"齐号",说白了,就是通过操练,让所有选手下篙、扬篙步调、动作都能齐整一致,减少力量消耗,以保证赛船全速前行。这里有个讲究,被选中的选手无特殊变故,上船得满三年,退出则视为不吉利。旧时,女人是上不得赛船的。现在毕竟所处的时代不同了,男女青壮年都有在赛船一展风采的机会了。溱湖会船节期间,还有专门的女子会船表演呢,色彩斑斓的装扮,构成了一道独特的亮丽风景。

铺船。清明临近,所有参赛的会船,都要清洗干净,在船舱铺上干净稻草,搁上跳板,以保证选手站立平稳。贡船、花船、龙船、荡湖船等,则要下功夫美化装饰,所需的不仅仅是时日,还有经费。这时,如有善心人士慷慨相助再好不过,也有一些有特殊需求者愿意解囊,如求子、求姻缘之类,如愿之后还请酒答谢呢。会船每年都搞,这样的好事也是可遇不可求的。因而,会船上相关费用,多数时候是由村民们分担的。

赴会。经过前一阵的忙碌,会船上的各项准备工作均已就绪,清明节也就到了眼前。这时的溱潼人家,自有一番热闹。家家户户扫了墓,便忙着裹粽子、包圆子,邀约亲朋好友前来看会船节。而有参赛任务的选手,次日天没亮就登舟出发,赴会去了。祭祀之后的会船,一路锣鼓喧天,威风凛凛,向赛区进发。此时的会船上,均插有会旗,会旗上绣着各自村庄名,因而即便途中相遇,也不会像旧时一争高下了,而是会友好地互放鞭炮。常言说,邻居好,赛金宝。乡里乡亲的,为争个高下伤了和气,不值。和为贵。

赛船。这是人们期盼已久的时刻,也是令游人情绪激荡的时刻,更是选手们斗志昂扬的时刻,溱潼会船节的高潮时刻。宽阔的溱湖之上,参赛的会船在指定区域整装待发。一阵紧密的锣鼓之后,先是"咣!咣!"两声竞赛开始的预备锣声发出,紧接着第三声"咣!"的一声重槌,此乃出发号令也! 但见数船竞发,水花四溅,呼号震天,你追我赶,万篙挥舞,蔚为壮观,比赛开始啦!

酒会。时近晌午,溱湖上的会船渐渐散去,那热闹万分的湖面渐渐归于平静。激烈追逐的名次现已抛至脑后,胜利固然可喜,未能拿到好的名次,也不必沮丧,明年此时再相会。那就让我们的篙手尽情享受属于自己的狂欢吧。淳朴的乡风此刻尽现,盆装鱼肉,大碗喝酒,开怀畅饮,放声大笑,岂不快哉。这中间有一件人人都会关注的事:"今年的头篙送给谁?"

送头篙。这送头篙,虽说是在酒会上定下来的,其实篙手们心中早就有数的。一个自然村落,几十户人家,早不见晚就见,各家各户那点儿事情,彼此清爽得很。这头篙,多半是送给那些新婚的夫妇,祝福人家早生贵子。也有送给婚后有了年头尚未生育的妇女,不过少。话说这喜得头篙的户主,自然是精心准备一番,头篙一进家门,定是灯烛闪亮,燃鞭点炮,噼噼啪啪,好不热闹。在这喜庆热闹之中,主家向篙手们送上糖果、香烟、茶水、点心,篙手们满口"早生贵子"之类的吉祥话。如若这一年碰巧让头篙得主喜得贵子,那就会有另外一番热闹的景象了。

演戏。撑满三年会船要唱一台戏,这是溱潼一带多年来形成的惯例。如此一来,清明节期间,溱潼一带几乎是村村都唱戏。有村民们自编自演的,有外来演出团队下乡慰问的,天天戏,夜夜歌,真是比过年还要热闹。这一时节的溱潼水乡,到处弥漫着欢乐的气氛,空气中都飘着酒香,是那样的祥和美好。

与溱潼水上大型会船节不同,我老家的都天庙会,是完完全全在陆地上展示。确切的地点在兴化境内的陈堡镇蒋庄村。蒋庄村原本是兴化两千多个自然村落中一个极普通的村庄,正是因为每年三月初九的都天庙会,在兴化众多的庙会当中,声势最为浩大,表演最为精彩,人气最为旺盛,交易最为繁荣,而为四乡八镇所瞩目,让蒋庄村声名远播。

蒋庄村有两座颇具历史积淀的都天庙,一座是吉祥庵,另一座叫集贤庵。吉祥庵,位于村西,俗称西庙。此庙始建于清康熙年间。其建筑规模并不算大,为前后两进,一字排开九间庙舍,又以主殿"玉庙殿"最为高大宽敞。集贤庵,位于村东,始建于清嘉庆十四年。其建筑格局为前后三进一厢,由山门殿、天王殿、大雄宝殿以及都天庙构成一组完整的寺庙建筑群。都天庙,紧靠集贤庵西侧,前后两进一庭院。如此的建筑规模与形制,使其列于兴化上方寺、东岳庵、观音庵等几座颇具影响的寺庙之后,为兴化第七大寺庙。这对于建在一个小小自然村落之上的寺庙而言,已是十分了不起矣。这两座都天庙,以及由此而形成的都天庙会,成为蒋庄人自古以来信奉、敬仰都天大帝的最好见证。

民间正统信奉的都天大帝,是一千多年前,安史之乱时期,河南真源县令张巡。历史上江淮一带都天庙里供奉的都天大帝张巡,均为龙袍加身,青色脸庞,三眼黑须。而蒋庄集贤庵里供奉的都天大帝像,则是金脸双目,这源于对张士诚的怀念。

张士诚(1321—1367),兴化白驹场人。为了反抗元廷暴虐统治,于1353年率领"十八根扁担"在家乡起义,一举攻下草堰、丁溪、戴家窑、泰州、兴化、高邮,并在高邮称王。随后,张士诚率众从高邮来到平江(苏州),改平江为隆平府,在此建都。这期间,他礼贤下士,重视文化和水利,乐于为民办实事,赢得了百姓的赞誉。

同为白驹场人的施耐庵,就曾追随张士诚的足迹,参与过张士诚的军事活动。有学者认为，施耐庵创作的不朽巨著《水浒传》，其题材与元末风起云涌的农民起义有关，水泊梁山中的一百零八条好汉，其实就有着元末农民起义军将领们的影子。

令人遗憾的是，张士诚没能摆脱自古以来农民起义失败的命运。后来，他兵败殉国，宁死不屈。所有这些，都让吴地和家乡的百姓对他更多了一份崇敬与怀念。几百年来，泰州、兴化等地的百姓，一直都拥戴怀念这位反元斗士。于是，才有了名为供奉张巡，实为怀念张士诚的都天庙，才有了一年一度的都天庙会。

蒋庄都天庙会，历时三天。三月初八为"约驾"及试会之日。这一天，庙门洞开，焚香点烛，鼓乐渲天，鞭炮齐鸣，自有一番热闹。值得一提的是，都天大帝神像两侧，此时有黑白胡须的两条龙守卫着，在前来叩拜的善男信女眼里，增添了些许庄严之气。试会当晚，都天庙周遭定然灯火通明，香烟缭绕。所有参会信徒及二十八个分会的会长，轮流给都天大帝上供，顶礼膜拜。三月初九一大早，游行队伍出发之前，二十八个分会按顺序入庙，到都天大帝神台前举行"朝庙"供奉大典，之后方能出会。

这时，走在游行队伍最前列的是震撼人心的头锣，接着是龙灯会、高跷会，还有狮子头、活佛济公、河蚌精，之后是花船、花担、秋千之类，再接下来有万民伞、"鸿富盛会"、开封府、十八相送、西天取经、天女散花、八仙过海、"多福盛会"花篷会、狮吼、香莲会、头牌会，然后是銮驾、提香炉、皂班会、点卯、神台，最后是大轿会（菩萨驾）。都天大帝神轿一过，便是惊天动地的升炮。在整个出会游行的长龙里，你会看到龙灯会的熠熠生辉、高跷会的华丽多彩、狮子头的玲珑活泼、济公活佛的诙谐幽默、河蚌精的婀娜多姿，还可以看到花船、花担、秋千的五彩纷呈、鲜艳夺目、千姿百态，真是美不胜收。至于说，开封府的庄严肃穆、头牌会的威风凛凛，更有那大轿会王者风范，自然不在话下。游人们从这一庙会中，充分享受到了音乐、歌舞、戏曲、故事、传奇等一系列的民间艺术的熏陶。

具有两百多年历史的蒋庄都天庙会，在其发展历程中亦已形成了自己的特色。其一，高跷之高。高跷会所有的高跷，均在一米以上，踩跷人都是经过严格训练，踩跷技术十分娴熟。其扮演的渔、樵、耕、读诸角色，不仅扮相俊美，服饰华丽，而且表演精湛，动作灵巧。其二，龙之威猛。龙灯会的龙，动作繁多，"老龙翻身""乌龙摆尾""腾云驾雾""翻江倒海"，真是威风八面，直扣观者心弦。其三，人物之奇。庙会上，表演打"高肩"的，多为五六岁的孩童，他们站在自己的父辈或祖辈肩膀之上，置于大庭广众之下，本就不易。再身着袍服，头戴盔甲，装扮成三国人物，如刘备、诸葛亮、阿斗、关羽、张飞、赵云、马超、黄忠等等，还要保持一定姿态造型，就更不易也。如此小儿，尚能这样敬业，实在令人称奇。其四，声炮之响。庙会都天大帝出巡起驾前先是三声炮响，穿堂时又是三声炮响，回街时再有三声炮响，"落驾"时继续是三声炮响，凡十二声响炮，可谓是震天动地，声响天外。有人戏说，此炮与接待外国元首时所放礼炮几乎相媲美矣。

行文至此，细心的读者朋友不难发现，溱潼会船也好，蒋庄都天庙会也好，的确很容易让人在旧时光里沉醉。有人也许会提出质疑，你所写的这些明显带着回忆的温馨。黎民百姓的日子，哪里能够如此充满欢乐?! 诚然，生活的艰辛在我们的日子里客观存在着,问题是我们怎么来对待它。我下面即将叙写的风俗,让我想起著名作家高晓声先生二十世纪七八十年代的短篇小说《李顺大造屋》。熟悉那个时代农村的人都知道,那时的农民,一辈子的大事之一:造屋。直至现在,农村发生了翻天覆地的变化,农民的生活水平有了极大提升,但是,造屋仍然是件大事。

在农村造屋的艰难,我是有深切体会的。在我家从田头搬迁到村庄上时,那次造屋我已经能做帮工了。为了能让帮我家建房的乡亲们吃得好一些,父母杀了一头肥猪,这也是父母精心计划好了的。建一座新屋,谋划的时间得好几年呢。这期间,每次吃饭的时候,我都会极自觉跟母亲说,给我一点儿肉汤就好了。要知道,肉汤拌饭,在平时想都不敢想的。那个香哟——真的,香!母亲心疼她的儿子,有时候也会挑一块肉到我碗里,我在端碗时会悄悄地拨到饭桌上的肉碗里。几十年过去,母亲有时还会旧事重提,说她的儿子从小就懂事。我现在要告诉读者朋友们的是,就是造屋这样一件原本充满艰辛之事,在民间,仍然充满喜感。它有个专有名词:"说鸽子"。

> 噼里啪啦鞭炮响,
> 万紫千红烟花放,
> 我来说段鸽子书,
> 恭喜主家砌华堂。

听,又有哪家在建房,"说鸽子"又开始了。"说鸽子"的,用一段段朗朗上口的吉祥话,为主人家砌房子送上祝福,营造出欢乐祥和的气氛。"说鸽子"的可谓是巧舌如簧，一开口便能逗得房主开怀大笑，自然是不住气地递糖、敬烟。"说鸽子"说到关键处，房主还得松松腰包，送上红包呢。此时，得到好处的当然不仅仅是"说鸽子"的，那些围观看热闹的乡邻也能从房主手里得到一份好彩头。

常言说，白鸽子往亮处飞。在民间百姓眼中，鸽子是十分吉祥、顺遂之鸟，因而把建房上梁时给主人家说吉祥话、说喜话称为"说鸽子"，意为吉祥话、喜话犹如放飞的鸽子，阵阵飞起，冲向天空。不过，这"说鸽子"还有另外一种说法，叫"说合子"。此处的"合"，取泰兴方言，读 guo，去声，音与"国"同。"合"之义，易于理解，即为融合、亲近、投缘。"说合子"言下之意，也是给主人家往好处说，自然落到吉祥、喜庆上头了。

"说鸽子"流传的年代颇为久远。有民俗专家研究认为，"说鸽子"是古代的一种"仪式歌"，多用在建造房舍之时。对于普通的黎民百姓而言，无论是古时还是现今，建造居所总是一件大事情。不是说安居乐业吗，居无定所何谈乐业呢？因此，人们从古到今都十分看重建房之事。建房过程中，便有许多隆重的仪式，每个仪式中都有"仪式歌"。如，造房开工之前，主人要向造房的掌墨大师傅行三跪九叩大礼，目的是祭拜鲁班、张班（东汉张衡）两位先师及四方神灵。掌墨大师傅一边敬酒，一边唱《敬神歌》：

> 手提宝壶敬神灵，
> 一敬天，
> 二敬地，

三敬张鲁班师共紫薇。

　　随着时间的推移,仪式在逐渐简化,"仪式歌"也由吟唱变成了"诵"和"说",慢慢地,"说鸽子"的习俗便得以形成。与其他地区"说鸽子"的习俗稍有不同的是,泰州所属高港的田河,其"说鸽子"主要是伴随着建房过程中各种仪式而进行的。这里不妨以"上梁"为例,略作呈现。

　　首先是选梁。梁柱乃房屋之支撑,其重要不言而喻。因此,在选正梁、中柱时,请来的掌墨师傅初选之后,必定要主人家过目把关。一旦选定,掌墨师傅便在鞭炮声中说起"鸽子",朗声致贺:

　　　　木龙生在高山上,
　　　　生在高山你为王。
　　　　粗者用作为中柱,
　　　　直者用来做横梁。

　　第二是暖梁。这道仪式,在上正梁的前一天晚上,请掌墨师傅们吃了"暖梁酒"之后,将正梁请放在两张大凳之上,以免有人跨过。这当中,最忌女人,特别是怀有身孕的女人从梁上跨越,那是会被当地人认为极不吉利的。从梁上跨过之人,只能忍受主家的责难。

　　此时,要给正梁做一件事,贴"福"字。说是贴"福"字,其实贴的是"福""禄""寿"。贴"福"字的,一边贴,一边"说鸽子":

福字四角四四方，
贴在主家紫金梁。
主家生来有福相，
福子福孙福满堂。

"福"字既已贴好，暖梁仪式，就开始了。主家焚香点烛，敬过喜神之后，在鞭炮声中，便有父母、夫妻、子女双全的"全福之人"端着火盆，绕正梁三周，寓意避邪进福，让主家的日子越过越红火。这种时候，哪里少得了"说鸽子"哦！

金盆生火旺又旺，
全福之人来暖梁；
天官赐福到主家，
主家幸福万年长。

第三是浇梁、照梁。浇梁是将两把盛满美酒的锡壶，先用红纸堵住壶嘴，只待良辰吉时一到，在鞭炮点响之后，掌墨师傅便会拔去红纸的酒塞子，将锡壶中的酒浇洒在正梁之上，边浇洒边"说鸽子"：

我把酒塞来打开，
壶中琼浆献出来。
此酒不是凡人造，
杜康名酒把梁浇。

酒浇木龙头，

主家代代出诸侯；

酒浇木龙腰，

蟒袍玉带百千条；

酒浇木龙尾，

财源滚滚江海水。

这里头有个细节，挑得再好的正梁，总有大小头之分。上梁时，一定要大头朝东，小头朝西。这方向不能反。一反，正梁首尾就反了。在民间，乃不吉之兆。

浇梁之后，是照梁。照梁的工具是两顶竹篾筛子，筛子两面均有"名堂"。一面贴红纸，上书"吉星高照"；一面插上芦花，犹如"避邪宝剑"。掌墨师傅手执宝筛，绕至梁后，对视，照正梁，随后将宝筛放置新砌房屋的山墙之上。"说鸽子"自然少不了。

今逢吉日喜气洋，

我替主家来照梁。

宝筛好比团圆镜，

照得金梁放金光。

避邪宝剑东西插，

保佑主家福寿康。

第四是提梁、平梁。提梁之前有一系列动作要做。掌墨师傅向正梁鞠躬行礼，然后给正梁两端系好用红带缠绕的大绳（亦称

"龙绳"),之后便可提梁。此前已经登高至柁梁处的工匠们,这时便可同时拉正梁两端的"龙绳",边拉边说:

大梁悬在半空中,
摇摇摆摆一金龙。
要问金龙哪里去?
一心要登紫薇宫。

正梁提升到指定位置后, 工匠们便将正梁与山墙中的立柱对缝合好,此时正梁便平平安安横架在山柱之间。此谓"平梁"。鞭炮声中,"说"声又起:

平梁又平梁,
宝地建华堂。
平梁又平梁,
主家喜洋洋。
前有状元府,
后有宰相堂。

第五是抱梁。抱梁之前,有一仪式:接宝。在梁上的工匠将事先暗藏"宝物"的馒头,从山梁上送给梁下的主家,也就是主要接宝人。这馒头里面的"宝物"多半是金银首饰之类,亦是主家与工匠事先商议好的。说实在的,并不会有哪个工匠为讨得主家一份象征性的红包,自掏腰包拿出金戒指、金耳环之类硬货的。接宝

之后,工匠们便会手里拿着大元宝状的馒头抱梁。自然是边"抱"边"说":

> 一抱一家兴旺,
> 二抱和合二仙,
> 三抱桃园结义,
> 四抱事事如意,
> 五抱五子登科,
> 六抱六六大顺,
> 七抱七子团圆,
> 八抱八仙上寿,
> 九抱九世同堂,
> 十抱十全十美。

抱梁之后,工匠们便将"大元宝"送给主家,主家自当准备好了红包。这一切,都被围观在梁下的乡邻们,特别是馋嘴的小孩们看在眼里。他们眼巴巴地等到现在,终于有了他们的好处。只见山梁上,工匠们纷纷将主家事先准备好的馒头、糕点、糖果之类,雨点般地撒向看热闹的人群。此时,还不忘"说"上几句:

> 抢馒头,
> 跌跟头,
> 抢到馒头好兆头。

至此，围绕上梁的一套仪式和"鸽子"可算是完成了。然，建房当中尚有好多仪式，尚有好多"鸽子"要说，恕不一一再举。

　　民间"说鸽子"，让人切实感受到：生活就是苦中作乐。唯如此，我们才会相信，明天会更好！

从心田流淌而出

　　早在 1992 年，汪曾祺先生就曾说过这样一段话："中国人经过长期的折腾，大家都很累，心情浮躁，需要平静，需要安慰，需要一种较高层次的休息。"先生毫不客气地点出了当时社会的通病："浮躁"。

　　如此看来，浮躁，被用来作为一个标签，并不算什么新发明。我们的周遭，每天都催生着大量浮躁。我们的身心，也被浮躁包裹着，侵蚀着。于是，我们也变得浮躁起来。短视、功利，尾随而来。人们纷纷承认，眼前的生活只是一种苟且，诗和远方只存在于期盼和想象之中。

　　说实在的，生活尘世，怎么可能总是阳光灿烂？怎么可能总是春风得意？磕磕碰碰，委屈心堵，也会让我心浮气躁，进而心灰意冷。然，这种种的坏情绪，我是不会让其长时间与我为伍的。熟悉我的朋友也好，同事也好，更别说家中的亲人了，总是习惯了我的微笑。我在内心中学会了放空身心，设法让自己的心静下来，不让浮躁的一切塞满胸膛。其办法之一，便是安静地听听来自民间的音乐。这是不是汪先生所说的"一种较高层次的休息"呢？

　　作为民俗文化的重要组成部分，民间音乐植根于中国传统文化的土壤之中，体现出鲜明的实用价值和审美价值，既与普通民众的喜怒哀乐息息相关，又凝聚着普通民众的集体智慧，是"俗"和"雅"两种文化相互渗透的产物。

听！夏季，在我老家的秧田里，栽秧号子唱起来啰：

> 一片水田白茫茫，
>
> 大姐姐小妹妹栽秧。
>
> 啊里隔上栽，啊里隔上栽，
>
> 栽（呀么栽）得好，
>
> 栽（呀么栽）得快，
>
> 呀嗬儿喂，嗯哟喂，
>
> 为的是呀，
>
> 为的是来年多打粮，呀嗬儿喂。

既柔且亮的栽秧号子，在插秧田里响起，告诉农人们时令的转换，各家各户忙的重点跟前一段不一样了。不得不佩服这些劳作的人，像插秧这种原本辛苦而机械的劳作，若是在默无声息中进行，那将是何等的枯燥乏味？不仅如此，身体的疲劳亦随着这枯燥乏味，加剧。有了栽秧号子，一切都大不同矣。

在插秧田里劳作的人们，无论是插秧的妇女，还是挑秧、打秧的男人，抑或是堤岸水车上车水的，随着栽秧号子的节奏，一人领，众人在欢悦中进行各自的工作，劳作协调，情绪欢快，身体放松，其乐融融。不少青年男女的情感故事，就在这其乐融融中上演。因为，这栽秧号子还可以一人领唱，众人和唱的。版本如下：

领:红(啊)衣(来哎)绿裤映水面,

　　(哎)好像(那个)莲花浮水上。

和:啊里隔上栽,啊里隔上栽,

　　栽(呀么栽)得好,

　　栽(呀么栽)得快,

　　呀嘚儿喂,嗯哟喂,

　　为的是呀,

　　为的是来年多打粮,呀嘚儿喂。

领:送(啊)秧(来哎)大哥快点儿走,

　　栽秧(那个)要趁好时光。

和:啊里隔上栽,啊里隔上栽,

　　栽(呀么栽)得好,

　　栽(呀么栽)得快,

　　呀嘚儿喂,嗯哟喂,

　　为的是呀,

　　为的是来年多打粮,呀嘚儿喂。

　　不仅如此,劳作的人们还会将男女情感放进这栽秧号子。青年男女吟唱起来,情绪则完全不一样矣。

　　男:上风飘下一对鹅,

雄鹅河边叫妹妹。
蓝花白花玉兰花儿开呀，
嗯呀哦吱呻，呻呀，呻儿，多风流。
我的情妹妹，
嗯呀哟，呀嘚儿喂。

女：田头哥哥秧担儿悠，
田中妹子把眼瞅。
蓝花白花玉兰花儿开呀，
嗯呀哦吱呻，呻呀，呻儿，多风流。
我的情哥哥，
嗯呀哟，呀嘚儿喂。

在我的记忆里，有一部叫《流浪汉与天鹅》的水乡电影，其插曲就是这种栽秧号子，但旋律已经发生了变化，似乎更婉转，更深情。其唱词如下：

一根么丝线，
牵是么牵过河了，哥哥。
郎儿买个梳子，
姐呀，姐呀梳了头了，
哟咿哟呵呵。

撒趟子撂在外，

一见么脸儿红了,哥哥。

明呀明个白白,

就把相呀思来害了,

哟咿哟呵呵。

说句实话,这首名叫《一根丝线牵过河》的栽秧号子,也叫《撒趟子撂在外》,我自己都不知道听了多少遍。我愿意把"百听不厌"一词,用在这首栽秧号子上。我不得不承认,这些从老百姓心田上流淌而出的栽秧号子,深深地打动着我,感染着我,亦似涓涓细流,流进了我的心田。我曾经在一篇叫《开秧门》的小说中,做过更为详细的描写。

我要告诉读者朋友们的是,《啊里隔上栽》这首在兴化地区流传甚广的栽秧号子,经兴化号子歌手汤晓玲演唱,流传至十多个国家和地区,她的原声带被中央音乐学院收为视听教材。不仅如此,1991年兴化遭受百年未遇的特大洪灾时,著名女中音歌唱家罗天蝉重返当年"下放"地,慰问抗洪救灾的兴化人民时,就曾深情地演唱了这首栽秧号子。

如果严格细分,这首《啊里隔上栽》属兴化劳动号子中的林湖秧歌号子,其形成的历史极为久远。可追溯至古南荡人和阴山人生活的时代。据《兴化县志》(胡志)记载:"兴自周武王时从泰伯之封为吴,迄春秋皆为吴地",泰伯建勾吴"以歌为教"。古代的林湖人,其夷语土歌与吴歌融汇在一起之后,才形成了具有歌咏特点的林湖号子。

据专家研究,宋人郭茂倩所编的《乐府诗集》中大量的五言情歌,与现存的一些林湖号子在句式上有惊人的相似之处。明、清两代则是林湖号子传承和发展的高峰期。郑板桥先生就曾写下了"千家有女先教曲"这样的诗句,很能说明当时林湖号子传唱之风颇为盛行。据说,当时由江北"南社"成员发起的魏庄东林庵观音泊赛歌会,每年春秋两季各举办一次。赛歌三天两夜,境况颇为壮观。上百只船从四面八方赶来,有时会形成一人开唱,上千人跟着和唱的场面,可谓是声动湖荡,成为兴化水乡农耕文明繁荣的一个历史印记。

林湖号子保留了兴化劳动号子明快流畅、活泼俏皮的特点,又吸收了江南民歌的委婉清秀、柔美细腻的基调,同时还借鉴了北方民歌行腔泼辣、苍劲粗犷的风格。在表演时,不少号子采用"间白""对白",以及一人领唱、多人和唱等形式,从而使号子的演唱,变得更加灵活巧妙,俏皮风趣。除此之外,兴化劳动号子还包括茅山号子、戴窑窑工号子、周奋西江月号子。

茅山号子,其名气比林湖号子要大一些,主要原因是1956年,毛泽东主席在中南海听过兴化一个名叫朱香琳的民歌歌手演唱过《山伯思想祝英台》:"哎嘿哟呵嘿嘿哟,哎嘿哎嘿哎嘿嘿……山伯思想祝英台,春夏秋冬四季花儿开……"没有伴奏,没有舞蹈,只有十九岁的兴化农村姑娘甜美婉转的嗓音,一曲唱罢,全场轰动,那经久不息的掌声告诉朱香琳,她的演唱成功了。后来,毛主席还和他们这些农民演员合影留念。这让朱香琳激动万分,热泪盈眶,是她一辈子难忘的美好记忆。

茅山号子以舒缓平实的音调旋律、明快有力的音乐节奏、快慢自由的演唱速度、分合有致的歌唱形式,形成了高低协调、咏叹自如的独特民歌特色。

　　说起来，我还是为茅山号子的宣传推介做过一件有意义的事情。2007年6月29日晚，由我牵头策划的中央电视台《欢乐中国行》大型广场演出在泰州体育中心举行。在中国台湾歌星周杰伦的一曲《本草纲目》后，晚会主持人董卿突然宣布："下面有请来自里下河水乡的农家女演唱《茅山号子》……"穿着蓝地白花衣服的陆爱琴等三位农妇走上舞台，亮开嗓门唱起了一曲堪称经典的茅山号子《小妹妹》。同在舞台一侧的周杰伦，尽管一时听不懂她们用兴化方言演唱的歌词，可他还是为那原生态的、高亢明亮的歌声所陶醉。紧接着，颇具戏剧性的一幕出现了：周杰伦竟然用口技模仿摇滚爵士，主动为她们伴奏。惟妙惟肖的配合，赢得全场观众长时间掌声，也让茅山号子再度为民众所喜爱。

　　戴窑窑工号子，据传此号子与明朝天子朱元璋那大名鼎鼎的军师刘伯温还扯上点儿关系，实在让人好奇。原来，这刘伯温在朱氏夺得江山之后曾出游过戴窑，见此地南有青龙桥，北有凤凰嘴，大有藏龙栖凤之气象，唯恐天下再有人来争夺朱氏江山，于是下令在此建窑七十二座，凿井七十二眼，大破戴窑风水。如此一来，戴窑的砖瓦烧制日渐发达起来。伴随着旺旺的窑火，窑工号子也随之唱响了。

　　　　号子一打声气开，

　　　　顺风刮到九条街；

　　　　兴化高邮都穿过，

　　　　扬州邵伯转过来；

号子尾巴甩三甩，

甩过江去甩到苏州无锡来；

小小号子不中听，

江南江北我兜来转去兜得快……

周奋西江月号子，虽然没有茅山号子、林湖号子名气大，但和戴窑窑工号子一样，也跟中国历史上一位帝王有关。相传隋炀帝杨广三下扬州看琼花，都有上万的纤夫拉着他的龙舟沿大运河而下，一路号子打得高亢嘹亮、明快悠扬，炀帝大喜，命宫廷乐师把这些纤夫的号子声记录下来。炀帝站在运河堤坝之上，望红日西下，明月东升，倒影落在运河之中，一时感叹，就将纤夫们所打号子定名"西江月"。其唱词摘要如下：

牵动绒绳龙舟行，

粉蝶恋花哥念姻，

妹妹说古人，

哥哥要答准。

自盘古，

天地分，

几皇几帝立乾坤……

牵动绒绳浑身劲，

小妹你要细听真，

自盘古，

天地分，

三皇五帝立乾坤……

这首西江月号子名叫《答对》，相传为李登玉等民间艺人所演唱。因有炀帝的钦定曲名，此曲便不胫而走，流传四方。

除了号子这样的纯民间音乐，在我的老家也还流行着文人创作的民间音乐作品，依然为广大老百姓所喜爱，这就是"板桥道情"。

老渔翁，

一钓竿，

靠山崖，

傍水湾，

扁舟往来无牵绊。

沙鸥点点轻波远，

荻港萧萧白昼寒，

高歌一曲夕阳晚。

一霎时波摇金影，

蓦抬头月上东山。

以"诗书画三绝"而享誉华夏的郑板桥，其清正为官的形象，至今都得到世人的推崇。他的那首"衙斋卧听萧萧竹"，就曾被多位国家领导人所引用，具有相当广泛的传播度和美誉度。然而，谁也没有想到，这样一位文人雅士，竟然看中了"道情"这种民间音乐形式。

提到板桥先生的道情,几乎不可能不提他的《道情十首》。而这首《老渔翁》又是"十首"之首,自然是绕不过去的。故而抄录于此,让列位品享品享。

先生通过这首道情,描写的是老渔翁自由自在的生活,表达了他渴望远离现实世界,向往一种老渔夫一样的闲适隐居者的生活状态。

说起道情,自然不是郑板桥首创。相传,早先为道家传道之工具,故称之为"道情"。道情演变成为一种民间说唱曲艺样式之后,所抒唱的是一种"乐道徜徉之情",深受文人雅士喜爱。唐代著名诗人白居易就曾创作过若干道情诗。到南宋时,就开始有人用渔鼓、简板伴奏,击节而歌,演唱道情。元代时道情由雅而俗,流传进入民间,成为民间艺人谋生之手段。据考证,元杂剧中就有穿插道情的演唱。

道情早在明代以前就已经在兴化一带流传。清初"昭阳诗派"的代表人物李沂,隐居不仕,以创作诗词为日常之娱。他用"耍孩儿"曲调换头,谱出了十首道情。说起来,郑板桥还真是受了李沂的影响,在雍正年间,也是用"耍孩儿"曲调写成了《道情十首》的初稿。直到乾隆八年,郑板桥才将修改定名为《小唱》的十首道情作品交由好友司徒文膏刻印行世,前后花去了十四年时间。郑板桥是中国文人当中还道情本来面目,将道情推向雅俗共赏的第一人。著名学者阿英在其《小说闲谈》中说:"道情也有一个盛世,这个盛世就是乾隆,就是在郑板桥时代。"

板桥先生的《道情十首》有个"开场白",文字不多,抄录如下：

枫叶芦花并客舟，烟波江上使人愁；劝君更尽一杯酒，昨日少年今白头。

自家板桥道人是也。我先世元和公公，流落人间，教歌度曲。我如今也谱得《道情十首》，无非是唤醒痴聋，消除烦恼。每到山青水绿之处，聊以自遣自歌。若遇争名夺利之场，正好觉人觉世。这也是风流事业，措大生涯。不免将来请教诸公，以当一笑。

再看先生的"尾白"：

风流家世元和老，旧曲翻新调，扯碎状元袍，脱却乌纱帽，俺唱这道情儿归山去了。

读者诸君是否觉得，两百多年前，先生所言，仍不失消解当下浮躁之良方也?！

十首板桥道情，首首堪称经典。除第一首写老渔夫之外，第二首写砍柴的老樵夫，过着一种无拘无束的生活，流露出板桥看透人间名利场，渴望过像老樵夫那样"闲钱沽酒""醉醺山径"的生活。内容如下：

老樵夫，
自砍柴，

捆青松，

夹绿槐，

茫茫野草秋山外。

丰碑是处成荒冢，

华表千寻卧碧苔。

坟前石马磨刀坏。

倒不如闲钱沽酒，

醉醺醺山径归来。

第三首写古庙里的老和尚，虽然生活过得孤寂，但省却了不少世俗烦恼，表达了先生对内心宁静安适的祈盼。抄录如下：

老头陀，

古庙中，

自烧香，

自打钟，

免葵燕麦闲斋供。

山门破落无关锁，

斜日苍黄有乱松。

秋星闪烁颓垣缝。

黑漆漆蒲团打坐，

夜烧茶炉火通红。

此外，第四首写行踪不定的老道士，第五首写教人启蒙的老书生,第六首写靠说唱行乞的小乞丐,第七首写远离凡尘的归隐之人,第八首细数历史的兴衰,第九首感叹历史人物,第十首直抒胸臆,劝世人放弃名利羁绊,追求逍遥自在的生活。总体来看,郑板桥先生在这十首道情里,寄托了自己的真情实感,强烈而迫切地希望自己的个性得到解放,憎恶和鄙视世俗生活中的功名利禄,渴望从山林、水湾、古庙、蓬门、柴扉中得到身心的舒展、精神的自由。

板桥道情的演唱,与后来发展成熟之后其他道情演唱一样,所需器具唯渔鼓和简板而已,无须伴奏。渔鼓通常用直径八至十厘米的毛竹筒削制而成,竹筒取四节,寓意二十四节气。鼓皮多选择板油皮,经过刮脂、阴干、剪割等几道工序后,便可得到蒙鼓所需的备用皮。将备用皮泡软之后,便将其蒙在竹筒之上,再加筒箍将其箍紧,阴干即可使用。使用时,左手臂抱渔鼓,左手执简板,右手并指轻弹渔鼓,便有"嘭嘭嘭"的声音发出,显得浑厚而空灵。所谓"简板",不过两片三四尺长的毛竹片罢了,吟唱时在击鼓之间隙,可敲击简板发出清脆之声,与渔鼓那低沉、浑厚之声形成很好的对比。

板桥道情充分体现了先生的民本思想,自雍正年间流传至今,经久不衰,魅力不减,在如今的扬州泰州地区喜欢者甚众。其中较为突出的,要数原国家领导人江泽民。他年少时就喜欢板桥道情,年逾古稀之后越加喜爱,不仅多次观看过板桥道情的表演,而且自己也曾多次吟唱过板桥道情。这一直被扬州泰州地区的百姓传为佳话。

舞出生命中的汪洋恣肆

　　人的生命形态,受多种因素影响,可谓千姿百态。而理想的生命形态,则为人们所追求向往。与文人雅士不同,普通的黎民百姓很难做到旷达、豪放,其生命形态多半是收敛的、自闭的。这就让大街上,步履匆匆,低头疾行者居多;田间地头,又以背负青天,躬身劳作者居多。生活在尘世间,谁能轻言不为五斗米折腰呢?!

　　既如此,何以舒展自己的身心呢? 诚如古人所言,咏歌之不足,不知手之舞之,足之蹈之也。在我看来,普通百姓还是从民间舞蹈中,寻找到了宣泄释放自己身心的载体。

　　歌舞,这种用肢体姿态来抒发、表达情感、传达生产技能与信息的行为,可以说是人类与生俱来的一种艺术形式。与高雅艺术殿堂上演的舞蹈不同,民间舞蹈因民族的不同,以及生活环境、生产方式和宗教文化等方面的差异,就使得人们通过形体语言传达心灵感悟时拥有了从内容到形式、从韵律到风格都各不相同的、精彩的呈现。我似乎从民间舞蹈中夸张的表演动作,以及浓烈艳丽的色彩搭配、奇巧惊险的环节设置,找到了自己的答案:舞出生命中的汪洋恣肆。

　　不可否定,如今的物质产品的生产,不断丰富着人们的物质生活。马斯洛需求理论告诉我们,人在物质层面需求得到满足之后,还有更高的诸如审美需求、自我实现的需求。人们寻求健康生活方式的愿望越来越迫切。因而,现在无论是城市,还是乡镇;无论是南方,还是北方,一到夜晚,那些公园、广场、游园等空旷之处,总会有民众聚集在一起,可能是三五成群,也可能是数十人上百人组成团队,或跳,或唱,或舞。就跳而言,花样繁多,目不暇接。有跳健身操的、有舞剑的、有打腰鼓的、有滚莲湘的,凡此等等,观之好不热闹。

这中间,单取滚莲湘略作叙说。滚莲湘,为我所熟悉的姜堰地区特定的说法,通行的说法叫打莲湘。莲湘用一米长的细竹筒做成,粗比拇指,两端镂成三个圆孔,每一孔中各串数个铜钱,涂以彩漆,两端饰花穗彩绸,亦称"竹签""花棍"。打莲湘可由一人手拍竹竿吟唱,三四人手摇莲湘和之。其特点是灵活多变。三五个人可打,数十人,乃至上百人亦可打,多为民众闲暇时的自娱自乐。现在,也不尽然,说是社区、街道等组织重视,各种广场舞、打莲湘比赛,多得很。我们当地一支农民广场舞团队,还到美国拿了一个国际奖项回来,也算是走向世界矣!

即便是自娱自乐,那三五同舞的女伴们,也是要精心打扮一番,方肯在广场或游园露面的。顺便说一句,这打莲湘多为中老年女性,年轻女子也有,少。几乎没有男性。这一点上,姜堰的滚莲湘,就显得别具一格了,容稍后再述。

且看打莲湘的女性,上场前脱去外装,瞬间把自己变成了一只花蝴蝶:红,粉红;绿,翠绿。飘逸的裙摆,荷叶边的衣袖,无不给人以灵动之感。此时,手中的莲湘舞动起来,舞、打、跳、跃,尽情展现。但见那根莲湘敲击着自己的头、肩、背、臂、腰、腿、脚,从头打到脚,从前打到后,节奏由慢变快,莲湘发出的响声越发清脆,舞者的姿态越发轻盈。美哉,妙哉!此刻,无论是生活中的闹心事,还是工作上的烦心事,皆抛到九霄云外去也。

这莲湘,不仅仅是打,讲究的是边打边唱的。不妨摘录一段:

> 金风送喜来,
> 紫荆花已开,
> 二月大地春雷锣鼓敲起来。
> 百年梦已圆,
> 千年手相牵,
> 中国走进新时代。
> 恭喜恭喜中国年,
> 五谷丰登笑开颜。
> 恭喜恭喜中国年,
> 歌声万里连成片。
> 欢乐欢乐中国年,
> 欢歌笑声连成片。
> 欢乐欢乐中国年,
> 红红火火到永远。

这是直接用了《欢乐中国年》的歌词。民间打莲湘,其唱词多半根据民间唱本演唱,也可现场编唱的。用现成的时代新歌,亦算是与时俱进矣。

前面我说,打莲湘,男性几乎没有,那是指在跳广场舞的情境下。到舞台表演的时候,有一种男女双人对打的表演形式,那就非要有男表演者不可。两人在行进过程中,可打出前进、停留、蹲下等多种步法。随着男女表演者交错对击,一起一落,舞台上的气氛亦变得越发活跃起来。此时,再来个男女对唱,那将会把现场气氛推向高湖。请听:

女:正月里来呀是新春。

男:赶上那猪羊出呀了门。

女:猪啊羊呀送到哪里去?

男:送给那英勇的八呀路军。

合:哎嗨梅翠花,海呀海棠花,

　　送给那英勇的八呀路军。

男:八路军来是自家人。

女:他和咱们是一呀条心。

男:坚持了抗战有功劳。

女:赫赫大名天呀下闻。

合:哎嗨梅翠花,海呀海棠花,

　　赫赫大名天呀下闻。

女:天下闻名的朱总司令。

男:一心爱咱们老呀百姓。

女:为咱们日子过得美。

男:发动了生产大呀运动。

合：哎嘞梅翠花，海呀海棠花，

　　发动了生产大呀运动。

男：八路军弟兄们个个能。

女：保卫咱边区陕呀甘宁。

男：又帮咱割麦又帮咱种。

女：哪一个百姓不呀领情。

合：哎嘞梅翠花，海呀海棠花，

　　哪一个百姓不呀领情。

女：你领情来我也领情。

男：赶上那猪羊向呀前行。

合：一心爱戴咱朱总司令，

　　一心拥护咱八呀路军。

　　哎嘞梅翠花，海呀海棠花，

　　一心拥护咱八呀路军。

　　这是一首以陕北民歌为曲调的《拥军秧歌》，所表达的是战争年代陕北人民对八路军和朱德总司令发起南泥湾大生产运动的赞颂，以及对八路军和朱德总司令的拥护和爱戴。现在再搬上舞台，借助其欢快的曲调，活泼的表演形式，来抒发一种对美好生活的向往，也是十分恰当的。

　　与打莲湘相比，我所熟悉的姜堰地区的滚莲湘对打莲湘的动作设计，难度似乎要高一些。虽然说，无论打莲湘，还是滚莲湘,全靠一根莲湘与身体动作的配合、变化,进而演绎出各种不同的姿态。然,姜堰地区的滚莲湘,则在"滚"字上下足了功夫。

全套滚莲湘,分上八盘、下八盘,因姿势不同,每盘都有不同的名称。如向前时叫"前八盘",向后时叫"后八盘"。每盘又分为四门。前八盘,表演时以身体的上半身为主,其击打莲湘的方式为"滚击",再配以上半身各种柔美的动作;后八盘,主要是以腿部动作为主,舞蹈者呈现出来的多半是刚健的跳跃姿态。而前八盘与后八盘的连接,往往用一过渡性动作,那就是莲湘击地。传统的莲湘舞蹈,其高潮部分是"龙翻身"。表演者必须手持莲湘在地上翻滚,莲湘在人的身体翻滚过程中要协调流畅,表演者的翻滚动作要矫健敏捷,绝不能拖泥带水。否则,就失去了观赏性,艺术魅力也会大打折扣。

令我感到惊讶的是,姜堰滚莲湘第四代传人王长山,竟然是时龄已逾七旬的农民,他跳起滚莲湘时,竟然有着十分柔美的身姿。其一举一动,浸润着里下河农民特有的憨厚诙谐、沉稳乐观,着实让人感动。难怪王长山的弟子,姜堰滚莲湘第五代传人李道功先生感叹:"看老师跳起来,美滋滋的,柔丝丝的,舞蹈韵味十足,可自己跳起来却远不是那么回事,感到可望而不可即。"

李道功我是熟悉的,他可是有舞蹈专业根底的,曾担任过泰州市舞蹈家协会主席一职。面对一根竹制的莲湘,在一个年逾七旬的老农面前,也只能甘拜下风,心悦诚服地拜其为师。李道功坦言,要说拿起莲湘就能舞几下,跳几下,并不是什么难事。这可能也是现在莲湘普及程度比较高的原因之一。然而,要想真正体现这种民间舞蹈特有的那股劲儿,整个舞蹈过程中散发出来的乡土味儿，以及民间老艺人表演起来，一举手，一投足，展示出来的那种范儿，那就不是一朝一夕能够做得到的了。

与莲湘表演在一竿竹上玩足花样不同，我老家兴化沙沟的段式板凳龙，所依托的则是农家常见的用物：板凳。

试想，平常散落在农民家中的小板凳，看上去其貌不扬，实在找不出有什么闪光点。一个日常生活的物件，怎么竟然跟"龙"联系到一起了呢？没有见过这种特殊形式的表演者，即便脑洞大开，恐怕也很难一下子想出一个所以然来。面对这样一种新的表演形式，我们实在不得不钦佩蕴藏在民间的智慧。

说起沙沟段式板凳龙，就不能不说沙沟古镇上那座古东岳庙。但见，大殿中央的东岳菩萨身着龙袍，神情端庄；东西两根朱红立柱之上，两条盘龙缠柱而出，神态逼真，有腾飞之势。这东岳庙香火颇旺，镇上的百姓，不论男女，遑论老幼，前来焚香叩拜众。如若是庙会、节庆等"大日子"，民众还会自带小板凳，方便叩拜之用。有心人发现，当人们叩拜起身时，每个人身边自带的小板凳，弯弯曲曲，有了龙之雏形。此刻，一粒龙种埋下矣。

沙沟东岳庙的庙会，在每年三月二十八日举行。庙会举办之中，有件大事：东岳菩萨"出会"，也就是东岳菩萨要离开庙堂，外游接受民间香火。这"出会"的阵容中，有一支手持"拜香凳"的队伍，簇拥着东岳菩萨而行，以壮声威。

"拜香凳"，原本是各家常用的小板凳。只不过，有了彩绘的装饰，原本普通的木凳，有了脱胎之变，其身体有红有绿，色彩斑斓。庙会，在农村实际上就是一个集市。人流量陡然增加，街道便拥挤起来。"拜香凳"的队员为保护手中的凳，不得不把一只只

"拜香凳"纷纷举过头顶。

这无意当中的一举，让原本一段一段分散的"拜香凳"，举成了一条蜿蜒起伏、多姿多彩的蛟龙。于是，真正意义上的沙沟段式板凳龙诞生矣。这中间"段式"一词，极容易误解为某段姓人士发明之谓。其实不然，仅因农家的板凳，自然形态呈"段状"，一节一节的，才有了板凳龙的"段式"之说。

不难看出，彩绘，在沙沟段式板凳龙表演中，显得十分重要。当地流传着这样的说法："李兆龙，会造龙。"

李兆龙，沙沟地区一个纸扎艺人，相传到他这一代家中已经有五代人从事板凳龙的制作了。清朝末年，李兆龙的父亲制作板凳龙就已经很有影响。那原本一只只极普通的小木凳，在其父手中，经过贴衬纸、沾红、黄、青、蓝等各色鳞片纸，"龙"便渐渐显形矣。到了李兆龙这一代，更是综合了前人的长处，大胆采用色彩鲜艳的彩纸进行装饰。他制作的板凳龙，不仅造型逼真，而且在颜色上艳丽夺目，夺人眼球。

与莲湘表演人数的灵活多变一样，沙沟板凳龙的表演，其人数也不是固定得那么严格。人少时既可独龙腾空，亦可二龙戏珠；人多时则可组成五龙闹海，也可以九龙会聚。这样一来，就比通常舞龙一定要十几个人，每一"拿"都得有人，要来得灵活。舞龙成员中，就算是有人突发状况，不能"出会"，组织者只要稍作调整，板凳龙表演仍然照样进行。

2003 年，兴化沙沟的段式板凳龙，登上了中央电视台"心连心"艺术团表演舞台，让从事这一民间艺术的农民们很是兴奋和激动，也让我对这种新的舞龙形式有了新的期待。

说了"龙"之后，似乎自然而然要说一说"狮"。在民间，龙和狮子都有着祥瑞之兆。龙和狮子的民间表演，几乎是不可或缺的。不过，用一个小小的村庄来命名一种狮子舞，显得有点儿不对称。再怎么说，狮子也是百兽长，落魄到一个小小的千户村，这中间有着怎样的机缘？实在让我好奇。我们一直认可的狮舞，有南北之分：南狮、北狮。一个并不起眼的千户小村，怎么就敢冠以"千户狮子舞"之名呢？

众所周知，民间舞狮子，早在两千多年前就有了史料记载。每每到了过年过节，或有大事喜事，人们都会以舞狮子的方式以表庆贺之意。随着舞狮子进入各种民间活动，融入各种传统文化习俗，也就逐渐形成了风格不同的各种流派。

从形式上分，有"大狮""小狮"之分。所谓"大狮"，亦称"太狮"，由两人共舞，其中一个人主头，另外一个人主尾。所谓"小狮"，亦称"少狮"，由一人独舞，或扮狮头，或将狮头抓在手中表演。

从表演上分，有"文狮""武狮"之分。所谓"文狮"，主要是通过"抓痒""舔毛""打滚""抖毛"等动作，来表现狮子温驯、可爱的一面。所谓"武狮"，则是通过"跳跃""登高""跌打""腾转"等动作，来展示狮子威猛、强悍的一面。

要说这"千户狮子舞"，怎么会落户兴化唐刘千户村的，故事还得从一百多年前，千户村的三个村民说起。

相传，那时千户村，有三个村民分别叫余广寿、盛春华、盛春林，为谋求新的生计，拜一个名叫吴业存的舞狮师傅为师。据说，这个吴师傅来头可了不得，不仅在上海滩闯荡多年，且拜了一位上海颇具名气的青龙帮大佬为师，不仅有一身好拳脚，而且精通舞狮子的技巧。余广寿、盛春华、盛春林三人，能拜到这样厉害的师傅，哪有不好好学习、潜心钻研的道理呢？因吴业存所传授的为"小狮"，故而后来落户千户村的"小狮舞"就被称为"千户狮子舞"，而艺人们举在手里表演的"小狮子"，也就叫"千户狮"。

"千户狮"，因是"小狮"，每头狮长一米二，狮头、狮尾用篾片做骨架，狮身用花布和彩带缝制，狮眼、狮须用棉球、麻丝制成，狮舌用红绸布装饰。另外，再配置铜铃数只，使得狮子舞动起来时，更具气势。狮身内有干电池装置，夜晚表演时打开此装置，整头狮子闪闪发光，耀眼得很。

千户狮从形式上传承的是"小狮"，从表演上传承的又是"武狮"。其舞狮的动作，在"武狮"的基础上，进行了大胆创新发展。舞狮的动作有引狮、铁绳股、七连环、盘球、对狮等等。整个舞狮队由七头、九头、十一头或十三头小狮子组成，与通常狮队一样，狮队前有一人持彩球引逗，另外有乐手四人，敲敲打打，增加气氛。如若是九头狮子表演，俗称"九狮图"，变成十三头时又叫着"十三太保"狮。"十三太保"狮，在狮队规制中为最高级别。对舞狮者的技巧能力要求都非常之高，要能做到逢争必胜，否则便有辱"狮祖"，而自我降格。也正因为如此，所以一般狮队以九头、十一头狮为多，少有十三头的。

千户狮子舞，在千户村土壤肥沃。目前，仅有一千八百多人的千户村，舞狮表演者就有一百八十人之多。自余广寿、盛春华、盛春林三人传入，到现在已经有五代继承者。而这第五代传承者，不再是个人，而是千户村小学的舞狮队。这实在是一件令人高兴的事。

唤醒儿时的味蕾

　　我出生于三年困难时期的中间一年。在我的记忆里,村里的人见面问候的第一句话,几乎总是:曾吃过呢?而对方不论吃了没有,多半会回应:吃过呃。

　　这是现在我们的下一代颇费思量的,怎么会问如此低级的问题呢?张口闭口只谈吃,也太俗了一些。

　　非也,古人云,民以食为天。吃,显然是十分重要且十分严肃的问题。现在虽然再也不会为填饱肚皮而发愁,这并不代表在吃的问题上,就没有什么可愁的了。

　　在我看来,现在风行的洋快餐,就很令人担忧。你不妨在那些快餐店里扫一眼,不难发现,标准体重已经十分稀有。健康饮食,的确成了全民都必须关注的大问题。不仅如此,我还有某种隐忧,现在被洋快餐喂大的孩子,长大之后很有可能会变成"失故乡"的人。儿时的故乡有什么样的美食值得留念?我估计,这些孩子会把自己的头,摇成个拨浪鼓。原因很简单,这些孩子的味蕾早已被洋快餐占领,哪里还有故乡民间食品一席之地呢?!

　　在这一点上,我可以骄傲地说,任何时候,我的味蕾都会记住儿时的味道,这也是故乡留下的味道。我说的,当然是在我脑海中留下深深印记的,故乡的食物。

很多年前，我的同乡，著名评论家王干在评价我的长篇小说《香河》时，就曾说过："人的语言记忆、思维记忆都是可以改变的，但要改变一个人肠胃的记忆太难了。这种肠胃记忆让我在看《香河》时，有时候肠胃都蠕动了，因为它里面写了很多家乡的风物小吃。看《香河》，我是把它当作一个长篇的、纪实的、回忆性的散文来看的，看《香河》，其实是我的精神的一次还乡。"

在我所生活的泰州地区，民间有给人送礼"三件头"的说法。这"三件头"，就是"麻饼""麻糕""香麻油"。这与当地人口头常说的"泰州三麻"，完全是一回事。无论是"三件头"，还是"泰州三麻"，当中所说的"麻糕"，其严谨的表述叫：泰州嵌桃麻糕。

你可不要小瞧了一块小小的泰州嵌桃麻糕，它可是早在清代就颇负盛名了。相传泰州城最古老的茶食作坊"九如斋"老板花云斋，得知泰州北城门外天滋庙年逾八旬的老僧爱吃麻糕和核桃，于是灵机一动，将核桃仁嵌入芝麻粉中烘烤，试制成了酥脆香甜的嵌桃麻糕，深得天滋老僧的喜欢。久而久之，天滋老僧的这一喜好，亦为民间所熟知，于是民众争相仿制花云斋师傅所做的嵌桃麻糕。不仅如此，信众来天滋庙烧香拜佛时，还要给天滋老僧带上一些嵌桃麻糕。如此一来，嵌桃麻糕这样一道花云斋师傅偶然所得之小点，得以不断推广普及，逐渐变成了普通百姓之所爱。

进入近代以来，泰州嵌桃麻糕还是可圈可点，获得过不少殊荣的。1934年，泰州吉呈祥茶食店的嵌桃麻糕参加江苏省物品展览会，勇夺冠军；1952年，泰州嵌桃麻糕曾经作为慰问品赠送给在朝鲜英勇作战的中国人民志愿军；1958年，泰州嵌桃麻糕被国家外事部门作为馈赠外宾之礼品。1983年，四十多个国家的驻华使节、商务参赞来泰观光时争相购买泰州嵌桃麻糕。有《竹枝词》为赞：

芝麻碾细嵌桃香，
切片微烘色淡黄。
甜脆香酥夸绝诣，
外销能为国争光。

泰州嵌桃麻糕能获得如此多的国外使节的青睐，并非偶然。这与其用料讲究和制作精良密不可分。泰州嵌桃麻糕主要原料有四种，其中用本地原料两种：里下河隔岸坡上生长的芝麻，其特点籽粒饱满，植物油脂含量高，香味纯正；里下河盛产的圆身香糯米，其特点比普通糯米个头长，黏性好。此外，还有广东产甘蔗绵白糖、云南产的核桃仁。

泰州嵌桃麻糕的制作可分为两个大的部分，第一部分是对四种原料的处理。芝麻，淘洗之后用清水"站青""擦皮"，下锅先文火炒，再猛火炒，其呈黄色便可出锅。之后经过风箱去除各种杂质，将芝麻仁碾碎，呈粉末状。香糯米，淘净之后用温水冲，保温一小时，上锅和细黄沙一起炒，直至糯米充分膨胀，之后过筛滤沙，再经过风箱去除其他杂质，便可上石磨将糯米磨成细粉。甘蔗糖，将其加工成软细粉糖。核桃仁，在热水中浸泡十分钟，以去除其表面的苦涩味，用清水冲滤、晾干。

第二部分是对所有原料进行合成加工。将加工好的芝麻粉、糯米粉、蔗糖粉，按照一定比例配制成手工擦粉，之后过筛、过秤，取每份合成好的糕粉的一半，装入事先准备好的锡制烫模中，推平，压实，再将加工好的核桃仁嵌入，接着将另外一半合成糕粉倒入烫模，再推平，压实，然后将装有糕坯的锡烫模置于六十摄氏度的锅中炖，至熟出锅，从锡模中倒出糕坯，再回一次锅，时间大概只需几分钟。之后，将糕坯进行开条处理后放入保温箱一个白天，便可以切片，然后进行人工排盘，进炉烘焙。观糕坯烘焙呈麦芽黄即可出炉，起盘、散热、晾干，进行最后的包装。

制成之后的嵌桃麻糕，其规格固定且一致：长七厘米，宽三厘米，厚一毫米，呈长方形。据相关专业人士介绍，泰州嵌桃麻糕，不仅口味香甜，口感酥脆，而且富于营养。检测结果表明，一块嵌桃麻糕中，总含糖量为百分之三十，植物性脂肪含量百分之十二，植物性蛋白质含量百分之十六，并具有丰富的维生素、核黄素、尼克酸和钙、磷、铁等矿物质，具有提神醒脑、养血益气、健胃补脾、滋养肝肾等功效。

如今，当你漫步在古色古香的泰州老街之上，便可见经地方政府恢复重建的百年老字号"五云斋"；当你借着夜色乘船游览光影掩映、色彩斑斓的凤城河时，便可品尝到凤城河景区免费提供的泰州嵌桃麻糕，入口品尝，酥而不散，脆而不板，咀嚼之间，满口留香。一片小小的嵌桃麻糕，让多少人记住了泰州，让多少人留在了泰州，更让多少人对泰州心生向往！

与泰州嵌桃麻糕的"酥""香"稍有不同，同属泰州地区的姜堰薄脆，则呈现出"薄"和"脆"之特点，并因其"薄"和"脆"而得名。

说起姜堰薄脆，则不得不提"稻香村"。这可是一家百年老店，"薄脆"这一品种就诞生于此。然而，令人不无遗憾的是，现在到姜堰已经看不到稻香村的身影矣。

据介绍，当时的稻香村，坐落在姜堰东街之上，两间店面，坐南朝北，屋檐外设有宽敞的雨篷，篷下悬一木牌，上书"进呈贡点"四个金色大字。店门上贴着一副嵌字联，上联："稻秀成千穗"，下联："香飘第一村"。店堂内东西各立有"中西糕点""四时茶食"之站牌。南边是曲尺柜台，货架下有一横匾，书有"雪片香飞总是群花放蕊，枣糕味厚无非五谷精华"。此如之气派，在其时其地，可谓是首屈一指。当地有位名叫周志陶的老者，曾对稻香村的薄脆做如此夸赞：

薄脆罗塘最有名，
当年创自稻香村；
形如秋月三分厚，
爽口酥甜不腻人。

稻香村创办于 1914 年，其创始人为翟鉴泉和他的师兄季则礼。他们创办稻香村的时候，姜堰城里已经有了连升、庆升两家茶食店。刚开始，稻香村也是和这两家茶食店一样，主打产品为脆饼和馓子，之外根据四时气候不同，间或增加一两个品种。譬如，春天做薄荷麻糕，夏天做绿豆糕，秋天当然是做月饼，冬天做董糖。

如此按部就班，稻香村生意也不会差到哪里去，正常运营应该没有太大的问题。可翟鉴泉、季则礼是两个爱琢磨，肯钻研，想干一番事业的人。经过一段时间的研究，他们发现，一到夏天茶食生意就比较难做，像桃酥之类多油食品不好卖，像小麻饼又干又硬，也不好卖。能不能有一种新的茶点，既不像桃酥那么多油，又不像小麻饼那么干硬，酥爽一点儿，香脆一点儿？这样的茶点顾客肯定会喜欢。想法一出来，他们立马付之行动，首先从工艺上寻找突破口。将通常的"死面"改为"发面"，将原来厚大的糕体，改为薄而小的形制，几经烤焙试验，做出了一种香甜酥脆的"酥油饼"。这新品"酥油饼"，其品质跟现存稻香村店内的所有茶食都不一样，色泽微黄，入口即酥化，且口感甜爽，不腻人。它的外形，则更吸引人，小巧轻薄，往桌上轻轻一丢，立即碎成数片，其薄脆品质显而易见。于是乎，翟鉴泉、季则礼就给他们自己试制出的新茶点起了个"薄脆"之名。

薄脆上市，翟鉴泉、季则礼还在营销策略上创新。改变以往茶食按斤两计价的做法，换之为按片付费，一片薄脆两三个铜钱，与一只脆饼的价格相当。如此新品，自然会受到民众的喜爱。薄脆甫一面市，一炮打响。当然，用现在人的眼光看来，薄脆按片卖，也有明显不足。茶点容易为手所污，不太卫生。因而，现在市场上买到的薄脆，还是整体包装。此是后话。

经过岁月的洗礼，实践的摸索，姜堰薄脆亦已形成了自身较为成熟的制作规范。首先是用料。姜堰薄脆的主要原料为：花生油、芝麻油、蔗糖、面粉。花生油用来发酵，芝麻油用来提香，蔗糖自然是增加甜度，只不过，这三种原料宜用新上市的，隔年陈最好不用。做薄脆，对面粉的要求很高，须是精面，即加工出的头道麸面。用此面粉发酵,不仅劲儿大宜发酵,且发酵后的面品质细腻。

其次是制作加工。姜堰薄脆的制作加工可分为:发面、揉面、制坯、烘焙、包装五个步骤。发面,关键在于酵基要好,否则没有劲道。酵发好之后,则要掌握好加碱的分寸,少了口感酸,多了口感苦且涩。揉面,几乎是做每道面点都有的工序,无太多特别之处,将面团揉搓至光滑发亮,弹性十足即可。别忘了,得将所有配料掺和进面,再进行搓揉。制坯,用制薄脆所特有的工具,将揉搓成熟的面团,裁成大小相等的圆饼状之后加石磨压制,使其成为直径六厘米、厚度两毫米的薄脆坯子,并撒上芝麻待烤。烘焙,将薄脆坯子置于事先加温的铁锅中上下烘烤,掌握好烘烤的时间和锅内的温度,既不能生熟不匀,又不能烘烤至焦。包装,出锅的薄脆,散去热气之后,即可进行包装上市。每年五月端午节、八月中秋节、新年正月过春节,都会是薄脆行销的旺季。

姜堰薄脆,现在和溱湖簖蟹、溱潼鱼饼、虾球等"溱湖八鲜"一起,发展成为姜堰地区颇具盛名的地方特产,并且成功进入苏果、世纪联华等大型超市销售,为更多的消费者所接受,所喜爱。

说了泰州嵌桃麻糕和姜堰薄脆这两种民间小点之后,请允许我再向读者诸君介绍一种清凉爽口的糖果:泰州丝光薄荷糖。

先说一段故事。

话说清末民初,有一年盛夏,日头如火,暑气逼人。泰州稻河清化桥下,集中停泊了一批从里下河赶来的贩运粮草和农产品的商贩,他们原以为躲在桥下,可以聊避暑气,无奈天气太闷热,许多商贩出现了头疼、头晕、咽喉干燥等不良症状。这样的身体状况,商贩们哪里有什么心思做生意哦。

就在这时候,当地的一个郎中从清化桥上经过,发现了这一群萎靡不振、无精打采的商贩,知是中暑之症状,可郎中并没有急于施救,而是从近旁叫来了一位挑糖担子的,让卖糖的给桥下每个商贩几块薄荷糖,叫商贩们含在嘴里,待糖自行慢慢融化。刚开始,这群商贩有些不以为然,心想这郎中究竟唱的是哪一出?不给我们治病,反而让我们吃薄荷糖,如此做法,估计医术也高不到哪里去。可我们又不是孩童,无须用糖果来哄的。不过,想想商贩们与这位郎中素未谋面,并不熟识,郎中却自掏腰包为商贩们买薄荷糖,也就不怎么好过分责备了。就在这些商贩并没有弄清郎中发薄荷糖给他们是何用意时,商贩们的身体状况发生变化了,原先胸口烦闷、头疼头晕的症状减轻了许多,胸口不再烦闷了,有了一种凉丝丝的感觉,一下子舒服了许多。这时,商贩们才知道郎中是妙用泰州的丝光薄荷糖为他们解暑呢。

原来,这位泰州本地郎中,也不是平常医者,与泰州北山寺老僧过从甚密,从老僧那里学会了不少民间高方。郎中早就掌握了薄荷糖具有润喉、去暑、止晕之功效,故而,面对一群中暑的商贩,方能顺势而为。

郎中妙用薄荷糖的故事,在泰州流传甚广,亦让泰州丝光薄荷糖声誉大振,深受老百姓的喜爱。然而,真正将泰州丝光薄荷糖进一步发扬光大的,是一位名叫马宝春的制糖师傅。

民国时期的泰州,马宝春等人就在北城门外的扁豆塘一带,开办了大大小小的制糖作坊五六家。那时,借助货郎销售是一个主要渠道。城里城外,周边乡村,随处可见货郎挑着担子,亮着嗓子走街串巷卖薄荷糖。录一则货郎唱的"顺口溜"为证：

> 一粒丝光薄荷糖，
> 生津润喉又清凉。
> 金身银丝甜又爽，
> 老少皆宜尝一尝。

后来，马师傅率领一帮制糖师傅，把薄荷作坊越办越多，队伍也越来越壮大。马师傅他们先后在施家湾、老渔行、塘湾一带，开办了二十多家制糖作坊，从事制糖这一行的，就有了两百多人。这在当时，可是了不起的规模了。历经数年之后，马宝春收下王宏诗为徒，并将自己的制糖手艺，毫无保留地传给了王宏诗。

泰州丝光薄荷糖，在制作过程中，有一道"抽丝"工序，让糖体本身似有"银丝"镶嵌，故而得名。在经历了一百多年的发展演变之后，亦已形成了一套自己的制作规范。主要有：熬糖、冷却、叉白、拉条、压模五大工序。

熬糖。泰州丝光薄荷糖所选之料，为"两广"优质白砂糖，透明、高度数的麦芽糖和天然、无污染的薄荷油。熬糖时，要保持旺盛的炉火，让紫铜锅内的温度始终在一百五十摄氏度至一百五十五摄氏度之间，将调制好的糖料放入锅内熬制，待糖料至稠，挑起成丝状，料体不黏手了，方能起锅。这时，熬制好的糖料有如流金，璀璨耀眼，十分好看。故而，制糖师傅给这道工序起了个好听的名字："点石成金"。

冷却。冷却的主要工具是长约三米、宽约两米的冷却盘。冷却盘为双层空心,夹层内有循环水冷却。糖料置入冷却盘后,因低温冷却原理而不断凝固,此时便可加入适量薄荷油。这加薄荷油的过程并不容易,需要制糖师傅用铁铲不停地"翻""铲""覆",把握节奏,循环往复,直至糖软硬适宜,便可将糖料堆成墩形。这道工序,从师傅的动作上亦有个颇为形象的名字:"翻江倒海"。

叉白。完成这道工序,主要靠师傅手中的两根"竹拉棒"。这"竹拉棒",长大约三十厘米,直径大约三点五厘米。叉白时,制糖师傅需双手持棒,呈交叉状,在冷却盘中挑起糖丝,来回"拉""牵""叉"。此时,两根"竹拉棒"在师傅手中,快速而有节奏的动作着,犹如双龙附手,而糖丝在师傅不停地"拉""牵""叉"动作之下,渐渐地变白了,而且越来越白,最后成了一团白球,似龙珠一般。因此,这道工序也就有了"双龙戏珠"的别称。

拉条。将先前准备好的"白条"(一种糖料),贴到糖墩之上,而糖墩则置于能保温的案板之上。在保温箱的作用下,案板上的糖体呈松软状,制糖师傅双手从糖墩抓起糖料往外拉,那贴在糖墩上的"白条"自然随着糖体的延展,而不断伸长,有如抽丝一般,源源不断。这时,师傅手中"拉"出的糖条,狭长苗条,匀称流畅。而贴在糖墩上随之"拉"出的"白条"如银丝一般,完美地嵌入了糖条之中,细密白亮。此时,只等将糖条进行切割,丝光薄荷糖就即将做成了。这道工序从动作形态上,与缫丝工艺中蚕茧抽丝颇为相像,因而被称为"抽丝剥茧"。

压模。这是制糖的最后一道工序,靠的主要是模具的作用。将切割好的糖坯,装入模具中进行压制,使其成形。此时,糖果已经成块,一列列整整齐齐排列于模具之中,好似一队队士兵隐身于洞穴。于是,便有制糖师傅将这道工序叫"兵藏于洞"。

　　刚出模的薄荷糖，金黄色的糖体上嵌有闪亮银丝，玲珑剔透,色泽诱人。丢一粒进嘴里,细细品尝,丝丝香甜之中,弥漫着满口的清凉。尤其在炎热的夏季,含一粒丝光薄荷糖,整个人也会顿时清爽起来。

这一凿,生命如花

民间艺术,当然离不开民间艺人。民间艺术的生命力,在很大程度上,被民间艺人紧紧地握在手中。民间艺人,原本也是平凡的民众,却因非凡的手艺,而变得不平凡。他们能用一根丝线,将宇宙天体尽收针下;能用一把凿刀,将大千世界于方寸之间呈现;能借一节枯木,绽放世间万物,诞生灵动之生命。凡此等等,不一而足。那些经过大浪淘沙,留下来的艺术珍品,无一不凝聚民间艺人的汗水和心血,乃至生命。从一定意义上,这就成了民间艺术家毕生追求之结晶。

因从事文联工作,我的身边就活跃着一批这样的民间艺人,活跃着一些颇具影响力的民间艺术家。我接下来要把读者朋友们的视线牵至长江边的一座小城:高港。介绍一下高港三种民间雕塑:毛庄石雕、世泽木雕和高港根雕。

从事石、木、根三种质地的雕塑,当然有着不同的工艺技巧,但民间艺人们无一例外,都会使用到一种工艺:凿。不论是石料、木料,还是各种各样的根料,都离不开凿。去粗取精,需要凿;精雕细琢,更是需要凿。一把普通的凿子,抑或是錾子,在民间艺人手里仿佛有了灵性,与叮咚敲击的小锤,构成一个完美组合。时而石花飞溅,电光闪烁;时而木花飘散,木香四溢……就是在这一凿接一凿的动作之中，一件件饱含艺术生命之作，在民间艺人们手中如花绽放。

也许，你还不知道他们姓甚名谁，但你不会不知道镇江的金山寺、扬州的大明寺、常州的天宁寺吧？还有那瘦西湖内的二十四桥、那闻名遐迩的葛洲坝，凡此等等，不一而足。在名寺名桥、名山大川等诸多名胜之中，矗立着多少石像、石坊、石碑、石柱……也许，你曾于某个朝霞初升的清晨，在这些石像、石坊前驻足凝望；也许，你曾于某个残阳如血的黄昏在这些石像、石坊前徘徊徜徉。我想，你一定记住了它们的栩栩如生，你一定记住了它们的灵动飞扬。可是，我可以武断地说一句，如果你不是当地人，你肯定不知道，这些美轮美奂的石雕，皆来自高港一个叫毛庄的江边小村落。

亲爱的读者朋友，你千万别小看了这个江边的小小村落。这里从事石雕制作，至今已有三百多个年头。

这里既被称为"毛庄"，自然是毛氏家族为奠基者。据说，毛庄一世祖毛英，祖籍河南汴梁，其父为元朝至正年间巡抚。于明洪武初年，因避战乱举家迁至延令柴墟，曾属泰兴市，现划归高港区，至此，掀开了毛庄的历史。至康熙年间，毛家开始从事石雕制作，到毛家第十二代子孙毛凤皋这一辈，毛凤皋已经成为一代出色的石雕名匠，正是由于他的努力，而开创了毛庄石雕的品牌。

毛庄石雕制作分为粗工制作和细工制作两类。桥面、桥墩、简易桥栏，石牌坊中的石柱、石梁，民间用的石磨、石锁、石鼓、石凳、石砖、石板等等，均属粗工制作；而石板浮雕、立体石刻造像、各种精致小件，都是细工制作。

无论是粗工制作，还是细工制作，都是以手工为主，先后要完成四十多道工序。接手一项工程，石雕工匠当然要根据工程要求，设计构图，看石选石，之后方能进行工艺制作。这一阶段主要有制石、加工、打磨三大步骤。

先说制石。选择大致相宜的石料，削去不必要的棱角，去除多余的部分，之后进行"修边"，再錾凿影线，使之成为块石。整个操作过程中，要注意的是，錾凿用力要适宜，要均匀，要注意到原料之纹理，不能让块石出现瑕疵，更不能使其出现裂痕。出现瑕疵，则完美度受损；出现裂痕，则石材报废，损失更大。如若是名贵石材，那损失就不是用金钱所能衡量的。

再说加工。工匠通过"深錾""镂空"等工艺手段，将块石加工成形，变成一件完美的石雕艺术品。在加工过程中，工匠要根据不同的石材、不同的作品，采取不同的工艺流程。不妨试看一例。

《群狮戏球》，在毛庄石雕众多作品中，是一件堪称精品的石雕壁画。制作《群狮戏球》时，工匠们首先要注意的是顺序，从上而下，从左到右，从大到小，从首至尾。这样一个整体顺序，不能有一点儿变动。然后运用凿、刻、琢、削、钻、磨等多种工艺，进行艺术加工。加工过程中，尤其要突出群狮之主体，尽最大可能增强空间立体感。毫无疑问，狮子的雕刻，是作品成功与否之关键。其头部、肢体、眼睛、卷毛，在工匠的手中，都不能掉以轻心。必须让雄狮的威猛、母狮的温柔、小狮的活泼，跃然于画壁之上。

这就要求石雕工匠，将眼中之物，移至心中，变成心中之物，再将心中之物"思""炼"成熟，移到手中，变成手中之物。这样一个移动变化的过程，需要石雕工匠发挥丰富的想象力、可贵的创造力,要积极调动自己的技能积累。这也正是毛裕网、戴圣华、阚连祥、阚爱林等毛庄石雕传人在长期实践中练就的过硬才能,才能让他们的石雕作品享誉大江南北。

石雕作品完成主体雕塑之后,尚有最后一道工序:打磨。打磨也有"粗""细"之分。浮雕,主要是用砂纸多次轻磨,以达到线条流畅,画面清晰。雕像,关键是面部、四肢以及各过渡连接处,都得极细心打磨,以消除雕刻硬痕。

常言道,百闻不如一见。读者诸君如果想深入了解毛庄石雕这门古老的民间技艺,不妨请到江边小村毛庄来走一走,看一看。这里芦苇丛生,桃柳相间,阡陌纵横,农舍相挨,鸡鸣犬吠,俨然一处世外桃源是也。随处可见的石雕精品,会让你眼界大开。如若有幸遇上一两个毛氏石雕传人,听一听他们的诉说,那还真的是不虚此行呢!

与毛庄石雕以"村"命名不同,世泽木雕,则以其"世泽堂"之堂号而畅行于世。

"世泽堂"木雕品牌,原创于一代木雕大师帅文益之手。帅文益为"帅氏木雕"始祖帅仿乐之子,排行第三。据说,帅文益天资聪慧,写得一手好字,一手好文章,原本有志于科举的,因时世变故,遂弃科举之途,而从父学艺,成为帅氏木雕第二代传人。

帅文益学艺不仅刻苦,而且善于观察,善于发现,善于思考,善于借鉴,结合当地民间风俗,将花鸟鱼虫、菜果菜蔬等百姓喜闻乐见的题材引入雕刻作品之中,不仅为自己的木雕作品增添了浓郁的生活气息,而且让木雕作品呈现出诸如吉祥、平安等美好的寓意,广为当地百姓喜爱。

话说有一年春节,帅文益亲手制作了两个灯笼,悬挂在自家大门两侧。过年挂灯笼,原本是极平常的事,习俗而已,可聪慧的帅文益,让灯笼上有了"世泽堂"之堂号,在烛灯的映照下,很是醒目。就这样,"世泽堂"的关注度、美誉度随之进一步提升。

世泽木雕第五代传人帅春燕向我介绍,世泽木雕制作,有着极其严格的工艺要求。主要有八道工序:选材、烘干、画稿、粗凿、细凿、修光、打磨、着色。然而,帅春燕又告诉我,能够进入工序规范的,都不是最难的。无非是业精于勤,潜心修炼,假以时日,总有满师之时。如果要想成为一个民间艺术家,那么还真的是功夫在"工序"之外。

被他视为珍宝的《龙宫探宝》,是一件长两米八、高六十厘米的巨型木雕。这样一件超大的阴沉木坯料,从海南得来时就颇有一番传奇。其沉没海底数千年之后,居然到了他的手中,当然令他激动不已。在这件外形酷似一只展开翅膀的雄鹰的原料面前,帅春燕迟迟不敢动手。他进行过若干的构思设计,最终都不能令自己满意。终于有一天,他还是放弃了坯料栩栩如生的雄鹰造型,大胆地从坯料中部洞穴切入,于苍茫云海中雕刻出两条翻腾着的蛟龙。这龙的形象甫一出现,帅春燕眼前一亮,前后七年苦思之心血,终于得以完成。具有五千年历史的阴沉木,终于在他手中焕发新的光彩。这件荣获中国工艺美术百花金奖等多项大奖的作品,如今成了"世泽木雕园"的镇园之宝。

一件作品的诞生,让我们看到,木雕艺人们要创造出一件完美的作品实非易事。这中间个人技能固然重要,但技能之外的修养似更为重要。到二十世纪末,帅春燕在继承前辈传统的基础上，大胆创新，让木雕融入了现代元素和现代技术手段，形成了宗教、彩绘、窗花、屏风、根雕等十二个系列品种，把世泽木雕作品的艺术性提升到了一个新的高度。

与一些"非遗"项目举步维艰的境况完全不同的是，世泽木雕显示着极强的生命力和市场影响力。目前，他们在北京、广州、哈尔滨、苏州等地建立了自己的营销基地和展示窗口，并且拥有了一支遍及全国的雕刻工艺大师创作团队。令人感到可喜的是，这些大师有的已经跨出国门，与法国、意大利、新加坡、日本等国家展开合作，其作品亦已漂洋过海，在国际舞台上产生影响。

让我有点儿小自豪的是，我也曾为帅春燕做过一件有益的事：以泰州市文联的名义，授予他"泰州市文艺名人"称号，并为他设立了"帅春燕木雕艺术工作室"。

最后说一说，高港根雕。高港根雕，如果不出现在高港，那肯定不能叫高港根雕。而即便是现在已经叫了高港根雕，如果回溯一下其发展轨迹，你会发现，其根雕制作技艺传入高港也太偶然了，而且似乎也不是那么靠谱。何也？因为这一切，皆源于一个七岁小男孩，某一次偶然对一段葡萄根雕的兴趣观看。

话说清朝末年，苏北盐城的阜宁县有户王姓人家，先后两代艺人苦心经营"王家花园"。而与王家有世交之谊的邻居仇家，因在高港一个叫龙窝口的地方开有商行，遂在自家的商行里出售王家花园的盆景、根雕。做成这件事情的，是仇家龙窝口"祥丰商行"的主人，名叫仇硕夫。于是乎，根雕方得以流入高港。

当然，根雕流入高港，并不等于根雕制作技艺就能流入高港。故事还得继续往下说。话说王家盆景、根雕制作第二代传人，年已古稀的王柏庭正为一件事情发愁。何事能让一个老人发愁呢？显然是技艺传承之大事。

人们常言，命运天注定。话说得有些消极，但也并不是没有一点儿道理。你看，这仇硕夫七岁的儿子仇恨初，某一天，就来到王家花园来玩耍了。这就有些意思了，原本一个七岁的孩子到一处花园玩耍是极平常的事儿，可他来的时候正碰上王柏庭老人为选徒弟的事情发愁呢！这个小恨初，来的时间点是不早不晚，正是时候。

如若是仅仅来王家花园玩耍一下，或许也不会给仇恨初的命运带来什么改变。你瞧，这个小恨初，不仅来王家花园玩耍了，而且还对着花园里的一件根雕作品产生了浓厚兴趣。这就又有说法了。你说，一个七岁的小毛孩，对一段"葡萄根"左看右看，这就不能不让正在发愁的王柏庭注意了。这下，仇恨初自己都不知道，他撞到王柏庭的"枪口"上了。

接下来的事情，无须细说，自然拜师收徒，七岁的小恨初从此走进了神奇的根雕世界。再后来，随着其父仇硕夫到高港安家，仇恨初自然也来到了高港。自此，高港就有了第一位根雕艺人。

可以说成人之后的仇恨初对于根雕，近乎痴迷。为守得一段树根，他能一蹲守就是半天；为了在高港南官河一处嵌石树根，他竟然痴守了七年之久；数十年来，他收集积累的根料，堆满了三间房舍；为了提高自己，他的足迹遍及泰兴、扬州、常州、无锡……如今已年逾八旬的仇恨初，在中共十八大召开前夕，还创作了根雕作品《盛世和鸣》，以表心迹。让人不禁感叹，善哉，仇老！

高港根雕制作技艺，在仇老的潜心探求和引领下，日益成熟，其工艺流程也在实践中得以规范和完善。

根材的选择自然是第一步。其要点有三：质硬、纹细、性稳。如黄杨、榉木、柏木、槐树、榆树、桑树、香樟之类。常言说，这人世间不缺乏美，缺乏的是发现美的眼睛。诚然如斯。要想选到好的根雕材料，也必须要有一双慧眼。要能从被常人所忽视的沟渠边、圩埂上、老宅旁等，对那些"饱经磨难"的树根以足够关注。哪怕是被人踩踏，被车碾轧，被火烧过，被虫害过，被刀砍过，凡此等等，只要你从中发现出"稀""奇""古""怪"来，便是根雕之上好材料矣。

构思，是任何一件艺术品魂之所系。根雕作品，亦然。要做好这一步，如前所述，"功夫在诗外"。主要靠平时的观察、思考、积累，将多方面的学养在某一刻都调动起来，为构思所用。当然，根雕的构思，又有其特殊性。它还由不得你天马行空、恣意驰骋，需要根据根材的基础条件，来反复揣摩和思考，全面观察和把握，最后才能确定整体方案。据说，老艺人仇恨初手中有一根一百年树龄的红花檵木根料，一心想雕一尊郑板桥先生像，因没有满意的构思，搁置已经六年矣。

对根雕作品的处理，分截材、除垢、去皮、消毒、干燥五道工序来进行。因属纯技术性程序，故不做细述。

常言说，"七分天成，三分人工"。这似乎成了根雕作品创作的总体原则。这"三分人工"包含内容颇为广泛。这中间，"雕琢"之工序不可忽视。完成雕琢的过程，实际上是巧借根料筋脉、纹理、皱褶、枝丫、凹凸、孔洞、瘤球等，进行精雕细刻，起到画龙点睛之效。具体可分为打坯、拼接、细雕、修饰、打磨、着色、上油、上漆、抛光、打蜡，共计十道工序。

至此,对于一件根雕作品的完成,尚有两道辅助性工序有待完成:配座和命名。行百里者半九十。一件根雕作品,即使主体部分全部完成了,作品呈现出来的气象也很好,如果在最后辅助性工序上出问题,也不能诞生好作品。

配座看似简单,然大有学问。其座之材质、造型、色泽等要素,必须要和作品本身相融合,起到很好的烘托作用,而不是喧宾夺主,更不是对作品本身构成破坏性伤害。

命名之重要,不言而喻。因为多年在市文联工作,我时常会出席一些展览。坦率而言,展览中的作品,在我看来,多数时候在"命名"上都是失分的。一个画龙点睛的名字,会提升作品本身的精、气、神,从而提升作品的境界,使作品得到进一步的升华,这无疑是对艺人综合素养的考验。这一点,完全靠师傅指点恐怕是不够的,所谓"师傅领进门,修行在个人",不经过长年累月的摸爬滚打,想参透其中的道理,难矣。

有道是,长江后浪推前浪。今年五四青年节前夕,由 bilibili 推出的知名演员何冰的演讲视频《后浪》,对年轻一代给予了寄语与赞美,短时间内就有了逾千万的播放量,很是火了一把。对于《后浪》,我是持赞赏态度的。不仅如此,对青年一代,我一直满怀希望,满怀信心。因此,当袁永亮颇为自豪地告诉我,1973 年出生的他,多年前就已经成为高港根雕的第四代传人,我是为他感到自豪的。我知道,他已有一百多件精品问世,诸如《吼》《回眸》《绝代双"蛟"》《孔雀开屏》等作品,均已产生广泛影响。

我相信,作为年轻一代的传承人,袁永亮定能续写新的传奇,他那把从前辈手中接过来的凿刀,定能开凿出璀璨的生命之花。

希冀，在水上诞生

　　"出门见水，无船不行。"在很长一段时间里，我以为这说的就是我的老家兴化。后来有了走南闯北的经历，才知道，并不只有兴化是这样的生存环境、地理环境。那些美丽如画的江南水乡，是如此；而那更负胜名的意大利威尼斯水城，亦如此。当我乘坐着贡多拉，在威尼斯水城悠然而行的时候，无论如何也想不到，几年之后，这里的贡多拉，有些竟然是出自我家乡的工匠之手。

　　说起来，我老家兴化的水和船，还是有着与其他地方不一样的风貌。早年间，兴化的河道野藤般乱缠。河汊上，极难见桥。而各式各样的小船，趟鸭一般，三五成群，漂荡在水面之上。这样一来，在兴化乡间，村民们似乎与生俱来的多出一种本领：使船。

　　我的同乡，著名作家毕飞宇就曾经说过这样一段话："河流就是我们的路，水也是我们的路。兴化人向来是用手走路的——两只脚站在船尾，用篙子撑，用双桨划，用大橹摇。运气好的时候，就是顺风的时候，你就可以扯起风帆了。"从毕飞宇这段话中，我们不难看出，使船的四种：篙撑，桨划，橹摇，还有帆扬。当然，实际生产生活中，还有一种方式，拉纤。兴化人真正拉纤的时候并不多。

　　船，成了兴化村民们出行、劳作必需的重要工具，在日常的生产生活中不可或缺。正因为如此，一个重要的行业便产生了：造船。一些能工巧匠专门干起了制作木船的行当。这中间，又以竹泓镇的木船制造最为有名。毫不夸张地说，竹泓镇的能工巧匠们，硬是在叮叮咚咚的敲打中，将原本小小的木船，敲打出了一个颇具特色的产业，让竹泓声名远播。

竹泓镇古称竹横港，据说范仲淹在兴化为官修筑那条著名的"范公堤"之前，它曾经是一个出海口，因有巨竹横挡港口而得名。至清代，当地有一儒生，从本地水势深广之地貌，将"竹横"改名"竹泓"，一直沿用至今。

周氏是竹泓最大的木船世家。当年七十二把斧头扬名苏北的佳话，至今仍让周家子孙津津乐道。到周永才，周家制造木船已经有了五代。造出竹泓最了不起的木船，是周永才心中多年以来的梦想。正因为如此，他和周永干，成了周氏木船制造两个不同类型的传承人，实际上也就成了竹泓木船制造领域两个不同类型的代表性人物。

2012年，周永才是第一个把家庭作坊迁到镇木船园区的。他建造的贡多拉、欧式木船等新式旅游船，在"一带一路"沿岸国家赢得大笔订单，一时传为佳话。2018年，电视剧《如懿传》热播荧屏，片中皇帝和皇后乘坐的两艘豪华古船，气势巍峨，全然皇家气派，便是出自周永才之手。不难看出，传承创新，是周永才孜孜以求之目标。在这一点上，他已经跨出了可喜的一步。

在周永才制造的豪华古船，美誉度大幅提升的时候，他又发豪言：要建造中国当代第一艘以风帆动力航海的郑和古船。此言一出，在当地民众中引发热议。这就让我不得不再向读者朋友们推荐周氏木船制造的另外一位代表性人物：周永干。

周永干向我们介绍，竹泓人原本制作的木船，多为直接用于百姓日常生产生活的农船、渔船、渡船之类。船体总体上偏小，由船头、中舱和船艄三部分构成。在船头舱和船艄舱内还可分隔出"活水舱"或"小夹舱"。船底，也是由前、中、后三大部分组成。前底，又叫作"前挡浪"，由十三块横板拼接而成；后底，与前底相对，则叫作"后挡浪"，由十七块横板拼接而成。这样的做法，正应了"前十三（十三太保），后十七（十七大吉）"的说法。

中舱船底是船底的主要部分，由竖板拼接而成。小船用竖板五至七块，大船用竖板九至十一块。其中心板两侧的两块板必须用对开圆木，且圆面朝下，作为船底的筋骨，以增加整个船底板的牢固程度。

船帮前后贯通，不分段，一般用六块长板组拼而成。这船帮的帮板，因其所在的位置不同，而有着不同的名称。靠船底一块帮板宽度在十三厘米，叫"水校"；"水校"上一块为"旱校"；"旱校"上边便是由对开圆木做成的"大纳"，其圆面朝外；"大纳"上边是"箍板"；"箍板"上边是"插子"，用以翘起船艄；最上边又是用对开圆木做成的"碗板子"，也叫"盖口子"，其圆面朝上。与"碗板子"相应的前后挡浪结顶的地方，也各有一块用对开圆木做成的"横梁"，也是圆面朝上。前挡浪处的"横梁"，叫"前颈头"，也叫"头颈"；后挡浪处的"横梁"，叫"后颈头"，也叫"艄颈"。

中舱前后各有一道隔舱板，也叫"横梁"。其结顶处是一块较厚的平板，叫"面梁"。"面梁"正中开一洞口，或方或圆，叫"桅眼"。开桅眼时，船主家得给钉船的木匠师傅包上一个"喜封儿"，以求得将来新船下水之后，顺风顺水，桅正船快，一帆风顺。

　　船体长度以中舱为准，前、中、后三舱均匀，唯有船头要略长七至十厘米。不妨以丈八小船为例。中舱两米，舱口宽即为一米三，船底宽八十三厘米，船帮高四十三厘米。如若按照"七折头，八折艄"的说法，前颈头为舱口宽的七折，那就是九十三厘米。后颈头为舱口宽的八折，即一米多一点。

　　周永干告诉我们，如若订制七八吨以上的大船，除了放样，将各部尺寸相应放大外，还需另选桑、榆等杂树做"龙卡""龙骨"，用铁螺丝扭出船体骨架。这样一来，船体才能收紧、加固，才能拿得上劲。

　　大船的结构变化比较大，船体有八九个部分，最前端的"尖头"，支架绞关处的"方头"，竖立桅杆处的"桅舱"，放生产工具的"大舱"，存放粮食的"粮舱"，贮存淡水的"水舱"，住人的"房舱"，做饭的"伙舱"，安装机器为船提供动力的"机舱"，诸如此类。舱面均铺有"艎板"，艎板与艎板之间，有缝隙时得用"碾槽"，搁在下面等漏。碾槽是用与艎板等长的对开圆木，将其平整的一面用槽刨刨成凹槽而成。

　　船舱上面，船棚的搭建则是根据生活、生产的需要来进行的。棚板可以固定，也可以采用碾槽的方式来断漏。前舱、后舱均设有两根"挽锚桩"，如有需要还可加副桩。船艄设舵，船顶设驾驶室。

　　钉船所需材料主要是木板材。大船用板材厚度在三厘米往外，小船用板材厚度则在此基础上打个七折。要把选定的圆木料，变成可用的板材，头一道工序便是：破板材。先前的工匠们作业的机械化程度相当低,绝大部分都靠手工。这破板材,无电锯,只能靠手工拉锯。手工拉锯前,先得用墨斗、划齿按实际需要的厚度画线,弹线,之后才能架码,拉锯,破板。

周永干颇为自豪地说,在木船制造过程中,工匠师傅的十八般武艺,都要一一亮出。大锯刚刚退场,刨子便登上场来。工匠们便要将锯分开来的板材,其拉锯的一面,用粗刨子刨平整,再用细刨子出"细",刨光。之后,再根据实际需要的长度、宽度、厚度、角度,做成成品板材。

拼板,讲究的是"先放眼,再放钉"。早先的工匠,完全靠手工打眼,绝对是个技术活儿。稍有不慎,手上不稳,钻头便歪了。眼放坏了,一块上好的板材就浪费了,怪可惜。只有眼儿打好了,掺钉才派得上用场。船帮、船底、隔舱等船体的拼接,全靠这种大头尖尾的铁钉。船体各个部分都拼接而成之后,方可进行下一道工序:"投船"。

投船的程序如下,先将中舱底板与前后隔舱板进行连接,再将两边船帮与底板、隔舱板连接。然后,用麻绳、扒箍、拉夹、盘头、走煞、尖头刹等工具将船头和船艄勒紧,与前后浪板连接。值得注意的是,这时必须将挡浪板与船帮板缝隙错开。用钉船的行话说,长缝不对短缝。这跟建房时,砖头与砖头错开"咬缝"一个道理。

投船所用的钉有两种,一种弯头尖尾的爬头钉,一种扁头尖尾的扁头钉。投船所用的"锔",则是各式各样。有"一字锔""扒缝锔""吊梁锔""万字锔""穿边锔""葫芦锔",凡此等等。正因为有"钉"和"锔",所投之船,牢固才有保证。

周永干告诫说，不要以为船体组装完成之后，就万事大吉了。非也，还有两道技术活儿在等着工匠们呢，断漏、防腐。这两道工序做得如何，直接影响船的使用安全和寿命。断漏的功夫在"打麻"，防腐的功夫在"油船"。

周永干现场演示起打麻的工序。但见他将洋灰与桐油和在一起，边调边捣。待洋灰呈油腻状之后，方才停手。他介绍说，这叫"碾灰"，非调匀捣熟不可。之后是"填灰"。顾名思义，将"油灰"填进船体的各个缝隙之中。填灰的用具，是用毛竹片削制成斜凿状的"灰齿"，硬度和弹性都好，能保证填灰到位，够密度。碾灰、填灰完成之后，方可进行一道重要工序："捻缝"。

只见周永干将事先准备好的一股一股的麻丝，附着在板缝外，再用钝口镰凿，将其嵌入填满了油灰的板缝中去。这时候，周师傅边使用镰凿，边用小锤敲打起来。叮咚，叮咚，伴随小锤的敲打，船体有些许振动。可以感受到的是，周师傅敲打的节奏均匀，力道掌握适当。

周永干边操作边介绍，打麻，讲究的是"三进三出"，直至将麻丝打碎在缝中，与油灰完全绞合、胶黏在一起。使用工具，不只是他手中的钝口镰凿，还要用上快口镰凿，轮番在缝内外对打。"打"的过程中，工匠必须要把麻丝股儿锤熟，理顺。

最后一步是"封口"。用油灰将每条打熟的缝口括平整，待其干透之后，一条条"骨子缝"便成了。封口之后的骨子缝，油灰已变得坚硬如石。周师傅说，用上数十年都不会漏的。

油船是防止船板腐烂，保证船体经久耐用的重要手段。主要有三种："上底油""罩面油""打晒油"。上底油，是针对新造船只而言,底油要上足上好,要来回上个五六次才行。否则,这船就会先天性不足。罩面油,便是跟在底油后面而来的一道工序。用老油上个一两次,便成。打晒油,一般是为不需要上岸大修的大船而采取的措施。只要将大船在岸边吊起半边,洗净晒干后即可上油,省工,省时,省力。

　　这样一套繁复的木船制造工艺,周永干已经坚守了十多年矣。在他看来,身为周氏木船的长者,又是竹泓木船国家级非遗传承人,自己有责任谨遵祖训,把老祖宗遗留下来的传统工艺传承下来。不仅如此,他还梳理出几十项传统工艺制作标准。多年来,不管外面怎么变,周永干总是用比别人长很多的时间去打磨一艘船。那双长满老茧的手,无疑成了他坚守祖训的最好证明。看着他手中拉长的缕缕麻丝,似乎看到了他绵延数十年的不懈坚持。

　　熟悉木船制造这一行的都知道,最令人开心的时刻,便是新船下水。此时,有一套仪式要做,绝对不亚于新房"上梁"。首先是给新船披红挂绿插金花,给挡浪板贴上"福"字之类。然后要燃放鞭炮,祭祀神明。讲究的人家祭祀时要有猪头、雄鸡和鲤鱼,俗称"六只眼",这一仪式也叫"吉水"。

　　前来提船的主家,也会入乡随俗为工匠们准备一份红包,以表谢意。工匠们面对着自己的劳动成果,喜悦之情溢于言表,便有吉祥话送上:

　　　　大船吉水喜气洋,
　　　　各路财神来登堂。

顺风来,顺风往,

金银财宝满船装。

在鞭炮齐鸣、一派喜气之中,新船下水,给主家带来的是新生活的美好希望。

而这一切,再也不能满足同为周氏木船传人的周永才心中愿望矣。他豪言既出,便停下了手中所有订单,开启了研制"中国当代第一艘以风帆动力航海郑和古船"的全新目标。内河的远方,便是海洋。周永才能否将自己的希望之船,驶向浩瀚的海洋呢?我愿为他奉上深深的祝福!

说完了竹泓木船和周氏两位传人,接下来再说一样跟船挨得很近的工具,车。读者朋友们不要被我误导,此车非彼车。我这里要说的,是一种农田灌溉工具,正规说法叫:龙骨水车。先要申明一点,这种龙骨水车,在如今的兴化已极少见到矣。

早年间,兴化的田野上,时常可以见到高矮不一、大小不同、形状各异的龙骨水车。那水车,夏天隐于绿荫,或为碧青的庄稼地所遮,或为浓绿的村树所藏;秋冬则兀立于田野、圩堤,或为浓霜点染,或为冰雪装扮。远远望去,为乡野的清秋严冬平添些许肃杀、苍凉的气氛。

兴化水乡一带,常见的龙骨水车从动力来源上可分为两类,一类是风力的,一类是人力的。风力水车其动力来源靠的是风,一有风,只要给水车挂上风帆就成,挺省事。风力水车可分为大风车和洋车。

大风车的出现,在南宋年间。民间的能工巧匠从帆船和海鳅船上得到启发,把船帆和大轮盘用到了水车上。在手杆泼车的基础上,发明了一种新型立式风车。这种风车,在直径三至六米的底盘圆架上,竖八根篷杆,篷杆上挂八面风篷,操作风车的人,根据风力大小,来决定风篷的升降,以保证风车安全正常运转。据说,这样一座风车,在中等风力情况下,一天可灌溉五六十亩水田呢。效率还真是不错。

洋车,是清代一个名叫花桂花的兴化人,在大风车的基础上改造成的一种卧式风车。关键部件有:天轴、站轴、篷篙、布篷、叉木、车凳、轮拨等。其最大特点是,可移动。随时迁就风向变化,移动叉木便可车水。而大风车则做不到这一点。中华人民共和国成立之后,兴化人又提出了"铁代木""拐改齿""站芯换轴承"的风车改革设想,研制出了最为先进的铁风车。这种风车,一天灌溉水田可达一百亩至一百二十亩,被视为国内农田灌溉的一大创举。

风力水车,先进是先进,然值得讲述的东西并不多。人力水车就不一样了,所有部件都为人工制作,每个部件紧紧相连,构成一个完整的动力转输系统,体现的是工匠的智慧。

人力水车,顾名思义,是靠人力提供动力的。与风力水车相比,无风帆,架子小。人力水车又可分为:脚车和泼车。脚车的动力来自人的脚踏,带动槽桶中链轴上的"佛板",便可向上提水。踏脚车一般五六个人为宜,少时两三个人也可以操作。泼车,也叫手杆车。是一种靠人力推磨一般,来推动轮盘,带动地轴转动,将动力转输到槽桶里的链轴上,以达到提水的效果。

现在兴化的乡间,能见到的人力水车大多为脚车,由支撑的架子、一根转轴、一副翻水用的槽桶组成。那架子多半安置在田头圩堤上，临近河边。两根竖杆在地上固牢了，在适宜的高度，绑上根横杆，供踏水车的人伏身之用。竖杆、横杆原料多半为村树，并不考究。只是横杆不宜太粗，粗了担分量，再伏上人，愈显得沉了，竖杆就吃不住劲儿；亦不宜太瘦，瘦了担不了分量，伏上人，杆便会断，人摔下来，弄不好会受伤。

转轴便是安装在这架子的正下方，稍稍离地，能转就行。转轴多半挺粗大的，虽为木质，却不是村树所制。每制此轴，工匠均得精选既粗且直的上好木料，因为转轴中间要安装钵轴。钵轴比常见的洗脸盆还要大，扁圆形，通常是用陈年大树根段制成，整块的，挺沉。

踏过人力水车的都晓得，这钵轴，沉好，转起来有惯性。钵轴上安了一颗颗"齿"，短且粗，恰巧与槽桶里的链轴咬合，将动力传递给槽桶里的水斗子。

这里还有一个细节：安"拐"。试想，那光杆转轴，人纵有再大的力气，脚踏上转轴，也难以使其转动。于是，除了中间装有钵轴，在整个转轴上，钵轴的两边，均安有叫"拐"的玩意儿。

在转轴上凿好洞口，插上粗短的杆，再在杆的顶端加个档，一个形似小"木榔头"的"拐"便成了。这"拐"在转轴上的分布挺考究，不得随意安装。要对称、均匀，这样踏起来才上圆、协调。因而，给转轴凿洞口，那得工匠事先盘算好了才行。有了"拐"，踏水车的只要脚一踩到上面，转轴便转起来。

槽桶在人力水车中，虽说不是至关要紧，但成效是由它来体现的。若是没有那长长的敞口槽伸到河里，没有槽桶尾部小钵轴,没有槽桶里长长的链轴上的块块"佛板"制成的小斗子,定不会有汩汩的河水车上岸,流进干渴的农田。

说到这里,有一点需要特别交代一下,水车伸展至河中的槽桶里,那装有"佛板"的长长链轴,其形颇似龙骨,兴化"龙骨水车"之名,源出于此。

踏水车,讲究的是伏身横杆要轻,脚下踩"拐"要匀,与众人要默契配合、步调一致。唯有如此,方能省力而灵巧转动水车。否则,定会洋相百出。这中间最常见的,便是"吊田鸡"。尽管双手还握着横杆,然身子已弯,两腿更是缩成青蛙腿,活脱脱一只"田鸡"吊在横杆上矣。这些,早年在兴化农村生活过的插队知青,多半是有体会的。就是当地土生土长的农民,踏水车时,也不敢百分百打包票,说自己肯定不会"吊田鸡"。

开秧门时,给栽秧田上水,这人力水车算是派上了大用场。天没亮,女人们去秧池田拔秧苗,男劳力便按照分工踏水车。

几个要强的男人,一上水车,脚下便呼呼生风,转轴飞速盘旋,只听得哗哗的河水,翻上堤岸,下了秧田。用不着几袋烟工夫,原本还黑乎乎的田里,变成白茫茫、水汪汪一片。等到拔秧苗的妇女到田头时,天已大亮。此时,十几个妇女一字儿在水田里排开,开始栽秧。水田里多了红红绿绿的花头巾、花衣衫在移动,踏水车的男人们,情绪便来了。这当儿,栽秧号子便在水田上空响起来。

　　一块水田四角方,
　　哥哥车水妹栽秧,

要想秧苗儿醒棵早哟，
全凭田里水护养。
啊里隔上栽，啊里隔上栽，
全凭田里水护养。

不知哪家媳妇嗓子里钻进毛毛虫，发痒了，亮开喉咙，开了头。一个开了头，没有不和的理，更何况，水车上那帮猴急猴急的男人呢，你听——

一块水田四角方，
哥哥车水田埂上，
妹妹栽秧在中央，
妹妹心灵手又巧哟，
栽下秧苗一行行，
好像栽在哥的心口上，
啊里隔上栽，啊里隔上栽，
哪天和妹配成双。

唱着唱着，栽秧的大姑娘、小媳妇们便笑闹起来。平日里，一句话只消半天工夫，便能传遍整个村子的，谁家不知谁家那丁点子事。于是某家姑娘相上了某个小伙之类的事儿，都会在这群女人间传开。有在场的，闹将起来，相互纠打着，玩笑过了头，跌在水田里，泥人儿似的，也不是没有发生过。

这秧田里一闹，水车上的男人们自然不会安神。于是，踏着踏着,走神了,脚下跟不上"趟",脚被"拐"打得生疼的,只好出洋相,"吊田鸡"矣。

就在这嬉闹之中,日头渐渐升高。朝阳下,原本水汪汪的田里,出现了疏密有致的秧苗儿,竖成线,横成行,绿生生的,布满水田,那个鲜活劲儿,活脱脱一群生命呢。望着充满生机的水田,劳作的人们眼中毫不遮掩地生出几许渴求、几许希冀。

第三辑

岁有痕

"天空没有留下翅膀的痕迹，但我已经飞过。"从泰戈尔的诗句中，我们体会到了"飞鸟无痕"之意韵。不仅如此，白驹过隙，流水无痕，又让我们感叹时光的流逝，生命的短暂。尤其像我这样步入花甲之人，感受似更为真切。

曾经的过往，曾经的遇见，于喧嚣与庸碌之中，似乎了无痕迹矣。非也，每个人的心底，皆有一群飞鸟，它们随时听从心灵的呼唤。这样的书写，是不是可以启发每一个普通人，去唤醒尘封心底的记忆，感受一下自己内心的"诗和远方"呢?!

二十四年前的那一次相见

　　檀香袅袅,夜静如水。此时此刻,我的思绪被拉回到二十四年前,回忆起心心念念了二十四年的,与平凹先生的那一次相见。

　　那时的贾平凹,在文坛的影响力,完全够得上一个词:"如日中天"。平日里,我有意无意间读过平凹先生的一些作品,从《满月儿》到《腊月·正月》,从《心迹》到《商州》系列,从《浮躁》到《废都》……在我的心目中,平凹先生是个不仅汲取了大山之灵气,更汲取了古今之灵气的高产作家。

　　平凹先生是从邻近的汪曾祺老先生的家乡——高邮而来兴化的,一路风尘,到兴化已是傍晚时分。我和文联的同志在兴化宾馆平凹先生下榻处迎候着。一辆白色轿车驶入宾馆区,有人说了声:"来啦!"我赶紧出门,同行者中有时任《美文》常务副主编的宋丛敏先生和我的老师青年文学评论家费振钟。

　　费老师上前给我介绍:"这位是贾平凹老师。"我赶忙伸出手去,把贾老师迎进宾馆。说实在的,见了平凹先生,正应了"人不可貌"相这句熟语。要不是费老师介绍,我根本不会相信,眼前这位身材偏矮、肤色偏黑、相貌平常的中年人,会是写出一部又一部大著的才气横溢的大作家。然而,很快我发现了那浓眉下一双深邃的大眼睛。我又见到了作家手夹香烟，托腮沉思的熟悉场面，那已不止一次地在一些书刊上见到过。这才是作家贾平凹。

农历四月的兴化水乡，柳絮如雪，微风轻拂，偶或，有几行稀疏的细雨，滋生出些许淡淡的诗意。在这样的季节里，接待一个文人倒是蛮相宜的。

翌日上午，我们安排平凹先生一行，参观兴化市文博中心和郑板桥故居。文博中心是为了纪念板桥先生诞辰三百周年于1993年建成的。平凹先生很是为一个县级市能花八百多万元建设六千多平方米的文博中心而感到高兴；在参观了中心内的兴化历代名人馆后，又为兴化这样一个小地方，竟出了刘熙载、宗臣、施耐庵、郑板桥、李鱓等一批历史文化名人而赞叹。他欣然提笔写下了"难得糊涂人，得大自在文"，书赠文博中心。文博中心，现已更名为兴化市博物馆。

虽然是第一次与平凹先生相见，他还是为我书写了"瓜棚主人"四个墨浓墨浓的大字。提笔时，平凹先生含笑询问，想要什么字？我略作思考说出了题写个笔名的想法。

"瓜棚主人"这一笔名，源于1985年我刚提笔学习写作时的一则短篇小说：《瓜棚小记》。在一份文学内刊上发表时，得到了时任中国作协副主席陆文夫先生的肯定，为我做点评的车前子鼓励我保持这样的创作路子，"在瓜棚里吃自己的瓜。"于是，我从此用上了"瓜棚主人"之笔名。

让我感动的，不是平凹先生肯屈尊为我一个无名小辈题字。当天，平凹先生题写的工作量还是挺大的。让我感动的是，平凹先生在"瓜棚主人"四个大字前面，还留下了两行小字，"平凹"，为署名，省去了自己的姓氏；再一行，"送仁前"，同样省去了我的姓氏。先生的两处简省，让我内心暖流顿生。

这幅作品，其后跟着我辗转多地。居住简陋时，我也会择一面位正、光亮的墙壁，将这幅作品挂上。见其书，亦如见书者其人。有意无意，便会关注平凹先生的行踪，以及创作动态。有一次，从电视上看到平凹先生出现在《鲁豫有约》栏目中，听他讲年轻时在家乡劳作所受的艰辛，听他讲《废都》问世之后引发的种种议论，看着他那熟悉的脸庞，心中竟也有了亲近之感。细细想来，这种亲近感，来自平凹先生书赠予我的这幅字，耳濡目染，见字如面，亲近感滋生矣。

如今，居住条件大为改善，我有了自己像模像样的书房，平凹先生的这幅作品，则端端正正地挂在我书房正面的墙壁上，显眼得很。

其实，平凹先生在下榻兴化宾馆的当晚，就曾在我的一册速写簿上写下了这样一句耐人寻味的话："人生于兴化，文当有水之汪洋。"

自那时起，数十年来，我一直心心念念着这句话。我一直孜孜以求，潜心构建着笔下"香河"这一文学地理。至今也有了长篇小说"香河三部曲"（《香河》《浮城》《残月》），中篇小说集《香河四重奏》，短篇小说集《香河纪事》，引起了一些文学爱好者、评论者的关注，产生了一定影响。

值得一提的是，长篇小说《香河》，2017年被改编成同名电影，参加了第二十七届中国金鸡百花电影节之后，登陆国家广电总局电影数字节目管理中心，面向全国农村做公益性放映，并在央视电影频道多次播出。不仅如此，2019年春节前，家乡的电视台还推出了"大年初一看《香河》"宣传语。2019年的大年初一，《香河》分别在泰州电视台、兴化电视台播放，还真引发了一次小小的"香河热"。

当然，走出国门的《香河》，可谓风头不减。继2018年入围温哥华国际电影节、开罗国际电影节等多个国际电影节之后，2019年又相继入围南非国际电影节、俄罗斯外贝加尔湖国际电影节、东欧国际电影节，女演员蓝娅凭借在《香河》中扮演水妹的角色，在俄罗斯外贝加尔湖国际电影节获得最佳女主角奖。《香河》在温哥华国际电影节、东欧国际电影节上获得"最佳外语长片""最佳导演"等多项提名。《香河》的魅力，正在更为广阔的空间散发。

那一次接待平凹先生，为了让他有机会领略苏北里下河水乡的风光，亲身体会一下乘船游于水上的感觉，我们特意安排了参观千垛秀色。顺便说一句，现在兴化的千垛油菜花，已成为闻名全国的油菜花海，被评为全球重要农业文化遗产。"河有万湾多碧水，田无一垛不花黄"，每年清明节前，"游人如织"已不足以描述其壮观之景象。这一景象也被著名词作家阎肃先生写进了为兴化而作的歌曲《梦水乡》："万亩荷塘绿，千岛菜花黄。"随着青年歌唱家谭晶独具韵味的歌声，流传四方。

关于千垛菜花，此时我可以自豪地说一句，当年我们请平凹先生领略观光的，完全够得上"原汁原味"四个字。在当时的垛田镇，被我们当地人称为"水上飞"的小快艇，载着平凹先生一行，飞速行于碧波之上。快艇劈波斩浪，恰似水上飞。平凹先生聚精会神地观看着两岸水乡景色，一处处村庄被抛在身后，一垛垛漂浮水上的菜花垛子闪过。

在这一方垛田之上，留下了郑板桥先生人生最初的足印，这里是他的出生地。这里的得胜湖、旗杆荡，因岳飞抗金时操练水兵竖立旗杆而得名。《兴化县志》载："飞率军……途经兴化时，曾驻师县城及城东旗杆荡等处。"而车路河与得胜湖的入口处，其名"水浒港"，人们不由得联想到先贤施耐庵的《水浒传》。

"水上飞"船速时快时慢，平凹先生颇感新奇：坐此船，生平还是头一次。当他上得垛田，登楼远眺，领略了"三十六垛八卦阵"的原始风貌，望着那错落有致金灿灿的油菜花垛，望着那纵横交错的河汊，平凹先生不禁感叹道：难怪施耐庵能写出神神秘秘的水泊梁山，能写出浪里白条这样栩栩如生的水上人物。不虚此行，不虚此行。

闻得著名作家贾平凹在垛田参观，一批又一批崇拜者纷纷赶来，带着《坐佛》《废都》《白夜》等贾氏著作，请平凹先生签名、题词，弄得我们都深感歉意。然而，平凹先生却丝毫没有一点儿名人架子，总是有求必应，一一满足。就在快离开垛田时，又来了一批要签名、题词的，平凹先生只好借助轿车的车头，伏在车上一一满足了崇拜者的愿望。当来访者满意而归时，平凹先生才抹了抹额头上的汗珠子，点上一根烟。我跟平凹先生开玩笑说："贾老师在兴化过了一个名副其实的劳动节。"平凹先生用他地道的陕西话应道："没啥，没啥。"

本应下午就该去扬州的，然，楚水风光深深地吸引了这位山里长大的"平娃"。听说大纵湖比千垛水面更开阔、更浩渺，另有一番迷人之景象，平凹先生便欣然前往。

换乘港监艇，船速虽稍慢了一些，但坐在船艄的条椅上，悠然地欣赏两岸景色，则别有一番情韵。沿水路北上往大纵湖，那一株株村树，那一段段竹制鱼簖，那一张张宽阔的罾网，那一条条曲曲折折长龙般的缦（水乡一种捕鱼工具），无一不引起平凹先生的兴致。不时，有送货小船相擦而过，有成趟的鹅鸭浮水而去，有扎了红头巾的渔姑水上放钩……平凹先生出神地望着这一切，忘了吸一吸手中的烟。

大纵湖一望无际，碧水连天，烟波浩渺，令人心旷神怡。当平凹先生得知，这几千亩水面，每年能产出大量的鱼、虾、蟹等水产品，能为当地百姓创造几千万财富时，他由衷地敬佩水乡人的勤劳与精明；当平凹先生得知，这里的养殖户，有的已把养殖的水面扩展到外市、外省，有的已把水产品用飞机送往新加坡、中国香港等国家和地区，他由衷地敬佩水乡人的气魄与胆识。在湖上一条具有现代宾馆气息的渔船上，平凹先生同样感受到了改革开放给渔民带来的种种实惠；当打着领带、手持"大哥大"的渔民陈中华邀请他金秋蟹肥时节，再来他船上做客时，平凹先生开心地笑了。

太阳，不经意间已变成了一只红灯笼，收起了原先耀眼的金光。游艇在晚霞里返航了，同行者中，有的在闲谈，有的则闭目小憩，而坐在舱中的平凹先生，则倚窗凝视着那西坠的红日，他的思绪似乎已远去了，远去了。

1996 年 5 月 1 日，这一天，平凹先生就这样在我的家乡度过了。平凹先生是因为《废都》而来江浙进行为时一年的生活体验的，兴化只是这当中的一个点。为此，他曾重操中学时代之旧业:写日记。他的《江浙行》一组日记,在几个文学类报纸整版刊发,再次引起一股阅读热。他开篇日记中有关"肥肉"的故事,以及为了"无生他想"而重操旧业之交代,至今都深印在我脑海之中。

我把平凹先生此次的兴化之行,写成了一则短文《平凹楚水行》,投给了当时的《西部文学报》,时隔两月余,小文在该报三版头条位置刊出。当我收到样报时,有了一份意外惊喜:与小文一同刊发的,还有我和平凹先生在大纵湖渔民陈中华游艇上的一张照片,且我在照片中的位置还处于中央。是不是当时的编辑收到来稿后,向平凹先生,抑或宋丛敏先生求证是否属实?让照片成为文字的佐证?这张照片由谁提供的呢?至今没有答案。

我是想过,有机会再见到平凹先生时,往事重提,提供照片之谜自然会解开。然,时隔二十四年,一直没有再见平凹先生之机会。其实,这二十四年间,平凹先生还是为我提供了相见的机会的。譬如,2007 年前后,泰州在谋划凤城河景区建设时,就曾请平凹先生贡献智慧。先生都到了我所在的城市,见一面何其方便?再如,2011 年下半年,先生因《古炉》荣获首届施耐庵文学奖,再度到我家乡出席颁奖典礼,人家都到了我的老家,见一面何其方便?

这样大好的机缘,竟然一次一次地被我错过。我只能用冥冥之中"缘分"二字,来劝慰自己。我想,还是会和平凹先生再见的,当然,不仅仅为了寻求一张照片之答案。

因《散文》创刊四十年活动,2020 年 11 月底,我得以和穆涛兄在泰州相见,提及二十四年前与平凹先生相见的那段往事,故沐手焚香,写下以上文字。

天空中闪烁着那双明亮深邃的眼

小时候,外婆告诉过我,地上有多少人,天上就有多少颗星。地上的人去世了,就会跑到天上去,他的亲人、友人、后人,就能在地上看到那颗新出现在天上的星。若干年后,外婆在我还在外求学时意外去世了,我便极自觉地举头望天,在天空中寻找疼我爱我的外婆。我从未对任何人言及,天空中有我自认的一颗星,她是我亲爱的外婆!尤其是外婆刚去世的头几年,每当夜幕降临,星星开始出现,我便会举头寻找,自然会看到我认定的那颗星,那是我亲爱的外婆,她在天空中默默注视着我呢!

随着年龄、阅历的增长,自然知道外婆的"童话",寄托的只是一种美好愿望。但,时至今日,在我的潜意识里,我仍然愿意相信外婆的话,但凡自己亲近的人辞世,便会举头开始自己的寻找。说是寻找,其实是认定,是一种自我心理慰藉。

在我的天空中,就闪烁着一颗又一颗"文曲星"。被称为"陆苏州"的陆文夫先生,便是其中的一位。

陆文夫先生,对于我这样一个颇喜好动笔的人来说,是一种崇拜,是一种景仰,是一种遥不可及的期待。当时光的年轮走到公元 1985 年的时候,我,一个二十多岁的农村文学青年,终于在苏州,在陆先生的家门口见到了先生本人。那种遥不可及,一下子变成了现实。与陆文夫先生有了零距离，这让我感动无比，甚至有点儿不知所措。

因为短篇小说《瓜棚小记》，在苏州《江南雨》刊物上发表，说来并不是一件什么了不得的事情，但因为这篇习作为陆文夫先生所看重，他专门让青年诗人车前子为《瓜棚小记》写点评。因而让我有机会从苏北的乡村，到苏州参加为期半月有余的"江南雨"笔会。这样的机遇，对于一个热血沸腾的文学青年来说，是何等宝贵。而让我在笔会期间能亲耳聆听陆文夫先生的教诲，更感到此生之幸也。说实在的，斯人已逝，当年他给我们讲了什么，我真的无法一一记起，毕竟那是三十五年前的事了。但他那双明亮深邃的眼睛，至今都刻在我的脑海里。

那双眼睛，似乎能看透我心底的一切，让我不能隐藏；那双眼睛，又润泽了我的心田，让我变得纯净。我相信，只要你的双目与那双眼睛对视，便有心灵与心灵的碰撞。至今，我都不能忘记与他目光交汇时的感觉，似乎有一股难于言述的细流，在我的心田涌动，涌动，进而遍布周身。那是一双睿智的眼睛，那是一双纯洁的眼睛，正是由于这双眼睛，我的心底从此留下了陆文夫先生的身影。

在苏州的十多天里，我那饥渴的心田拼命地吸收着大家们提供的养料。记得当时除了陆文夫先生，还有贾植芳、艾煊、叶至诚、高晓声等诸多声名如雷的大家，给我们授课。让我倍加感动的是，陆文夫先生还亲笔为我题写了"无师而无不师"的字句。寥寥六字，意味深长。

对于从事文学创作的人来说，写出自己的个性是极其重要的,千万不能被过去传统所束缚,千万不能为大师大家的名著名篇所拘泥,此可谓"无师"也。但学习和传承,又是无处不在无时不有的,那丰厚文化积淀其营养是不言而喻的,每一个后来者都应该汲取和继承。不仅如此,现在习总书记强调我们文艺家要走出象牙之塔,阅尽"社会"这本大书,这"文学"之外,"传统"之外,仍然是养分丰厚的所在,每一个后来都应该潜心研究,举一反三,触类旁通。此又可谓"无不师"。当今创新之风之兴盛,让我不免想起陆老数十年前说过的这六个字,不就蕴含此意嘛?!难怪车前子看了陆老给我的题词之后,在我的速写簿上为我写下的是:"在瓜棚里吃自己的瓜。"

于是乎,我开始翻阅《小巷人物志》《美食家》《井》《围墙》等一批引领当时文坛风骚的佳构。这中间饶有趣味的是,陆文夫先生的《美食家》甫一面世,作品中描写的一道"把剧情推到顶点"的菜肴:"三套鸭",很是时兴了一阵子的。

所谓"三套鸭",其做法,陆文夫先生是这样描述的:"所谓三套鸭便是把一只鸽子塞进鸡肚子里,再把鸡塞进鸭肚子里,烧好之后看上去是一只整鸭,一只硕大的整鸭趴在船盆里。船盆四周放着一圈鹌鹑蛋,好像那蛋就是鸽子生出来的。"陆先生在作品中还交代了美食家们的感叹:叹为观止!

据说,后来苏州得月楼的大师傅还将"三套鸭"从小说中搬到了餐桌上。没有去得月楼品尝过,不知真假。不过说到作家写美食,做美食,与我邻近的高邮的汪曾祺先生,在我看来那是无出其右的。听我老师费振钟讲过,陆文夫先生只写,不能实操,是孟子言及的"远庖厨"之"君子"。而汪曾祺先生则大不同矣!汪先生不仅写出了"故乡的食物"等大量美食美文，且常常亲下厨实操。不仅如此，汪先生实操，常有创新之举，出乎通常专业厨师意料。譬如，他将原本寻常的油条，创出一道："塞肉回锅油条"，有了"嚼之声动十里人"之异效。说来，做法极易，仅需将油条切段，成一寸左右即可。之后，掏出内瓤，塞进肉蓉、葱花、榨菜末儿，下锅油炸，顿时酥脆香溢，诱人垂涎。

不仅如此，汪先生还鼓励同道好友进行菜品创新，试举一例。他曾在给同乡朱延庆先生的信中提及，家乡高邮近年时兴吃"雪花豆腐"，而汪先生竟没吃过，只记得小时候的"汪豆腐"。汪先生在信中还点出了"汪豆腐"的做法："以虾子、酱油为汁，入切为小片的豆腐，勾芡，上桌时浇两勺熟猪油。"汪先生在信中拜托自己同乡："请打听一下，雪花豆腐的做法，得空告我。我很想把高邮的雪花豆腐提高一下，即在豆腐中加入鳊鱼肚皮的嫩肉。如果加蟹白，当更为鲜美。这样，这道菜可以成为名贵的菜，可用以待上客。你不妨与厨师研究一下，试做一次。"

一个作家，对美食研发，竟如此用心，实不多见。汪先生还说过一句话。"愿意做菜给别人吃的人，是比较不自私的。"网上曾发起同意与否之讨论。在我看来，汪先生这话，呈现出的是一个"老头儿"（汪氏后人对汪先生之爱称）之可爱！

行文至此，读者朋友可能感到我对汪先生褒奖过多，对陆先生有些冷落。非也，作为一个对两位大师级前辈作家十分尊崇的后来者，我绝不是褒汪抑陆派！

就美食家而言，如果加入"品鉴"，抑或"鉴赏"一词，则陆先生完全不在汪先生之下。陆先生之所以能写出《美食家》这样的经典中篇小说,是有其深厚的生活底蕴,以及丰富的美食品鉴阅历的。陆文夫先生曾经在一篇"美食家是如何炼成的"的文章中,较为翔实地介绍过他的这方面经历。

陆先生在文章中说:"我所以能懂得一点儿吃喝之道,是向我的前辈作家周瘦鹃先生学来的。"众所周知,周瘦鹃先生被认为是鸳鸯蝴蝶派的首领,二十世纪的三十年代,他在上海滩编《申报·自由谈》等六份出版物,家还住在苏州,报刊需要稿件,周先生就是在上海或苏州举行宴会,请著名的作家、报人赴宴,在宴会上约稿。周先生自己是作家,也应邀赴别人的约稿的宴会。你请他,他请你,使得周先生身经百战,精通了吃的艺术。终于惠及后来能与周先生同席的陆文夫先生。

陆文夫先生进而指明:"《名人词典》上只载明周先生是位作家、盆景艺术家,其实还应该加上一个头衔——美食家。难怪,那时没有美食家之称,只能名之曰会吃。会吃上不了词典,可在饭店和厨师之间周先生却是以吃闻名,因为厨师和饭店的名声是靠名家吃出来的。"

从陆文夫先生的文章中,的确可以看出周瘦鹃之于"吃",在行得很。当年,周先生牵头邀范烟桥、程小青以及陆文夫等先生聚餐,每次周先生都要提前三五天亲自到松鹤楼去一次,确定日期并指定厨师,如果某某厨师不在,宁可另选吉日。

何故?周先生说,不懂吃的人是"吃饭店",懂吃的人是"吃厨师"。陆文夫先生坦言:"这是我向周先生学来的第一要领,以后被多次的实践证明,此乃至理名言。"

不妨听一听陆先生关于美食品鉴之见解。他说:"美食的要素是色、香、味、形、声。在嘴巴发挥作用之前，先由眼睛、鼻子和耳朵激发起食欲，引起所谓的馋涎欲滴，为消化食物做好准备。在眼耳鼻舌之中，耳朵的作用较少。"陆先生专门介绍了苏州菜中，有声有色的两道菜："响油鳝糊"和"虾仁锅巴"，堪称"天下第一菜"。

响油鳝糊，就是把鳝丝炒好拿上桌来，然后用一勺滚油向上面一浇，发出一阵"吱啦"的响声，同时腾起一股香味，有滋有味，引起食欲。虾仁锅巴也是如此，是把炸脆的锅巴放在一个大盆里拿上桌来，然后将一大碗虾仁、香菇、冬笋片、火腿丝等做成的热汤向大盆里一倒，发出一阵比响油鳝糊更为热闹的声音。据说，乾隆皇帝大为赞赏，赐为"天下第一菜"。

陆先生对吃菜要遵循"尝尝味道"的规律，说得颇有道理。他说："菜可以多，量不能大，每人只能吃一两筷，吃光了以后再上第二道菜。"这不是跟现在从上而下都倡导的"光盘行动"异曲同工吗?!

陆文夫先生后来在苏州的影响，堪与周先生当年比肩，苏州的一些名流精英，但凡有饭局，皆以能请到陆先生到席为荣耀。只是后来的酒楼，不太愿意做周先生、陆先生他们聚餐时的"那时候的菜"矣。问及厨师，那时候周先生率陆文夫、范烟桥、程小青几位先生"小聚"，得让厨师忙好几天呢! 不是说，时间就是金钱吗? 陆先生进而自我解嘲道："要恢复'那时候的菜'也不是不可能，那就不是每人出四块钱了，至少要四百块钱才能解决问题。周先生再也不能每个月召开两次小组会了，四百块钱要写一个万字左右的短篇，一个月是绝不会写出两篇来的。到时候不仅是范烟桥先生要忘记带钱了，可能是所有的人钱包都忘记在家里了。"

要知道，陆先生说这话是二十世纪八十年代，那是个以"万元户"为荣的年代，每人吃一餐要花四百块，完全够得上"高消费"矣。所以，陆先生给出的结论是，"当美食家要比当作家难"！

由《美食家》引发的话题，暂且搁下。当年，因为受到陆文夫先生之鼓励，于是乎，从 1985 年开始，我便有一些习作在报刊发表。值得一提的是，1987 年第五期《中国青年》刊发了我的短篇小说《故里人物三记》，在全国范围内产生一定反响，不少读者来信来访。著名文艺评论家冯立三认为："《故里人物三记》单纯、朴素，以传统的白描、不枝不蔓的叙述和随手点染地方风情取胜。格局虽小，但也可折射中国农村的沧桑之变。"又说："祥大少（小说人物）的败落很值得我们高兴，他的历史由盛而衰，倒过来正好是农民的历史由衰而盛。""仅凭对一个人'三好'这些区区小事的描写，其长度又不足两千五百字，便活泼泼地勾画出中国农村的历史性进步，这成绩，值得祝贺。"著名作家陈建功在他的《读后信笔》中写道："读了《故里人物三记》，很有点儿兴奋。新的表现手法固然可喜，传统的'招数'亦不可轻弃也。"

《故里人物三记》获得了《中国青年》举办的全国小说处女作征文二等奖，让我一个二十五六岁的农村小伙子有了 1988 年到北京人民大会堂领奖的经历。现在想来，当时能在短短两三年内发表十多万字作品，和陆文夫先生的鼓励是分不开的。他对《瓜棚小记》肯定鼓励的原话，我没能亲耳听到，但当年我去苏州参加笔会时，车前子直接和我讲过，陆老对这篇习作的看重。这让我一个初出茅庐的小伙子，内心的感动的确无法言表。这鼓励，让我握着手中的笔直到今天。他写给我的六个字，我至今都好好珍藏、好好体味。

几十年过去，我一直潜心构建着"香河"这一文学地理，《香河纪事》系列短篇小说集，《香河四重奏》中篇小说集，《香河》《浮城》《残月》三部长篇小说构成了"香河三部曲"，还有散文集《楚水风物》《爱上远方》《那时，月夜如昼》，凡此等等，也算是我当年聆听陆文夫先生教诲，不忘初心，走自己的路，所获得的果实吧！

我也没能想到，从我第一次见到陆文夫先生之后，再一次亲耳聆听他的教诲，竟相隔了十多年。1998年5月23日，这天是泰州市作家协会成立的日子。我在事先没有任何信息的情况下，当日被通知到乔园宾馆东平房开会，说是让我参加泰州市作协副主席的选举。在泰州市作协第一次代表大会上，我再次看到了那双明亮深邃的眼睛。

陆文夫先生作为中国作协副主席、江苏省作协名誉主席坐在了主席台上。实在说来，再次见到陆先生，我的内心，仍然是极其激动的。尽管他对当时的毛头小伙子早就没了印象。当年在苏州"江南雨"笔会上，来自全国各地有十多个人呢，如今颇有影响的荆歌就在当中。更何况时隔十年之久矣！

后来和他老人家一起拍照，我也没再提起那段往事。因为俗务缠身，加之自身努力不够，拿得出手的作品不多，让我在陆老面前提起，当年曾因写出《瓜棚小记》而得到他老人家的鼓励，真是汗颜得很。尽管，我的身份已经从一个乡镇的共青团干部变成了泰州市级机关的一名文秘人员，此次又意外地担任了泰州市作协副主席兼秘书长。可令我惊奇的是,陆老他那双明亮深邃的眼睛,依然那么有穿透力,依然叫我不能躲藏什么,依然那么纯净容不得半点儿沙子。

这是一双怎样的眼睛啊,似一口深井,又似一泓清泉,在我的脑海挥不去,抹不掉。如今,他老人家虽然已离开尘世,离开他钟爱一生的文学,离开了我们,但他那双眼睛成了我心底一道永恒的印记,每当夜幕降临的时候,这双眼睛便如星星般在我头顶的天空闪烁。

陆文夫先生虽被人称为"陆苏州",其实他是江苏泰兴人,跟我是大范围里的泰州老乡。因为在一个地区承担着文学艺术组织工作,我曾想谋划一次文学之旅,主题为:"追寻陆文夫先生的足迹"。遗憾的是,构想始终在头脑中盘旋,几年过去了,因为这样那样的原因,至今未能施行。

照亮里下河文学流域的一盏航标灯

最近,心情稍稍有些失落。不为别的,我所居住的小区大面积整治,施工人员将楼下的一丛晚饭花全部铲除了。原本每日里,上班下班都能见面的,老朋友一般。有的时候,我去幼儿园接两个小宝宝,便会特意给两个小家伙指一指绿岛里长势颇为旺盛的晚饭花,告诉他俩:这叫晚饭花。"爹爹,爹爹,为什么叫晚饭花呢?"两个小家伙几乎异口同声了。爹爹之称谓,为我们当地方言,与爷爷同义。"自然是到了要吃晚饭时,花开得最好,才叫晚饭花。"我也会正式地回答。

我对晚饭花的感情源于一本书,一本名叫《晚饭花集》的短篇小说集。稍有点儿文学常识者,都会知道,这是汪曾祺先生的一部经典短篇小说集,1985年由人民文学出版社出版。小开本,暗绿色窄窄的封面上,房屋、月牙儿和几丛白色的晚饭花,构成一个有机的整体。封面设计朴素大方。当然,最显眼的,还是汪先生亲笔题写的书名,竖写着四个行楷字:"晚饭花集",颇为儒雅。

我是在这本书出版的当年在苏州参加"江南雨"笔会时,得到的这本书。其时,来自全国各地十来个文学青年,相互在各自的《晚饭花集》上签题互勉之言,很是有些同学少年、意气风发、激昂文字之气概的。时隔三十五年,今天翻看,依稀能回忆起那时彼此青春的面容。然,这当中有些人行踪全无,不知西东。有一点可以肯定,多数人已远离文学矣! 要不然,像荆歌这样频频在刊物亮相者,自然会被关注,也容易捕捉。

这些年,我在泰州市文联工作,为市委市政府提出"文化名城",做了一项在当下中国文学界还算有点儿影响的事:里下河文学流派构建。到 2020 年已经是第八个年头了,得到了中国作协领导、江苏省作协领导,以及全国众多专家学者的认可,这一流派被认为是现在中国当代文学最具活力的一个正在生长着的文学流派。我们做这项工作,所依靠的核心人物,便是有里下河文曲星之誉的汪曾祺先生。里下河文学流派概念的提出,即以二十世纪初,汪曾祺先生以家乡高邮为背景的《受戒》《大淖记事》为起点,梳理当代里下河地区与汪老风格相近、理念相同的作家作品,展开研究。当然,这项工作,也还是因为,除了汪老,还有毕飞宇、鲁敏、朱辉等一批在全国颇具影响力的"鲁奖"获得者,以及费振钟、王干、汪政、晓华、王尧、吴义勤等一大批在全国都颇具实力的评论家,这让"里下河文学流派"的命题得以成立。

这些年,为"里下河文学流派"构建,我和我的同事们,也还是做了一些有益的事:系统梳理里下河文学流派作家作品,出版了"小说""散文""诗歌""评论"四个系列,三十六册八百万字的"里下河文学流派作家丛书";成立了中国里下河文学研究中心,聘请了丁帆、范小青等十位导师,以及三十五位在全国颇具影响力的学者,特别是一批年轻学者为特约研究员;先后在《小说评论》《文艺报》开设"里下河文学研究"专栏,每年推出多篇系统研究里下河文学流派的理论文章;创新推出"里下河文学流派作家·

星书系"和"里下河生态文学写作计划"丛书出版项目,鼓励里下河文学流派名家和本土作家多出新作;在《中国作家研究》推出里下河文学流派作家作品研究专辑,在《大家》推出里下河文学流派作家作品专辑,凡此等等,产生了广泛而积极的影响。

至今,我都忘不了,2013 年在秋雪湖召开的第一届全国里下河文学流派研讨会,丁帆、陈福民等学者,对我们提出的"里下河文学流派"命题提出了自己独到的见解;至今,我都忘不了,从第一届全国里下河文学流派研讨会,《文艺报》就作为研讨会的主办单位,江苏省作协的范小青主席一直出席研讨会,给予巨大的支持;至今,我都忘不了,全国各地的专家学者,纷纷为"里下河文学流派"研究撰稿,形成了数以百计的高质量论文;至今,我都忘不了,一些学者自发地进行"里下河文学流派"研究,出版专著,拿出研究成果,给这项研究工作以学理支撑。

如今,里下河文学流派这一命题,在中国文学界,得到了越来越多的认可。打开"百度"搜索,"里下河文学流派"已经成为固定词条。这一概念亦已传播到了海外更广泛的地区,专家学者亦以"里下河文学流派能否进入中国当代文学史"而发问!在地方党委政府支持下,这项工作亦已写进相关文件,以确保其连续性,得以持之以恒。

在这项工作推进过程中,我的同乡,著名评论家王干曾经以"汪曾祺与里下河文学"为题,系统阐释了里下河文学流派得以成立的坚实的文学土壤和学理基础。实际上,一个文学流派的产生,并不完全按照过去的那种模式,所谓一份刊物,一个主张,一群志同道合者。现在的文学生产方式,已经有了新的路径。就里下河文学流派而言，我们以汪曾祺先生为旗手，这是能从这杆大旗下找到一大批与汪先生创作理念相同，自觉践行共同文学主张的追随者，且在全国形成广泛影响。这样的团队，称之为流派，有何不可?!

我与汪先生虽未曾谋面，但这并不妨碍我追随先生的文学足印。当年，先生的"故乡的食物"甫一面世，我便步其后尘，写出了一本散文集《楚水风物》。想着这是自己学习汪先生的成果汇集，经由王干兄推荐，得到了汪先生亲题的书名。汪先生的严谨令我动容，他老人家极其认真题写了"横""竖"各一幅。说句世俗的话，先生在没有抽过我一根烟、没有喝过我一口茶的情况下，为我这样一个无名之辈题写书名，关爱提携之意，显也。

《楚水风物》在漓江文艺出版社出版，担任此书的责任编辑，竟然是后来成为中国出版集团总裁的聂振宁先生。那是 1993年。因为《楚水风物》，我与汪老的故事尚未结束。2017 年，是汪曾祺先生辞世二十周年，我将《楚水风物》进行二度创作，由七万字，拓展为十六万字，以此"纪念里下河文曲星汪曾祺先生逝世二十周年"。这当中，让我感动的是，我的同乡评论家王干兄，在漓江文艺出版社第一次出版《楚水风物》时就写了序，时隔二十多年之后，再度为这本书写序。这一现象，为评论家们所关注。有评论称，最好的纪念是传承!

其实，在汪曾祺先生逝世十周年的时候，我曾写过一篇《迟到的怀念》。在文中，我表达了一直想写一篇怀念汪曾祺先生文字的想法。这样的念头，最初听到汪老辞世消息的时候就有了。然，一直不肯动笔。自己心中觉着，汪老这样的大家，哪轮得到我这样的无名之辈来写怀念文字呢？虽然，在我的创作过程中曾得到过他老人家的帮助；虽然，我的文学创作一直追随着他老人家，我是个不折不扣的"汪迷"。转眼间，这样的念头，存于心底十年矣。也就是说，汪曾祺先生辞世已十年了。无意间，得知汪老故乡要为他老人家逝世十周年做点儿事，我的内心有说不出的情感在涌动。这涌动着的情感，使我不得不坐到电脑前敲打出久藏心底的声音。

几乎和所有的"汪迷"一样，最早读到先生的小说是《受戒》，万般惊奇地发现，原来小说还可以这么写。惊奇之余，总也忘不掉小说中那个小和尚望着小英子崴莽荠留下的脚印塘发呆的情形，真想把自己的脚也悄悄印在小英子的脚印塘里，那痒痒的滋味一直痒到我心里去了，进而自己心里头变得甜滋滋的。自然也为《受戒》没能拿到那年全国短篇小说奖而愤愤不平，心中不爽。好在次年的《大淖记事》弥补了这一缺憾。其时，汪曾祺先生创作势如泉涌，每发一篇小说都是反响热烈。毫不夸张地说，我们这些小年轻迷他的小说到了近乎痴狂的程度。

我还在文中回忆起了 1985 年苏州"江南雨"笔会上，我们来自全国各地的十几个文学青年，人手一册《晚饭花集》的情形。其后多年，我一直追随着汪先生的文学足迹前行。

说实在的，较早读出我的小说有一股"汪味"的是著名作家陈建功先生。那是 1987 年，《中国青年》杂志社组织了一个全国性的小说处女作征文，我的短篇小说《故里人物三记》在第五期《中国青年》上发表了。杂志社还为小说配发了专家点评——陈建功先生的《读后信笔》。陈建功先生在点评中说："这位作者的另一点可贵之处是,他开始意识到,要写出'味儿'来了。比如作品中那远距离的叙事态度,不是确实有了一种冷隽的观照的'味儿'吗?最典型的,是《祥大少》一篇前五个自然段的起首,一律以'祥大少'三个字当主语。而《谭驼子》一篇,前五个自然段照例以'谭驼子'三字冠之。《二侉子》一篇小有变化,但第二自然段则是一连串的'二侉子'为主语的单句。我想,这都不是随意为之的。这里面渗透着作者对一种叙事调子的追求。不过,这种叙事调子怎样才能更加独树一帜,以区别汪曾祺先生的某些小说呢?大概这也是作者正在思索的突破方向吧?"

时隔二十年之后,我的一部三十二万字的长篇小说《香河》面世。在《香河》研讨会上,来自北京、上海、南京等地的二十多位作家、评论家、电影导演,对这部全景式描绘里下河兴化民俗风情的长篇小说给予了高度评价。认为小说以细腻抒情的散文笔法,生动地描述了苏北水乡的民情民俗和生活故事,是一幅具有浓郁地域文化色彩的风俗画卷。研讨会上,有一位喜爱汪曾祺先生作品的评论家对我说:"看了你的《香河》,我想汪曾祺先生如果进行长篇小说创作,大抵如是。"

初听此语,我连连摇头:"不敢当,不敢当。"这部小说虽然引起了《人民日报》《解放日报》《文艺报》《文学报》《中华文学选刊》等众多报纸、期刊的关注,但无论如何是不可与汪老的创作相提并论的。转而又想,这说明我这么多年对汪曾祺先生文学创作风格的孜孜追求有了一些成果吧。这在著名作家赵本夫先生为《香河》所作的序中亦可找到佐证,他称《香河》是"一部里下河版的《边城》"。《边城》为汪曾祺先生的恩师沈从文先生所著,汪曾祺先生师承的便是沈先生。如此,这中间的脉络便十分明了了。无怪乎有评论这样说:"看《香河》,不难发现沈从文、汪曾祺对刘仁前的启发和影响,不同的是,《边城》《大淖记事》只有开篇逶迤而下了三两节风土人情的描写,而《香河》却贯穿了全篇。由《边城》《大淖记事》,沈从文、汪曾祺告诉人们,小说也可以这样写,风物、风情的描写,可以绕开惯常小说以人物和故事拿魂的先例,而成为小说立篇的灵魂。《香河》既出,我们可以看到,刘仁前把小中篇《边城》、短篇《大淖记事》怎样消化到了肚子里,又如何把这种小说的叙写方式推到了极致,写成了长达三十二万字的长篇。"

我心中暗想,用自己的作品来怀念汪老,让汪老的文学创作风格为后辈所承,绵延不绝,岂不幸哉?汪曾祺先生泉下有知,该开怀畅饮了吧?!

汪曾祺先生健在时,我虽未能与先生谋面,自然也不能亲耳聆听先生教诲。但我与先生的亲友倒是有些交往,他在省泰中教数学的外甥赵京育先生曾说过要好好写舅舅的回忆文章,我倒是极力鼓励赵先生写出来,便允诺我所在的《泰州日报》可以为他开专栏的,其时我已调任《泰州日报》副总编辑。遗憾的是,至今没见赵京育先生的回忆文章。前些年,我也曾专门去高邮"汪曾祺文学馆"参观过,到坐落在高邮城北门外东头竺家巷"汪曾祺故居"拜访过。在我看来,先生为人为文的理念是一致的。就其为人,他的那句"多年父子成兄弟"一直被传为美谈,仔细了解先生之后,方知此语出自先生之父汪菊生先生之口,亦可见汪氏家教一脉相承;再就为文而言,"不求深刻但求和谐"可谓引领当时文坛风骚，开风气之先。而这二者本质则完全一致，说到底不就是当下颇为时兴的两个字嘛，和谐！因而，在汪先生的故居，我应先生小妹夫之邀，提笔写下了一句："汪曾祺先生为人为文千古流芳"。此句虽俗，心意却是诚的。

在后来的一些纪念汪曾祺先生的活动上，我又有幸见到有汪老风范的汪朗先生，也曾有过邀请汪朗先生出席全国里下河文学流派研讨会的动议。曾经有一次，友人告诉我，汪朗先生已经答应出席，无赖临行前身体不适，未能成行。这一晃好几年过去，汪朗先生至今也未能出席过全国里下河文学流派研讨会。我想，这样的机会总是会有的，并不难。

在全国里下河文学流派专家学者集体前往高邮拜祭过汪曾祺先生之后，高邮地方党委政府有了一个大手笔，在汪先生熟知的竺家巷，投资一点五亿元，新建了一座建筑面积达九千五百多平方米的汪曾祺纪念馆。进得这座颇具现代气息的馆内，依次从"我的家乡在高邮""大师风范""永远的汪曾祺"等诸多主题中，能够对汪曾祺先生有一个系统全面了解。给我留下较为深刻印象的是，馆内对先生作品的陈列，可谓是应有尽有。这在全国似乎没有第二个。

去过汪先生的母校之后，让我感到欣喜的是，汪曾祺少年文学院在先生母校设立多年，孩子们怀着一颗纯洁的心，读先生作品，探寻先生足迹，实地了解先生笔下的家乡如今的现状，并用自己的笔书写成文。我想，先生播下的文学种子，在这样优良的土壤里，定能开花结果，长成参天大树。

当然，我们这些致力于里下河文学流派构建的里下河地域的作家、评论家,一定会在汪老这盏里下河文学流域的航标灯照耀下,奋力前行,多创作"人间送小温"式的给人以慰藉的好作品,让里下河文学流派这杆大旗,在中国当代文学的天空高高飘扬,传之久远。

第一次进京，以文学的名义

　　我再次见到陈建功老师，已经是 2013 年。这次相见，距第一次，相隔了二十五年。再次相见的地点之近，出乎了我的意料：在兴化，我的老家。此时的陈建功老师，已两鬓斑白，他除了是中国作协副主席、中国现代文学馆馆长之外，还有了一个新的身份：施耐庵文学奖评委会主任。

　　施耐庵文学奖，全称为施耐庵长篇叙事文学奖，是以吾邑先贤，有"长篇小说之父"之誉的，《水浒传》作者施耐庵先生之名所设立。该奖旨在鼓励当代汉语长篇叙事艺术的深度探索与发展，推动汉语长篇叙事的创新与繁荣，进一步提升汉语长篇叙事作品在全球的影响力。奖项设立之初，我和我的老师费振钟是参与策划的，对奖项理念进行过界定和阐释。

　　施耐庵文学奖，由家乡市政府主办，从 2011 年开始，每两年评选一次。其评选借鉴诺贝尔文学奖之模式，参评作品由评委提名，分初评和终评两个阶段。想来，陈建功老师出任施奖评委会主任，负责整个评选的终审，是跟他个人成就、在文学界的影响，以及所从事的工作分不开的。

　　也许有朋友要问，既然施奖开评在 2011 年，陈建功先生肯定在 2011 年就到过兴化，你为何要在两年之后才与他再见呢？

照理说,时隔二十多年,能再见陈建功老师,是我求之不得的。然,现实生活中,一个极其细微的原因,都可改变事情的走向和结果。至今,我都清楚地记得,陈建功老师甫到兴化,便询问起我的行踪。因为公务,不能及时赶回,错过了在第一次施奖评选时与陈建功老师的相见,内心相当遗憾。

二十多年前,第一次与陈建功老师相见,严格说来,不是单单与其一人相见。那是我生平头一回进北京。让我有点儿小自豪的是,此次进京,竟然是因为"文学"二字。

1987年第五期《中国青年》杂志刊发了我的一个短篇小说《故里人物三记》,参与此次《中国青年》杂志社举办的全国小说处女作征文评选,并且获得了二等奖。于是,一个二十五六岁的农村文学青年,有了到北京领奖的机会。《中国青年》杂志社的颁奖地点,完全够得上当下所谓"高大上"之标准,在北京人民大会堂。我们小的时候,在课本里都会读到"北京,祖国的心脏"之类的表述。这下,进了北京人民大会堂,还不是进了"祖国的心脏"?!我的小心脏真的激动得不行了,此次进京,填补了我多个人生空白。

让我激动的是,我一下子就见到了时任《人民文学》主编的刘心武先生、时任《北京文学》副主编的李陀先生,以及后来担任过《小说选刊》主编的冯立三先生,当然还有冯牧、唐达城、鲍昌等中国作协主席团的领导。一个杂志社的一次颁奖活动,真的是"大咖"云集,星光闪耀。对于我这样一个农村文学青年而言,他们都是我须仰视才见的"大神"。如果没有《故里人物三记》的获奖,要想跟这些叱咤当时中国文坛的风云人物零距离,那是断无可能的。

以"文学"之名义，与这些名家相见，气氛融洽，自由平等，欢快畅达。我一一收获了他们的题赠。冯牧先生录庄子的"吾生也有涯，而知也无涯"，书赠于我。唐达成先生则对我们这些后来者寄予厚望："鹤鸣九皋，声闻于天。希望你们像冲天之鹤，在文学天空纵情飞翔。"鲍昌先生题写的是："文章千古事，得失寸心知。"李陀先生、刘心武先生的题写，则是在提醒我们这些年轻人，要"三行而后思"，"要学会恨"。

特别是刘心武先生的"要学会恨"，完全够得上我用"微言大义"四个字来回应。而真正让我做出回应的，则是几十年之后的2019 年，作家出版社推出我的一部短篇小说集。十五个系列短篇，皆为悲剧。我在扉页上有一句话："向生我养我的故乡奉上痛彻心扉的爱。"这"爱"，何尝又不是"恨"呢?!

有论者认为："很显然，这个题记蕴藏着作者写这部书的初衷，他试图以此作为故乡对他的养育之恩的回馈，也正因此，这些系列短篇显现出一种不经意的写作状态，这种不经意又透出一种历史无意识。作者让历史自在自为地行进，最终自然而然抵达一种境地。"

由此与我结缘的，是当时在北京作协从事专业创作的著名作家陈建功老师。是他，第一次把我的小说与有里下河文曲星之誉的汪曾祺先生联系在了一起。陈建功老师是这样说的："这位作者的另一点可贵之处是，他开始意识到，要写出'味儿'来了。比如作品中那远距离的叙事态度，不是确实有了一种冷隽的观照的'味儿'吗?……这里面渗透着作者对一种叙事调子的追求。

不过,这种叙事调子怎样才能更加独树一帜,以区别于汪曾祺先生的某些小说呢?"

建功老师似乎在我和汪曾祺先生之间拴了根"红线"。这根"红线"一拴,让我迷恋了汪老三十多年,把自己变成了一个不折不扣的"汪迷"。他老人家复出文坛后,以家乡高邮为背景创作出的《受戒》《大淖纪事》等作品,让我爱不释手,读来如痴如醉。而我在迷恋汪老三十多年之后,也先后创作出了具有"汪氏风格"的三部长篇小说等一批作品,并由此构建起了"香河"这一文学地理。

其实,当时建功老师也曾题赠我,"天下文章所以有生气者,全在奇士"。让我感动的是,建功老师在此句后面,留下了自己的家庭住址和家中的电话号码。现在手机满天飞,通信极其便捷,这在二三十年前是难以想象的。

建功老师如此细心的关爱,让我之后有几年经常将习作寄给他,请他指点。我的书橱里,至今还珍藏着几封建功老师的亲笔信呢!跟与我有过交集的诸多文学大家不同,建功老师不仅直接对我的习作给予过具体指点,且在较长时间里关注着我的创作。1988 年年底,我第一本作品集《香河风情》出版时,他利用在香港大学讲学的间隙,为我写下了"乡情袅袅,忧心殷殷"的序言。在这篇序言中,他第一次将我的创作和刘熙载的文艺理念联系在一起进行比较。现在打开建功老师的序,稿纸左上方的铅笔小字,让我动情。建功老师提醒我:"仁前,此件无底稿,收到后,请打一长途告我。以免挂念。"

在序文中,建功老师由人及文,他是这样说的:"不卑不亢,稳稳当当,面庞周正,衣着齐整。这小伙儿便是写'祥大少''谭驼子''二侉子'的那一位吗？有点儿疑惑。他的小说比起他的外貌来,似乎更为潇洒,更为活泼,更富于弹性。而他,倒让我想起他的老乡刘熙载——他说他是兴化人,且姓刘,不知为什么,我十分自然地就想到了刘熙载。那本《艺概》读过的,论人品议文品,也是如许周正。他这'刘',和那道光同治年间的'刘'是否有点儿血缘？"

"随后又读了他的几篇小说,觉得这一位'刘'和那一位'刘'是否有血缘关系且不必管他,这一位'刘'是否读过那一位'刘'的《艺概》也无须深究。从文学观念上看,他们还真的有几分相近之处呢。刘仁前笔下静静流淌而出的,大抵是乡情,如梦如幻,如丝如缕。他写青青的村舍,写如织的烟雨,写寒夜的犬吠,从语言上看,近乎'杨柳岸晓风残月'。可真的是'杨柳岸晓风残月'吗？无论是《瓜棚小记》也好,《香河风情》也罢,你难道感受不出,那袅袅乡情里,几多'忧世之怀'？这正应了先一位'刘'点破'愿言蹑清风,高举寻吾契'的陶潜的一句话:'其……未尝不脚踏实地,不倜然无所归宿也。'我以为,读《香河风情》里一幅幅优美的风情画,应作如是观。"

"感时忧国的传统——即所谓'忧生之意''忧世之怀',大概是举世公认的中国文学最突出的品格。这个传统在伟大的作家笔下,成了恢宏博大的情感基调,而在低能的作家笔下,却不过是直白浅露的呼喊。伟大和低能的区别就在于,你是否找到了自己情感的独特性,是否找到了表达这种独特性的方式。不难看出,刘仁前是有这种追求的。'忧生之意''忧世之怀',并没有表现为愤激的呐喊和呼吁。你在作品中看到的，是清新淡远的意境，简洁洗练的画面，而生活的坎坷，人生的悲凉，尽在暗示中、虚写中、空白中，那貌似浮光掠影的一笔，反倒给了我们回味的余地，想象的空间。"

引述以上文字，只是给我自己一个叫建功先生为"老师"的理由。其后的通信中，乃至有了微信联系方式之后，逢年过节的问候中，我都是叫建功老师的。

说来惭愧，在建功老师言及"这一位'刘'是否读过那一位'刘'的《艺概》也无须深究"时，我是坐不住的。坦率地说，我真的是得到他的提醒，方才完完整整地通读了此书，之前也就是片段式的了解。

顺便说一句，我与先贤刘熙载之间的血缘关系，还真不是一点儿依据都没有。据门上老辈人讲，当年曾有过先贤刘熙载到我们祖上来认祖归宗一说。说是因其为咸丰帝师，族人有"伴君如伴虎"之虞，放弃了与之相认。然，刘熙载还是留下了手书楹联："蓬莱文章建安骨，龙马精神海鹤姿"。楹联由宗人中辈分最高者保管，代代相传，直到"轰轰烈烈"的年代被投入火海。当其时，投入火海的旧物件多矣，一副楹联也没觉得有多可惜。

我生也晚，才疏学浅，不研究地方文史，不能就两个"刘"之间做严谨学理之考。家乡人曾一度，对先贤刘熙载所书楹联之下联，不甚清楚，传出多种版本。早几年，泰州建市二十周年时，在国家美术馆举办过一次"祥泰之州"书画作品展，这中间就有先贤刘熙载的书法作品。遗憾的是，没有见到他的这副著名楹联。不过，我后来在国家博物馆，倒是见到过一副与先贤刘熙载所书内容完全一样的楹联,只是不是他本人的笔墨。这至少为家乡人的下联讹传得以澄清,提供了佐证。是否从某种程度上,说明楹联认宗一事,有存在之可能呢?

好在《艺概》完好存在,为文之人,还是应在文本研读上多花些工夫。毕竟写作者当以作品立身,祖上干过什么,并不那么重要。

当年,我站在那个万人瞩目的领奖台上,也才二十五六岁的年纪,还是一个没见过什么世面的乡野小伙子。说是万人瞩目,似乎夸张了一些,颁奖典礼的现场也就几百号人。然,其时文学的热度正高,高得出奇。说是全民皆文学,似也不为过。

一则文学作品,在人们荒芜的心田滋生出一片绿洲,让人们畅快呼吸的,有;融化久积人们心底深处的寒冰,化着汩汩春泉的,有;直面人内心的灰暗、险恶,似匕首,似利剑,刺得人遍体鳞伤、鲜血淋淋的,也有。于是乎,一夜之间,传遍大街小巷、乡村田野,成为一种"现象"。当下,动不动夸言,现象级传播。过来人都知道,当下的"现象级",放在那时,实乃"小巫"是也。这样的文学作品,在像我这样的文学青年身上体现出来的,是火烧火燎,是亢奋不已。

让我火烧火燎、亢奋不已的,是自己的一则小说,竟然让自己第一次来到了首都,来到了祖国的心脏。不仅如此,那短短的几千字,竟然让我登上了人民大会堂的领奖台。实在说来,还真有了"万人瞩目"的意思。毕竟获此礼遇,在当时全江苏唯一。

其后的几十年中,进京的次数多矣,参加全国性的文学活动也不算少。先后两次出席过全国文代会、作代会,见到的文艺界、文学界"大咖"不在少数。包括这些年，由我牵头组织的里下河文学流派研究具体工作，每年都会邀请全国五六十位专家学者来泰出席里下河文学流派研讨会。当然，建功老师也在应邀之列。

我记得那是 2017 年，建功老师在上海参加第三届施奖评审工作，接到我的邀请欣然答应随后即从上海来泰出席第五届全国里下河文学流派研讨会。然而，就在我们会议即将召开的前一天，他的秘书告诉我，建功老师突然身体严重不适，连夜飞回北京治疗，不能来泰参会，说是请我见谅。说实在的，建功老师不能前来参会，是有些许遗憾，但当时我更为关心的是他的身体状况，有没有其他危险。好在当晚，建功老师通过微信告诉我，已在医院接受治疗，无大碍。我这颗悬着的心，方才放下。后来，建功老师也曾给研讨会发来过贺信，对几年来里下河文学现象成为"中国当代文学的重要标杆"给予了肯定，并对这项研究将会"在中国当代文学历史上留下可钦可赞的一笔"寄予厚望。

细细想来，无论是参加全国性的文学活动也好，还是我直接组织的研讨会也好，在与那些文学"大咖"之间的交流、叙谈中，现在已极少深入地谈论文学，更少深入谈论文学之中的"文本"。听习总书记在全国十次文代会、九次作代会开幕式上的讲话，与会者普遍反映，习总书记的讲话让我们倍感亲切和鼓舞，大家特别用了一个说法，"一点儿都不隔"。说实在的，听习总书记的讲话，大家"一点儿都不隔"，而现在同为文学圈中人，在一起聊起来，倒是有点儿"隔"。

这让我不得不怀念，以文学的名义，第一次进京之经历。

在秋雪湖,听勒克莱齐奥讲文学与人生

"欢迎一位诺贝尔文学奖得主访问另一位诺贝尔文学奖得主故乡!"我在勒克莱齐奥先生下榻的酒店迎候,当他听到经由许钧先生翻译出来的,我的第一句欢迎语时,我发现勒克莱齐奥先生眼睛顿时一亮,脸上写满了惊喜。

这一幕,发生在 2013 年 11 月的泰州。半年前,我策划的"秋雪湖国际写作中心",在秋雪湖景区正式挂牌。挂牌之后,第一位来中心访问者,是我精心谋划的。我心里想着,既然叫"国际写作中心",开门迎来的第一位客人,一定要够"国际范儿"。唯有如此,方能让国际写作中心开张大吉。

机缘巧合的是,2013 年, 勒克莱齐奥先生被南京大学聘请为人文社科高级研究院杰出驻院学者,并开始在南京大学讲学。此君便成了我的首选目标。然,目标再好,没有实现目标之路径,也是枉然。

实在说来,真乃天助我也。秋雪湖国际写作中心挂牌之时,到场嘉宾中,有一位著名翻译家许钧先生。许先生在中国翻译界大名鼎鼎自不必说,更为要紧的是,他是勒克莱齐奥先生作品重要的中文翻译。用许钧先生自己的话说,勒克莱齐奥先生是他近三十年的老朋友。勒克莱齐奥先生曾到浙西的一个小山村,许钧先生的老家看望过许先生的家人。难怪勒克莱齐奥先生来泰之后,要专程去兴化看望毕飞宇的父母。对于好朋友,勒克莱齐奥先生一直坚持这么做的。我也听说,勒克莱齐奥先生也曾去过高密莫言先生的老家,看望过莫言先生九十多岁的老父亲。用国人的话说,勒克莱齐奥先生,真乃重情重义之士。

抓住勒克莱齐奥先生在南京大学讲学之际,通过许钧先生搭桥,于是就有了勒氏的来访。

众所周知,尽管高行健先生加入了法国籍,但他是第一位华人诺贝尔文学奖得主,他的《灵山》《一个人的圣经》等作品,我认真读过的。他对西方现代小说思潮引入中国是做出了贡献的。他的实验话剧,在当时影响颇为广泛。我至今都记得,高行健先生2000年获奖时,时任国务院总理的朱镕基,是公开向他的获奖表示过祝贺的。而高行健,祖籍泰州。因此,我跟勒克莱齐奥先生见面时的第一句欢迎语,没有任何毛病。

如果说,我的介绍给勒克莱齐奥先生以"惊喜",那么,初见七十多岁的勒克莱齐奥先生,他带给我的则是"惊奇"。他自然是有着法国成熟男性所特有的那种浪漫气质的,有着一双善于捕捉的眼睛。他随身背着的便携式软布包,显示出主人的率真、随和。而当时已经是11月底的冬季,他竟然还穿着一双我们夏天才穿的凉鞋,真的让我十分惊奇。

他带给我的"惊奇"还没有停止。翌日清晨,担任勒克莱齐奥先生此行翻译的许钧先生,打电话给我,说是勒克莱齐奥先生现在需要睡觉,当天上午所有行程全部取消。

"上午所有行程全部取消? 不是开玩笑吧?"电话里,我进一步跟许先生确认。要知道，勒克莱齐奥先生来泰访问，这是泰州文学界的一件大事，何止是文学界，对于泰州而言，都是具有特殊意义的。方方面面高度重视，那是不言而喻的。

半天的行程全部取消，这在我接待国内外名流的经历中，还是第一次。好在，许钧先生特地关照，有学生出现的场合，勒克莱齐奥先生一定要到场，不能跟学生们爽约。我正为在某高校礼堂勒克莱齐奥先生与学生的见面会不能按时举行而遗憾。因为他此次泰州之行，仅有三四天时间，事先有过充分对接，行程满满当当，调整余地极小。这一取消，很可能让那些原本满怀期盼的学子失望！得到许钧先生的补充说明，我也由"惊奇"转为"惊喜"。

原来，当晚夜游凤城河，那通体金光闪耀的望海楼，于水光激滟之中，倒影可见，如梦如幻，深深吸引了勒克莱齐奥先生的目光。从导游小姐的介绍中，勒克莱齐奥先生知道了"州建南唐，文昌北宋"的泰州，有两千一百多年的建城史，曾出现过唐代著名书法评论家张怀瓘、宋代著名教育家胡瑗、元末明初大文学家施耐庵、明代"泰州学派"创始人王艮、清代有"诗书画三绝"之誉的"扬州八怪"代表人物郑板桥，还有"东方黑格尔"著名文艺评论家刘熙载等一大批历史文化名人，祖籍泰州的近代的京剧艺术大师梅兰芳更是水袖善舞，令世界惊艳。

勒克莱齐奥先生很是为高行健的家乡有如此美景，有如此深厚的中国传统文化积淀，有灿若繁星的历史文化名人、当代名家兴奋不已，竟通宵未眠，故而只能清晨入睡。毕竟是七十多岁的老人，身体要紧。作为接待方，我们只得听从许钧先生的提议。

顺便说一句，勒克莱齐奥先生跟我的同乡，兴化籍当代著名作家毕飞宇也是很要好的朋友，他俩在南京大学有过交集，两个人在同一文学活动上的对话，在当时很是流行了一阵子的。"作家都是非常孤独的"，是他俩的共识。那一次，勒克莱齐奥先生坦陈，作家之所以成为作家，是因为他们在别的事情上没有什么天赋。在我的印象中，毕飞宇也说过跟勒克莱齐奥先生异曲同工的话。他在成为作家之前，干过新闻记者，当过教师，好像都不是太成功。由此他认为，这一切都是为了做作家而准备的。这是多年前的话了，后来他从江苏省作协调到南京大学做教授，出了一本《小说课》，火得很。其实就是他的课堂讲稿编辑而成。这足以说明，现在的毕教授，很成功。

勒克莱齐奥先生前往兴化新垛施家桥施耐庵陵园，专程祭拜吾邑先贤施耐庵先生时，毕飞宇特地从南京赶来陪同祭拜。祭拜现场，勒克莱齐奥先生向施耐庵墓恭恭敬敬地行了三个中国式的叩拜礼。有媒体记者现场采访，他说自己之所以不远万里来到这里，向一座土坟致敬，完全是因为"文学"二字！

在现场，我看到一个十来岁的小孩子，在父亲陪伴下，手拿练习簿，等候着让勒克莱齐奥先生给他题写点儿什么。经询问方知，小孩子是一大早从邻近的姜堰专程过来的。因为喜欢写作，得到世界著名作家到来的消息，想方设法向学校请了假，前来一睹世界文坛大家的风采。这个小家伙的举动，感动了在场所有的人。他自然也得偿所愿，得到了勒克莱齐奥先生的题签。

因为到了毕飞宇的老家，勒克莱齐奥先生专门提出来，到兴化城看望毕飞宇的父母，算是两人之间对家乡的互访。足见他俩之间情谊颇为深厚。

勒克莱齐奥先生在泰期间的重头戏，当然是在中国泰州秋雪湖国际写作中心的那场专题讲座："文学与人生"。

从他的讲述中，我们得知，勒克莱齐奥先生 1940 年出生于法国南部一个叫尼斯的小城。因为是"二战"中出生的孩子，童年是在饥饿中度过的。跟吃不饱肚子一样难受的，是"精神上的饿"，根本没书可看。

他说："那时不仅没有书读，连写字的纸都没有。1945 年战争结束，那年我五岁，开始尝试写小诗。我在一个木匠的抽屉里找到一支红色的铅笔，就用这支笔写。孩提时留下的记忆非常深刻，所以一直到现在，我都有一个习惯，喜欢用铅笔和粗糙的纸写字，还喜欢写在小学生的练习本上。"

他还说："所以我每到一个地方，都会对当地的图书馆产生特别的敬意，上午去南京师范大学泰州学院，得知正在建图书馆，特别高兴。因为我觉得图书馆对于精神自由和精神敞开提供了可能性和保证。"勒克莱齐奥先生对学子们特别的关爱，我们从他的演讲中找到了答案。

1945 年以后，勒克莱齐奥先生从祖父那里得到了很多书，其中有许多游记，包括马可·波罗的游记。他知道马可·波罗来过泰州，并且知道马可·波罗说过关于泰州的那句著名的话："这个城不大，但各种尘世的幸福极多。"他进而说："昨晚在游船上，绕着泰州老城慢慢行驶的时候，我在想马可·波罗是否也是乘着船过来，笼在这轻轻的雾中，是否能感觉即将进入的这个城市，将是文化、思想、艺术的诞生地。"

让我感到惊讶的是，勒克莱齐奥先生在很小的时候就读了大量英语、法语、西班牙语的文学作品。虽然很多都不是适合孩子看的书，比如《堂·吉诃德》等。更为有趣的是，酷爱阅读的他，不仅读完了插图精美的植物大百科全书，就连十九世纪的那种"教女人怎样说话，尊重她们的丈夫"的《对话大辞典》之类的书，他都照看不误。

旅行是勒克莱齐奥先生的爱好甚至宿命。特别喜爱旅行的他，从一本本介绍东方古国中国、印度的游记中，不仅汲取了大量文学知识，这些游记也鼓起了他想远行游历中国等地的梦想风帆。他曾先后在泰国佛教大学、墨西哥大学、美国波士顿大学等多个国家的高校任教过。不断的旅行在他的书中多有反映，由此出发，他的作品也广泛涉及文化冲突、全球化不平等的另一面。

相比欧洲的发达城市，勒克莱齐奥先生更喜欢遥远的、现代文明还没着落的地方。已经游历过非洲、南亚等地的勒克莱齐奥先生告诉我们："其实，不同的国度、不同的文化都可以在同一部文学作品中体现、相遇。通过文学，我们可以超越国度、超越时代去了解各国的不同文化，并在超越中达到与之交流。"

勒克莱齐奥先生在他的讲述中，谈及了老舍笔下"老北京胡同"的文化魅力，谈及了墨子"兼攻""非攻"思想，并且认为墨子对人类文化思想的贡献，可以与达·芬奇相媲美。

他告诉我们："我是一个喜爱写作的人，写作需要词语的积累、丰富的想象，这需要与全世界的人类精神文化进行互相交流。所以，我在不停地给我的人生来一次文学的旅行。例如，像我在泰州的这次旅行之后,也许泰州秋雪湖、凤城河等许多不经意的东西,就会慢慢融入我的记忆、融入我的写作之中。我今后一定要到泰州住上一段时间,好好感受泰州文化。这个我是认真考虑过的。"

勒克莱齐奥先生讲座的当天,小小的国际写作中心济济一堂,楼梯上、大门外庭院区域,挤满了文学爱好者。因为害怕人多无法应对,我们都没有对勒克莱齐奥先生的专题讲座做公开预告。然而,消息还是像展翅的小鸟,传遍了整个小城。

两个多小时的讲座,勒克莱齐奥先生首次在泰州讲述了自己苦难的童年,事后他告诉我,因为太多的痛点,深扎在自己的记忆深处不能自拔,因此他一直采取闭口不提之态度。心诚至此,我唯有向勒克莱齐奥先生奉上深深的敬意。他的讲座,我们根据许钧先生现场翻译的录音,第一时间整理出来,在稻河文艺网刊发,且全文印发至全市各文艺家协会。

写到这儿,我不得不向现在已经退休回到原籍的许钧先生奉上深深敬意!在勒克莱齐奥先生讲述过程中,许钧先生不停地笔录,做同步翻译。两个多小时下来,许先生身上仅有的一件衬衣,竟然背湿。这是怎样的劳动强度? 在 11 月底这样的冬季,让许先生有如度过了一个炎炎的夏日。要知道,许钧先生是中国翻译协会常务副会长,资深翻译家,勒克莱齐奥先生作品的重要中文翻译,其成名作《诉讼笔录》就是由许钧先生首译进入中国的。

我想,为勒克莱齐奥先生的一次讲座,许钧先生如此用心、用神、用力,还不是为让泰州的文学爱好者们能领略勒克莱齐奥先生原汁原味的讲述以及讲述之精髓?! 活在尘世,对许钧先生的付出无以回报,唯晚宴时以杯酒敬之!

后来,勒克莱齐奥先生与莫言先生在山东大学也做过一次以"文学与人生"为主题的交流。这已经是一年之后了。勒克莱齐奥先生将他对这一主题的第一次公开呈现,留在了秋雪湖国际写作中心。诚如勒克莱齐奥先生所言,那是他第一次系统梳理回忆自己苦难童年。不仅如此,他对秋雪湖国际写作中心的评价至今还在我的耳边回响——

"这里的确是一片文学沃土,春天有郁金香,秋天有芦苇花,加上夜晚波光粼粼的湖水,无一不在触发我的想象力。我非常向往生活在这个宁静的城市,在这个美丽的写作中心住下来写东西。希望以后各国的作家也都能到这里住上一段时间。"

我至今都清楚地记得,在许钧先生的翻译下,勒克莱齐奥先生还蛮有兴致地学着用中文说了一句:"芦花!"

让我深感欣慰的是,他用法文为泰州市文联题写的"致以我最诚挚的友谊",成了我们最为珍贵的收藏,亦成了我们与先生之间友谊的见证。

"烟雨故土":让洛夫震撼

昨日我沿着河岸，

漫步到，

芦苇弯腰喝水的地方。

顺便请烟囱，

在天空为我写一封长长的信，

潦是潦草了些。

而我的心意，

则明亮如你窗前的烛光，

稍有暧昧之处，

势所难免，

因为风的缘故。

此信你能否看懂并不重要，

重要的是，

你务必在雏菊尚未全部凋零之前，

赶快发怒，或者发笑。

赶快从箱子里找出我那件薄衫子，

赶快对镜梳你那又黑又柔的妩媚，

然后以整生的爱，

点燃一盏灯。

我是火，

随时可能熄灭，

因为风的缘故。

　　在青年二胡演奏家王诗泉舒缓柔绵的二胡伴奏声中，青年朗诵家傅国用富有磁性的嗓音，饱含深情地吟诵着，把泰州职业技术学院报告厅内的近千名观众，带进了洛夫先生这首著名的情诗《因为风的缘故》。

　　这一幕发生的时间是2014年11月25日下午，地点在泰州职业技术学院报告厅，主题为"烟雨故土：洛夫诗歌朗诵会"。这场朗诵会，由我主导策划，实乃送给首位来秋雪湖国际写作中心进行"入驻式写作"的洛夫先生的一份入驻礼。

　　我在秋雪湖国际写作中心，接待的第一位来访的国外作家，是具有国际影响力的2008年诺贝尔文学奖得主，法国著名作家勒克莱齐奥先生，而接待的第一位"入驻式写作"的作家，则是在华语诗坛有"诗魔"之称的洛夫先生。

　　洛夫先生是2013年重阳日前后来中心访问之后，决定第二年入驻的。第一次的访问，洛夫先生对秋雪湖，对秋雪湖国际写作中心，对泰州凤城河，都留下了美好印象。

　　金秋时节的秋雪湖，波光粼粼。成片的郁金香花海虽已不见，但风吹芦苇，飘散的淡淡清香，还有那一畦小葱、一畦青菜，一下子将诗人拉回最淳朴的田园生活，惹得与洛夫先生同行的陈琼芳女士馋起香喷喷的葱油饼来，想在这里扎根，愿"做个农妇"。

当时,秋雪湖芦花似雪,秋湖飞絮。纵横的河网,原始的生态,湿地的风光,可谓是水的世界、苇的海洋、林的天地、鸟的天堂。不仅如此,八百年前,任通泰镇抚使兼知泰州的岳飞,曾驻军在此,摆过"八卦阵"抗击金兵。这里也有红色基因存在,泰州最早的共产党组织领导人沈毅,也曾在景区内的花家舍从事过革命宣传活动,留有遗址。

这一切,都让洛夫先生兴致盎然。乘画舫游凤城河,听泰州古乐,品尝泰州早茶,之后,洛夫先生在孔尚任著《桃花扇》的所在——陈庵,欣然提笔,挥毫写下"泰州水城慢生活"七个大字。

多年之后,先生所题"慢生活",为地方主政者进一步发扬光大。这中间,泰州早茶作为一大特色,走进了上海滩,走进了北京城,走进了央视荧屏。如今,泰州成了一座被早茶唤醒的城市。市民们在享受"慢生活"的同时,幸福感大增。这也让泰州今年获评中国最具幸福感城市,上上下下喜上眉梢也。

洛夫先生于重阳日登望海楼,正应了"重阳登高"之习俗。极目远眺,一池秋水,一片竹林,一处假山,尽收洛夫夫妇眼底。先生和夫人相互搀扶着登楼的细节,惹得在场者一片赞叹。

而让洛夫先生赞叹的,则是竹林深处的一块石碑。"卖得鲜鱼百二钱,籴粮炊饭放归船。拔来湿苇烧难着,晒在垂杨古岸边。"吾邑先贤郑板桥先生的一首《渔家》,于明白晓畅之中,让人体味到一段渔家生活的场景。诗作自然也流露了板桥先生心底的那份旷达。洛夫先生不禁点头喊"好",进而赞叹道:"朴实,亲切,不做作,是诗词的最佳境界。"

洛夫先生正式入驻秋雪湖国际写作中心,是 2014 年 11 月

15 日至 12 月 5 日，共 20 天。他在这段时间内完成了《唐诗解构》的最后修订整理工作，于 2015 年 1 月由江苏文艺出版社出版，还专门让出版社快递了十来册给泰州文联，以示感谢。

这二十天间，洛夫先生除了采风创作，整理文稿，我们也为他策划了一些活动。在南京师范大学泰州学院，洛夫先生做了题为"感受诗歌之美"的学术讲座。

让我感动的是，八十六岁高龄的洛夫先生，一口气讲了两个多小时，依然精神饱满、神采飞扬。他认为，"诗意地活着"，不但是一个诗人生命与美学的实践，同时也是一个民族生存境界与精神内涵的表现。

洛夫先生告诉南京师范大学泰州学院的同学们，"诗意地活着"，就是活得有品位、有境界、有尊严，是求得心灵的净化。

他对有人认为"当下不是诗的时代"，持不同看法。他认为，"现在正是一个需要诗的时代，因为这个世界太缺乏价值感、美感，太物质"。

洛夫先生说："诗人以优雅而真诚的语言忠实地呈现出自己的内心世界，他们最高的使命是四点希望：给这个麻痹的没有感觉的消费社会写出感觉；给缺乏温情的冷酷写出温暖；给缺乏价值意识的荒凉人生写出价值；给低俗丑陋的世界写出真实的美。"

"写诗不只是一般的写作行为，而更是一种价值的创造。"在洛夫先生的笔下，他执意做语言的魔术师，"诗歌是生命内涵的创造，艺术境界的创造，意象语言的创造。诗可以使语言增值，使一个民族的语言更加新鲜、丰富而精致。"

在泰州职业技术学院，一场"烟雨故土"洛夫诗歌朗诵会，以一组水墨动漫拉开帷幕。观众们从"烟雨故土情""悠悠游子心"中，感受洛夫先生的赤子情怀。

这台朗诵会，选取了《因为风的缘故》《边界望乡》《湖南大雪》等十多首洛夫先生的经典之作，配以钢琴、大提琴、古筝、二胡等器乐营造氛围，采用独舞、伴舞、独唱、书法等其他艺术形式烘托渲染，让作品得以诗意呈现。数十位省内外朗诵家，饱含深情，或独诵，或对吟，或唱和，充分展示了朗诵这一艺术之魅力。这让在观看现场的洛夫先生，激动得用"震撼"作评。

在朗诵会现场，我还从与我紧邻而坐的洛夫先生的夫人陈琼芳女士口中得知了《因为风的缘故》的创作背景。那是洛夫先生八十一岁生日前夕，他写给夫人陈琼芳的情诗。难能可贵的是，已步入迟暮之年的诗人，诗作中没有半点儿迟暮之气，被誉为"写得最自然的诗"。

洛夫先生的创作成就，那是举世公认的。他与张默、痖弦创办的《创世纪》成为台湾现代诗的摇篮。他将"传统"与"现代"熔于一炉。对于"传统"，继承而不拘泥。对于"现代"，学习而不盲从。在本土诗歌现代化和西方诗学本土化两方面，他做足了"相互转化"的文章，成为最完美的践行者，被誉为台湾现代诗歌的一面旗帜。

在我看来，洛夫先生这样一位具有国际影响力的大诗人，眼界和见识毋庸置疑。他之所以用"震撼"评价我们为他举办的这场诗歌作品朗诵会，十有八九是因为他没有想到一个地级市文联，能策划出如此高品位、高专业度的朗诵会。原本没有上台讲话准备的他,走上舞台,激动得连连致谢。

国人讲究好事成双。我为洛夫先生设计的入驻礼,自然不止洛夫诗歌朗诵会一项。我们还在秋雪湖国际写作中心,给第一位"入驻式写作"的洛夫先生举行了塑像揭幕仪式。

塑像制作者王洪祥,乃面塑王派传人,是活跃在民间面塑领域的"面塑大师"。读者诸君心中肯定疑惑,这面塑与雕塑相距甚远,岂能混淆?!

读者诸君有所不知,洪祥先生虽为王氏面塑传人,但数十年面塑生涯中,他继承传统,但不拘泥于传统。这倒与洛夫先生的诗歌创作秉持的理念相一致了。他经过多年的实践,已经将自己的面塑材料,由面粉转换为硬质陶土,辅之以自创工艺,作品完成之后,便能长期保存。无怪乎,创新成了艺术之生命。

洛夫先生揭开红绸布之后望着呈现宽厚慈祥长者风范的本人塑像的表情,完全可以用"喜出望外"来形容。为洛夫先生塑像一事,在举行揭幕仪式之前,一直是对他老人家保密的。让洛夫先生感到贴心的是,我们不仅在秋雪湖国际写作中心永久保存一尊洛夫先生的塑像,而且还另塑了一尊赠送先生本人。

这二十天,时间虽短,但我们文联的同志与洛夫夫妇之间的感情日益加深。在中心小食堂,我曾多次品尝过陈琼芳女士的厨艺。她在下面条时加入猪油,让我等大饱口福,大快朵颐。说实在的,在如今这样的生活条件下,大多数人皆心怀"三高"之恐惧。我家也不例外,家里橱柜中不见猪油好多年。你不得不服,遵从陈琼芳女士的提议,面条里加了适量猪油之后,味道大大不同,醇香无比。

这倒让我记住了吃面条要加猪油之要领。其后，每逢在酒店用餐，安排面条时便专点猪油面。然，吃在嘴里，始终吃不到陈琼芳女士所下猪油面的味道。

让读者诸君觉得有点儿夸张的是，我们文联的两位女同志，与陈琼芳女士之间的感情发展，近乎神速。二十天下来，她们俩竟都成了陈女士的干女儿，走到哪儿，都嘻嘻哈哈在一起，开心得很。

最让我意外的是，这两位当中的朱姓女同志，跟洛夫先生几天接触下来，竟像模像样地写起了诗，她的一首《为洛夫做饭》，在报纸发表，赢得不少赞誉。后来，我们编"里下河文学流派作家丛书"诗歌卷，还收录了她几首诗真应了人们常说的"近朱者赤"。

近朱者赤的，还不止一人。我一同乡好友姜广平，本以与作家对话纵横文坛，是位评论家。因与洛夫先生有几天相处的时光，也写出了《秋雪湖纪事》的组诗。他在题记中这样说："时维初冬。在我的故乡，在公元 2014 年 11 月 23 日至 25 日，我和那个与李贺共饮的中国台湾诗人洛夫、那个在湖南大雪中'飞身而起/投入一片白色的空茫'的洛夫、那个在落马洲边界望乡的洛夫、那个吟出《石室之死亡》和《漂木》的洛夫，在里下河的秋雪湖畔，共饮陈年花雕，同赏秋雪湖景。偶尔，我会驻足在洛夫的工作室里，凝望他酌秋雪湖水研墨，着秋雪般宣纸写字，笔舞龙蛇；或者，我会坐在他的身旁，聆听他为什么'第二次流放'，倾听他七十年创作生命中的《灵河》《石室之死亡》《漂木》的回响……"

广平兄之组诗太长，现摘取两节，与读者诸君一起分享——

他早已经从石室里走出

以水逐漂木的语速与步态

在秋雪湖边从从容容

他的一生于是与水有关

经过了无数的水的荡涤

现在他已经身处梦里水乡

现在他就在我的身旁

我就在他的身旁

抬头注目将他凝望

我企图看到他八十六岁的纵深

但我企图落空

除了看到他的满头白发

还看到他一路走成的诗行

　　2018 年 3 月 19 日凌晨三点二十一分,中国台湾诗坛"三巨柱"的最后一位、被诗坛称为"诗魔"的洛夫先生去世,享年九十一岁。噩耗传来,惊得我吐不出一字!

　　从友人推送的微信中得知,在台北第二殡仪馆举行的洛夫先生遗体告别仪式上,先生生前为夫人陈琼芳女士诵读《因为风的缘故》的录音再度响起,催人泪下,全场动容。

　　先生是说过还要再来泰州的。他离开泰州之后,我们有过几次通信,之后还建立了微信联系。过年过节,总是要互致问候的。

刚开始,先生还用"名字+职务"的称谓模式,后来就直呼"你"了,让我倍感亲切。

2015 年 2 月 19 日,先生通过微信,发了一个影印件,是春节期间给我写的一首诗。全文不长,现录如下:

前两天写了一首小诗,现发给你,聊作春节贺礼。

渴望

我们渴望
一双蚱蜢有力的腿
渴望风筝
和它的天空
渴望诗与
远方
以及一只
风平浪静的枕头

洛夫
2015 年 2 月 19 日

秋雪湖畔的那幢小楼里,曾经有过洛夫先生爽朗的笑声,也曾飘散过先生挥毫时淡淡的墨香,他为秋雪湖所题"要想人不俗,请来秋雪湖"之句,现在已被镌刻在湖边一块大石头上,成了秋雪湖的宣传语。因为文学,秋雪湖几年后建成了国家 4A 级旅游景区。

此时的秋雪湖,自然渴望洛夫先生再游。我们也渴望先生再来中心入驻。然斯人已逝,这些只能是存于心底的一个梦想矣。

秋雪湖畔的那幢小楼

秋雪湖，我至今，尚不能完整地诉说你的前世今生，但我的内心无疑多了一份魂牵梦萦。请原谅我的来迟，未能在红旗飘飘的火红岁月造访，那该是怎样的激情燃烧、青春激昂；亦未能亲身感受一粒粒种子在这片丰饶的土地上茁壮成长，那该是一种怎样的力量，充满着坚韧与顽强。

我的记忆走不进古老的农耕文明。原本该亲近的土地上，一天一天在上演着荒凉与悲伤。每年要有多少年轻的生命个体几乎是在逃离，每年又有多少乡亲远离故土，背起了沉重的行囊。他们放弃了自己原本堂堂正正的身份，获得了一个在中国独有的称谓"农民工"。我无法言说被放弃了的土地所承载的那份痛与伤，亦无法言说有了特别称谓之后的人们为了心中的梦想，收获的究竟是希望，还是忧伤。我们再也不能被称为大地之子，我们的脚下太少地气。远离了土地上那份沉重而辛苦的劳作，我们并没有获得想要的轻松与自由，似乎只是放空了自己。

走不进古老的农耕文明，自然遗憾。然而，阅读让我对这种遗憾稍有弥补。我要感谢一个名叫胡石言的外乡人。他三十多年前的一个短篇创作，让我知道了一个叫作"秋雪湖"的地方。这个诗意的地方，萌动着的青春与情爱，于美好中散发出淡淡的忧伤，一如秋天满湖的飞絮。

胡石言，一个浙江籍军旅作家，对里下河文学的贡献，可谓功不可没。尽管人们一提及《柳堡的故事》，首先想到的是电影，而不是小说。想到电影也不奇怪，荧幕形象原本就比文学作品呈现生动，直观可感。更何况，电影《柳堡的故事》中一曲《九九艳阳天》，当年曾唱红大江南北，家喻户晓。然而，电影毕竟源自小说。且因为一部小说，而将宝应县一处原本叫"留坝头"的所在，正式更名为"柳堡"，这既不多见，也说明了小说的影响力。

无独有偶，胡石言先生后来还写过一个短篇叫《秋雪湖之恋》。故事的主要人物关系与《柳堡的故事》有相似之处，其主线也是写一个部队战士与当地农村姑娘的情感故事，只是时代背景发生了变化。《秋雪湖之恋》，是获得了 1983 年度全国优秀短篇小说奖的。而胡石言笔下的"秋雪湖"，原本就是泰州的"红旗农场"。因为一部小说，"秋雪湖"这个被时光掩埋之名得以重新叫响。

在写作此稿时，我惊讶地发现，自己曾经在三十五年前的苏州，与胡石言先生有过一面之缘。他曾在那个为期半个多月的培训班上给我们来自全国各地的十来个文学青年讲过课的。他曾为我写下了"打好基础——生活、理论、方化"之赠言。

曾几何时，秋雪湖畔的那幢小楼内，名家云集，星光满楼。在我的主导下，这幢原本极寻常的小楼，挂上了一块闪亮的牌子：中国泰州秋雪湖国际写作中心。阳春时节，一片郁金香花海之中，那幢青灰外观的小楼顶部，飞鸟造型，寓意"写作"一词的LOGO（商标），很是醒目。

秋雪湖为泰州现代农业开发区所管辖。当时的负责人,希望借助胡石言先生小说的影响力,将"秋雪湖"品牌做得更大,他们想做"文化"。我刚调泰州文联工作不久,想做"文学"。如此,我们双方就有了共同的愿望,有了交集。几轮磋商之后,达成共识:农业开发区协调将秋雪湖畔的一幢两千多平方米的二层小楼的使用权交给泰州市文联,泰州市文联在此设立一个国际写作中心,引进社会资本进行装修改造,每年邀请一两位国际、国内有顶级影响力的作家来中心进行"入驻式写作"。

为了能让秋雪湖国际写作中心一炮打响,2013 年 3 月,我策划了一场名家云集、高朋满座的"中国泰州秋雪湖国际写作中心"揭牌仪式。中国作协副主席叶辛,江苏省作协主席范小青,著名作家苏童、黄蓓佳,著名评论家、《文艺报》总编辑阎晶明,著名翻译家许钧等一批文坛"大咖"出席揭牌仪式,叶辛、阎晶明在写作中心首次开讲,引起热烈反响。

不仅如此,我还对首位来中心访问的作家进行了精心策划。在许钧先生帮助下,我们在当年 11 月底,就迎来了 2008 年诺贝尔文学奖获得者、法国著名作家勒克莱齐奥先生的来访。

我在秋雪湖国际写作中心接待的第一位来访的国外作家是勒克莱齐奥先生,接待的第一位"入驻式写作"的作家,则是在华语诗坛有"诗魔"之称的洛夫先生。

关于勒克莱齐奥先生和洛夫先生访问泰州,以及在秋雪湖国际写作中心的文学活动,我有专文单独介绍。现在,我向读者诸君介绍一次在这里召开的特别会议:第一届全国里下河文学流派研讨会。这次会议由《文艺报》社、江苏省作协和泰州市文联三家联合主办。

明眼人一望便知，我供职的泰州市文联充当的角色，其实就是"店小二"。多年之后，我们从主办方位置上退下来，变为承办方，倒也名副其实。

在秋雪湖国际写作中心，来自全国各地的二十多位专家学者，对"里下河文学流派"区域的界定、作家概况、文学成就和特点、审美属性等进行系统梳理分析，全面揭示其内涵特质，揭示其存在之由、变迁之故，并就其进一步繁荣发展提出许多真知灼见。

二十世纪八十年代初，以高邮籍作家汪曾祺复出文坛创作《受戒》《大淖记事》为标志，在其后的三十余年间，一大批生长于里下河的作家，携其"里下河式书写"相继登上文坛，众多优秀作品先后问鼎"鲁奖""茅奖"等全国重要文学奖项，引起文学界广泛关注，一个正在成长中的"里下河文学流派"渐已形成。

"我们尊崇汪曾祺为里下河文学流派的旗帜，是得到汪老的认可的。"研讨会上，时任《小说选刊》副主编、第五届"鲁奖"得主王干，深情回忆了他与汪曾祺以及"里下河文学"的一段趣事。1988年，在《文艺报》社工作的他，应泰州方面邀请，专程请汪曾祺先生为杂志《里下河文学》题写刊名。"当我告诉汪老大家一致认为他是里下河文学的一面大旗时，汪老高兴地哈哈大笑，欣然写下'里下河文学'五个大字。"

会后，我曾询问过当年接受汪老题赠的当事人，干老（王干在文学圈内有此称呼久矣）所言得到了进一步证实，确有汪老手书"里下河文学"的存在。无奈几十年过去，当事人从县城而至省城，几经辗转，汪老所书下落不明矣。向读者诸君坦陈，现在我们每年编一册《里下河文学年刊》，最近几期的刊名，是集汪老的字组合而成。

里下河文学流派有何与众不同之处？《人民文学》主编施战军抛出的一个观点让人眼前一亮：其他地方的乡村文学大多以塑造一些"老人"形象而取胜的，例如周立波笔下的"老孙头"，柳青笔下的"梁三老汉"。而许多里下河文学流派作品中塑造的形象大都是少男少女。"这是我发现的一个非常奇特的现象。"施战军说，"把时代的变迁、岁月的印记、成长的苦乐都记载在少男少女的身上。这比那些文学作品中的'老人'形象更具活力，这是里下河文学'最美'的一部分，也是其核心部分。"

"里下河文学作家群，真的了不得，几乎占据了江苏文学的半壁江山。"时任《小说评论》主编的李国平语出惊人。他认为，当代文学几乎没有流派的存在，而里下河文学流派正在逐步形成。他建议，把里下河文学流派像做课题一样，由本地高校积极参与研究。长期做下去，一定会在全国产生巨大的影响。

国平兄此语一出，"江苏文学半壁江山"成了其后不少媒体推介里下河文学流派的关键词。某年泰州市市委书记赴台招商，媒体见面会上竟然被要求对"里下河文学占江苏文学的半壁江山"作解。当时，我的手机很是"火"了一阵，多位负责人来电询问，此题何解？

这里当然有文学版图的概念，也有作家作品的概念。为此，后来的研讨会上，我们专门进行了"里下河文学版图"发布，以及里下河文学流派作家作品的系统梳理，推出了《里下河文学流派作家丛书》小说卷、散文卷、诗歌卷、评论卷，四套三十六册八百万字，成为研究里下河文学流派的基础文库。

不仅如此，国平兄"由本地高校积极参与研究"的建议，我们予以采纳，很快就与泰州学院合作，征得江苏省作协同意，在泰州学院设立了中国里下河文学研究中心，面向全国聘请了十位导师、三十五名特约研究员。

当然，对国平兄的"半壁江山"说，也有专家并不同意。苏州大学文学院教授王尧认为，里下河文学流派的提出，并没有重新分割我国文学版图。里下河文学流派有自己独特的地方。从汪曾祺、胡石言，到毕飞宇、刘仁前等作家的作品中，反映小镇、小村的水乡生活的作品非常多，处处都是水乡的"潮湿气"，这与在城里长大的作家有不一样的地方。他说："泰州是里下河水乡的门户，由泰州这个门户来高高擎起这面文学大旗，非常有意义。这也反映了泰州文化人的高度自觉。"

中国社科院文学所研究员陈福民，是"里下河文学流派"立论的坚定支持者。研讨会期间，他曾亲口对我说："有不同的声音很正常，仁前不要怕。我支持你！"他认为，"同一方水土、同一种生活方式，让这里的作家们在写作上有着高度的自我认同和文化认同，形成了里下河文学流派内部一致的纹理机制和组织架构。他们既有各自鲜明的创作个性，又有相通的文化根源和精神气质"，"这种文学现象不是随便在一个地方都可以出现的，无法随意复制的"。

与陈福民坚定站在一起的，还有首都师范大学文学院教授张志忠。他表示，"专门研讨里下河文学流派，是一个非常有建设性的倡议。许多对里下河文学流派的论证，依我看都是成立的"。

张志忠教授在后来，是用行动表达自己立场的。2014年，他曾带领几个研究生，拿出了以"水乡情、风物志与人文情怀——'里下河文学流派'纵观"为总题的一组研究文章，成为"莫言与中国当代文学"研究的阶段性成果。

时任江苏省作协党组书记、主席的范小青，给予的是肯定与鼓励："由泰州牵头召开这样的研讨会，说明泰州的里下河文学氛围相当浓厚，有条件探讨这样的话题。这样的会议很有意义：通过文化和文学现象的研讨、宣介，可以提高一个地方的社会影响力，让外部的地区对泰州产生新的认识。"

让我内心感动的是，自第一届研讨会以来，小青大姐（在我心目中，她不仅是江苏省作协领导、著名作家，更是一位平易谦和、有求必应的大姐）几乎没有缺席过，直到不久前的第八届研讨会，明知自己很快将离开省作协领导岗位，她还是应邀出席并讲话，对这项工作既充分肯定又寄予厚望。事后我才知道，小青大姐为了参加泰州的会议，还放弃了去湖南领奖。

中国作协副主席何建明为"里下河文学流派"研究提出了方向性要求："加大对里下河文学流派的研究力度，不仅向内研究其特点，向下追溯其起源，更应该向外、向上研究，把这个文学流派层次提升再高一些，向文化学、人类学、哲学等领域深入。"

事实上，八年来，我们一直致力提升里下河文学流派研究的层次，也在做系统梳理工作。目前每年一次的全国里下河文学流派研讨会，主办单位可谓阵容强大，鲁迅文学院、《文艺报》社和中国当代文学研究会，是三块"京"字招牌；南京大学文学院、南京师范大学文学院、扬州大学文学院,是三所高校序列;江苏省作协和泰州市委宣传部,是两个坚强后盾。

无怪乎出席第五届全国里下河文学流派研讨会的中国作协副主席阎晶明在开幕式致辞时说:"五年前,仁前让我来参加里下河文学流派研讨会,也就是二十多个人,在秋雪湖写作中心的一间会议室里。当时我心里还是有点儿打鼓的,这项工作究竟能不能弄成,还难说呢!今天我在泰州学院看到来自全国各地这么多专家学者,专题研究里下河文学流派,我觉得这件事,仁前做成了!"

其实,细心的读者会发现,第一届全国里下河文学流派研讨会,我们的会标是"里下河文学流派研讨会",既没标"第一届",也没"全国"二字。实在说来,当时是有点儿"投石问路"的意思。经过两年的努力,直到第三届研讨会,我们的会标上才写明了届别,出现了"全国"的字样。

实在说来,第一届研讨会奠定的基础非常重要。《中华读书报》更是用整版推出了"里下河文学流派能否进入中国文学史?"通栏标题,对第一届研讨会专家发言进行深度报道。尽管"进入中国文学史"前面有"能否"二字,且以"?"收尾,我身边不少人对此不甚满意,认为没有帮我们讲话。

"非也!"我对身边的同事朋友们正色提醒。一个正在成长中的文学流派,用"进入中国文学史"作为衡量尺度,还不能允许人家有点儿疑问? 这种高尺度考量,不就是一种认可吗?!

时至今日,我对《中华读书报》当年推出那个整版,都心存感激。几年下来,"里下河文学流派"已经成了"百度"的固定词条,进入了中国当代文学研究会的研究范畴，有多位学者推出了研究专著，我们面向全国发布的《里下河当代文学史论》一书，有望出版。这项研究工作，也写进了地方党委政府中长期规划。善莫大焉。

当然，让我心存感激的，一时无法一一列举。然，无论如何，我要对秋雪湖畔那幢小楼说一声，谢谢！是你见证了里下河文学流派概念的确立，是你见证了第一届研讨会上专家们智慧的碰撞。正是专家们智慧的火花，点亮了未来里下河文学流派研究的方向。里下河文学流派研究的航船，才得以从秋雪湖拔锚，扬帆起航。

当时的秋雪湖，芦花似雪，满湖飞絮。

我不知道，自己是带着一种怎样的情绪走进秋雪湖的。在秋雪湖一个叫写作中心的所在，亲耳聆听一个拥有诺贝尔文学奖光环的，名叫勒克莱齐奥的法国作家畅谈"文学与人生"，我和他一起感受生命之旅、文学之旅；在与华语诗坛之"诗魔"洛夫先生朝夕相处之后，一起轻吟《因为风的缘故》，体味他的广博与深邃、温厚与平和；有了与叶辛、高洪波、何建明、阎晶明、吴义勤、范小青、丁帆、苏童、毕飞宇、张颐武、王干、费振钟、汪政、鲁敏……一大批驰骋当今中国文坛的风云人物，在秋雪湖的风云际会，孕育诞生了"里下河文学流派"一个全新的命题，并就此展开深度研讨，让以汪曾祺、毕飞宇为代表的里下河作家群体，以一个全新的视角呈现于中国文坛。

我自然是记住了秋雪湖畔那一幢小楼，一幢原本极其普通的二层小楼，因为"文学"，而让此楼通体闪亮、熠熠生辉。

我记住了楼下那片开阔地上盛开的郁金香,浓郁的色彩,缤纷着每一个游人的梦,亦装点着里下河文学之梦。又何止是郁金香呢,还有那紫成天边云朵般的薰衣草,撩人思绪,让我想起她的故乡——那里的薰衣草真是繁茂,真的是漫山遍野了。

　　难忘的还有那轻盈的飞絮。当你情不自禁地摇曳那生长在水边的芦苇时,便可见灰白色的芦絮,悠然飞起,飘荡着,轻漾着,扩散开来,似一个个的精灵,有了灵气,有了生命。渐飘渐远的且不去说,如若沾到身上,则怕是要来个零距离的亲密接触了,你们轻易是分不开的了。有一番交集之后,你再将之放行,似有一个飘飘悠悠的小生灵触碰到了内心深处的某个点,你的思绪便随之远去矣。

　　我想,秋雪湖畔的那幢小楼,定然已珍藏起洛夫、勒克莱齐奥等一大批文坛名家的身影,定然已留下第一届"研讨会"的点点滴滴。所有这一切,注定要留在我生命的记忆里,伴我此生。

夜游时,听凤城河低吟浅唱

也许是生长于平原水乡之缘故, 在我心底, 始终对高山峻岭、江海大泽有一种崇敬和向往。置身于辽阔平原, 望着那绿油油的麦苗、金灿灿的油菜花, 在春风里起伏荡漾; 望着那秋天蔚蓝色的天空下滚滚的稻浪; 望着那野藤般乱缠的河汊和河汊上撑着小船悠然而行的乡亲, 我总是扼制不住心中的念头:那崇山间, 那大海上, 该有怎样的景象和人物呢?!

我无端地觉得那浩渺的大海上, 一定有仙山琼阁存在, 一定有美丽动人的仙子。这些自然是年少时, 那一册册童话带给我的想法。

坦率说, 对于大海有一点儿真切的认识, 则是源于一位外国人的一篇文章。"在苍茫的大海上, 风卷着乌云, 在乌云和大海之间, 海燕像黑色的闪电……"不错, 是高尔基的著名散文《海燕》。我相信, 不仅仅是我, 像我这样生长于平原水乡的孩子, 绝大多数是从这篇文章里认识大海的。尽管课堂上, 老师反复讲述的是海燕。

有了走南闯北的经历之后, 倒是见过一些大泽名川, 其中自然包括大海。进入我笔端的就有昆明湖、千岛湖、西湖、太湖, 有丽江、漓江、澜沧江、长江……点来点去, 似乎没点到大海。

尽管平日里,亲近海的机会并不多,但在中国台湾、在海南、在深圳,倒还是有了让我亲临大海、投身她怀抱的幸运。望着那蔚蓝色的海水,蓝绸缎一般从脚下铺展开来,一直铺向遥远的天边,是如此广博、如此辽阔、如此浩渺,怎不让人胸中浊气尽吐,心旷神怡,胸襟更加开阔呢?当道道巨浪从水天相连处滚滚而来,发出惊天的轰鸣,矗起座座浪峰,在相互迅猛的撞击中绽放成晶莹洁白的花朵,是如此雄悍,如此激扬,如此澎湃,怎不让人弃俗务中之委琐,心中豪情顿生,血气更刚呢?我知道,仅凭我如此粗浅的与海接触只能了解海真实面貌之万一, 多种自然环境下,海会有多种不同的状态,而观海者年龄、心境的不同,也会见到不一样的海。我之于海,多数时候只能存在于想象中。

　　其实,现在看来,我对大海的向往倒不是无端的。宋朝一个叫范仲淹的人,在我的家乡做过官,他在做官期间做了一件功德无量的事情,修筑了一条长长的海堤。据说,那时的先民们年年受海潮侵害,于是范仲淹叫人将稻糠撒于海中,海水退潮后留下稻糠附着的蜿蜒曲线,范仲淹便下令组织民工沿此曲线修筑海堤。同时,将海堤之外的人家全部搬迁堤内耕种生活。由于海潮涨到海堤就会退回,所以海堤便成了一道坚固的屏障。人们终于摆脱了年年修堤、年年堤毁、年年受淹的厄运。家乡人为了表彰范仲淹的功勋,就把这条海堤叫作范公堤,一直叫至今天。

　　原来,我的先民们都是在海边生活的。如此一来,泰州被称为海陵便理所当然了。海陵,顾名思义,乃海边高地也。当我置身于凤城河畔那座重建不久的望海楼前,观赏着这座二层加平坐、楼高 32 米的宋式建筑,眼前仿佛映现出熊熊战火,浩浩呐喊。自南宋绍定二年（1229）起，望海楼在一次次的战火中涅槃。张士诚和他那帮农民兄弟的滔天呼号，可谓是震荡江淮，也深深打动了我的先贤施公耐庵，而后有了传世之作《水浒传》。

登斯楼，东眺桃园，南观百凤、百龙二桥，西瞰文会堂、文正广场，令人神思荡漾。文正广场中央，那尊范仲淹的雕像，颇为引人。真是亏得有吴为山之妙手，让范公飘逸之神韵得以再现。但见他老人家神采奕奕，长衫飘拂，似乎在吟咏着《书海陵滕从事文会堂赋》中的佳句呢："……诗书对孔周，琴瑟亲羲黄。君子不独乐，我朋来远方……"这"君子不独乐"一句，与那"先天下之忧而忧，后天下之乐而乐"的至理名句，难道不是一脉相承吗？

十多年前的一个五一节，泰州市民迎来了凤城河景区的正式对外开放。我很是为同邑之人多了一处游玩之所而高兴。毕竟，泰州城区可供人们休憩放松的所在还是少了些。

更让我高兴的是，就在凤城河景区开放的当日，我接到任务要在景区接待著名的词作家、剧作家阎肃老，他老人家是应邀来泰采风的。

说实在的，我个人对阎肃老不仅景仰，更是从心底充满感激。诚然，他创作的歌剧《江姐》《党的女儿》，还有《我爱祖国的蓝天》《长城长》等一大批军旅歌曲，以及红遍大江南北的京味歌曲《前门情思大碗茶》《唱脸谱》等等，有着非常大的影响。最是那英首唱的那首《雾里看花》，却原来是为了央视"3·15"晚会"打假"而创作的，真的让我大感意外。不信请看阎肃老的歌词——

雾里看花　水中望月

你能分辨这变幻莫测的世界

涛走云飞　花开花谢

你能把握这摇曳多姿的季节

烦恼最是无情夜

笑语欢颜难道说那就是亲热

温存未必就是体贴

你知哪句是真　哪句是假

哪一句是情丝凝结

借我借我一双慧眼吧

让我把这纷扰

看个清清楚楚明明白白真真切切

借我借我一双慧眼吧

让我把这纷扰

看得清清楚楚明明白白真真切切

　　这里有一句"打假"吗?当然没有。可用在"3·15"晚会上贴切吗?当然贴切。这首《雾里看花》,写得堪称精妙。我每次听那英略带沙哑的演唱,都会对这大千世界,对自己的人生际遇,生出许多感慨。

　　2008年,被誉为中国奥运年。趁着上一年与央视成功合作《欢乐中国行》大型演唱会,我热情高涨地做起了"奥运主题歌会"的策划,指望着"让北京听到泰州的呐喊与祝福"。谁承想,北京奥组委给出的演出函复上那枚红彤彤的大印,竟然是假的。读者诸君,恕我眼拙加愚钝,再怎么让我脑洞大开,我也不会去想北京奥组委的章是假的！为了这方假印，那一年把我折腾得够呛。好的是，身正不怕影子斜。那场"奥运主题歌会"，虽然在国家某部委挂上当年"侵犯奥运知识产权十大案件之首"，我还是进京申诉，几经周折，顺利化解。当时，我是多么盼望自己有一双"慧眼"啊！

闲言少叙，言归正传。阎肃老，让我感激他，想亲近他，是因为他为我家乡写了一首悦耳动听的歌。由他作词，孟庆云作曲，谭晶演唱的《梦水乡》，让我这个兴化人每每听及都心生暖意。

"笑望海光月，轻叩板桥霜。微风摇曳竹影，我的梦里水乡。""万亩荷塘绿，千垛菜花黄。荟萃江南秀色，我的甜美故乡。"在阎老的笔下，我的家乡既是如此具象，如此真切，又充满了诗情，充满了画意，加之年轻歌唱家谭晶饱含深情、委婉细腻的演唱，真的让人如入梦境、如痴如醉。

那几年，阎肃老的忙碌，虽不及赵本山所言"地球人都知道"，也是全国歌迷、体育迷都知道的了。第十三届青歌赛颁奖晚会上，我是领略了阎肃老幽默风趣、慈善平和的风范；奥运倒计时一百天晚会上，又见到他老人家的身影……这不，他要亲来泰州，为凤城河写歌呢！

夜游，被安排在晚饭之后。阎肃老及其夫人一行在我们陪同下，从水榭码头上船，乘坐凤城河一号游船。宽敞的游船，金碧辉煌的色调，并没能引起阎肃老太多的关注。倒是游船茶桌上放置的两样小食点吸引了他。一种是泰州当地极常见的嵌桃麻糕，一种为泰州民间作坊所制丝光薄荷糖。

泰州民间有给人送礼"三件头"的说法，这"三件头"，就是

"麻饼""麻糕""香麻油"。这与人们口头常说的"泰州三麻",完全是一回事。无论是"三件头",还是"三麻",当中所说的"麻糕",便是泰州嵌桃麻糕。

泰州嵌桃麻糕早在清代就颇负盛名了。相传泰州城最古老的茶食作坊"九如斋"老板花云斋,得知泰州北城门外天滋庙年逾八旬的老僧爱吃麻糕和核桃,于是灵机一动,将核桃仁嵌入芝麻粉中烘烤,试制成了酥脆香甜的嵌桃麻糕,深得天滋老僧的喜欢。久而久之,天滋老僧的这一喜好,亦为民间所熟知,于是民众争相仿制花云斋师傅所做的嵌桃麻糕,来天滋庙烧香拜佛时,则必给天滋老僧带上这嵌桃麻糕。如此一来,"嵌桃麻糕"这样一道花云斋师傅偶然所得之小点,得以不断推广普及,逐渐变成了普通百姓之最爱。

泰州丝光薄荷糖,在制作过程中,有一道"抽丝"工序,让糖体本身似有"银丝"镶嵌,故而得名。刚出模的薄荷糖,金黄色的糖体上嵌有闪亮银丝,玲珑剔透,色泽诱人,丢一粒入嘴,细细品喷,丝丝香甜之中,弥漫着满口的清凉,整个人顿时也变得清爽了许多。有民谣为证:一粒丝光薄荷糖,生津润喉又清凉。金身银丝甜又爽,老少皆宜尝一尝。

老人家喝着盖碗茶,品尝着当地民间小食点,连连点头,说:"不错,真的不错。"

导游小姐在阎肃老品尝民间食点的当口,不时向他老人家推介沿途的景点,这才让他把注意力从船内转向船外,听夜幕下的凤城河低吟浅唱,诉说自己的前世今生。

凤城河景区以"传承历史文化"之理念,在望海楼、桃园景区之中，汇集了泰州历史文化、戏曲文化和民俗文化。这中间，以取孔尚任寄寓泰州陈庵完稿《桃花扇》之景而建的桃园，以祖籍泰州的京剧大师梅兰芳先生之生平而建的梅园，以寄托对泰州先贤、一代评话宗师柳敬亭先生之怀念而建的柳园，引起了阎肃老强烈兴趣。这桃园、梅园、柳园，三园一线，构成了泰州颇具特色的"戏曲文化三家村"。徜徉其中，宛若行走于中国戏曲文化长廊。

游船缓行，我们于粼粼波光中，时而有《游园惊梦》之昆腔飘过，吴侬软语，咿咿呀呀，"杜丽娘"与"柳梦梅"长袖频舞，妙曼迷人；时而有《贵妃醉酒》之京韵传来，婉转典雅，九曲回肠，那"杨玉环"行腔细腻，体态华美；更有那泰州古乐《凤城雅韵》《梅花三弄》等一曲曲经典，尽显丝竹管弦之妙，时而轻柔，时而刚烈，有了直抵人心之魅力。

再观高高耸立于夜幕之中的望海楼，楼身金光闪闪，通体辉煌；楼下水光潋滟，倒影可见。此时，黑夜倒成了一名剪影高手，它就着楼的轮廓，完成了一幅精妙之作。

"漂亮，太漂亮了，"阎肃老赞叹着，转而对我们说，"我原以为凤城河，就是一处自然风景，没想到有着如此厚重的文化积淀。"当游船经过一座现代化气息极浓的拱桥时，他又被勾勒桥梁的轮廓灯所吸引。在他看来，如此流畅的线条，有如一首动听的歌，且这首歌在如此古老的望海楼、文会堂上空唱响，依然如此和谐，如此相融，真是美妙之极。

在陪阎肃老夜游凤城河之后，我曾去他老人家府上拜访，就为泰州凤城河写歌一事当面详谈。因为几年前，他为我老家兴化所写的《梦水乡》,可谓是好评如潮,得到了百万兴化人民的认可与喜爱。他也因此被授予"兴化荣誉市民"之称号。据说,提笔进行《梦水乡》歌词创作之初,他老人家尚未实地考察过兴化。

创作实在是件颇为奇妙的事情。范仲淹没有到过岳阳楼而写出了名闻天下的《岳阳楼记》,虽然他"忧乐观"的种子,早在写《岳阳楼记》二十三年前,就已在泰州种下;当今阎肃老在足印踏上我家乡的土地之前,就已写出了贴切悦耳的《梦水乡》。

如今,请他为凤城河写一首歌之愿望,是没办法完成了。虽然,阎肃老其后不止一次来过泰州,也不止一次实地游览考察过凤城河,却没能拿出令他自己满意的词作。老人家于四年前辞世,人间再无阎肃老,唯有经典传后人。当年他为凤城河景区题写的"海内名家,尽入一望"八个字,则愈显珍贵了。

这看似平常的八个字,意思贴切易懂,却暗藏玄机。细心者,不难发现,这八个字中字尾和字首正好组成"望海"一词,扣凤城河主景"望海楼",含泰州人"今古如一"的望海情节,真乃平中藏奇之笔。遗憾的是,善用奇笔的阎肃老终究未能为凤城河创作出一首传之久远的歌来。

细细想来,阎肃老也好,孟欣导演也罢,还有像洛夫先生、勒克莱齐奥先生等诸多文坛大家,他们在凤城河所留下的美好,早已融入一城河水之中。有心的读者朋友,请到泰州这个"幸福水天堂"来吧,夜游时,听凤城河低吟浅唱他们的故事。

《同一首歌》：在泰州绝唱

凤城河景区正式对外开放之后，我接待陪同夜游的作家、艺术家多矣，尤其是调任文联工作之后，这样的接待陪同成了一种常态。然，除了景区开放当日接待陪同阎肃老，印象深刻，我以文记之外，还有一位特殊嘉宾，不能不写。

那要回溯到 2009 年 6 月 26 日晚，这是"祥泰之州·同一首歌大型演唱会"在泰州开演之前夜。其时，我的身份是泰州日报社的副社长、副总编辑。不绕弯子，这场演唱会是由我主导策划的。

2007 年以后的两三年，我分管着泰州日报广告中心经营团队，和央视合作做过多场大型广场演出，因而对央视综艺类栏目的关注多了一些。显然，《同一首歌》在同类栏目中，创牌最早，影响最广，收视率最高。2009 年恰逢中华人民共和国成立 60 周年，在时任总书记胡锦涛的家乡举行一场大型演出，借助央视这一平台，向全国宣传泰州，推介泰州，定然是件有意义的事。基于这种考量，我们把演出主题定为"祥泰之州"。主题确定后，我们觉得《同一首歌》的契合度最好。几经努力，终于拿到了《同一首歌》栏目组给泰州日报社的确认函，同意于 2009 年 6 月 27 日来泰录制"祥泰之州·同一首歌大型演唱会"。这样一来，让我有了和孟欣沟通交流的机会,有了三面之缘。

第一次见孟欣导演,是正式签约的那天。原本是只见其在合约上的签名未见其人。她的繁忙是可想而知的。我想着,孟导再怎么真人不露面,至少演出时她会到泰州一趟吧? 然,签约的当天下午,孟导主动要求和我们见面,让我和同事们很有些兴奋。

见面被安排在梅地亚中心一楼咖啡厅,当栏目组的人陪同一位女士走向我们时,我意识到,来人肯定是大名鼎鼎的导演孟欣了。她身材如此小巧,出乎我的意料。但见她戴一顶米色遮阳帽,身着淡绿色上衣,完全颠覆了我头脑中大导演固有的形象:身材高大,须发皆超长,抑或二者留其一,一副宽架墨镜,酷派十足。这些,与孟欣导演一点儿也沾不上边。

孟欣导演在我身旁的椅子上坐下, 对我说:"听说你们报社搞这台晚会,我跟他们说要见见你们,因为这是《同一首歌》创办快十年来,第一次和报纸合作。"此话一出,让我和同事们更为兴奋。看来,我们无意中做了件具有标志性意义的事儿。听孟欣导演说着她对本场演唱会的一些想法,我留意到,她虽说并不年轻了,依然面容清秀,看不出实际年龄。用如今时髦说法,是个"资深美女"。从她的快人快语,我能体察得到她性格中干练、果敢的成分。谈话自然围绕以"祥泰之州"为主题的演唱会而展开,她明确提出:"你们要拿出让我兴奋的东西来, 我兴奋了才能让观众兴奋。"

机会难得,我便做起了宣传推介泰州的工作。当她得知泰州是胡锦涛总书记的家乡,是海军诞生地之后,真的有些兴奋,说是一定要努力把这台演唱会打造成《同一首歌》创立以来最精彩、最经典的一场演出。当然,这一切得有个前提,那就是报社要在与读者、与观众的互动上下功夫。我和我的几位同事带着孟导布置的任务,离开了梅地亚,结束了和她短暂的头一次会面。

第二次见孟欣导演是在一非常情况之下。离演出仅几天了,原本说什么我都走不开的。从安保到场地,从票务到接待,从外景拍摄到互动节目,事务性工作千头万绪,同事们一天只睡几个小时,早就没有了双休日。然而,就在一切紧张有序向前推进之时,一个细小环节出了差错。我只好和一位同事6月23日凌晨三点半出发,飞往北京。

和孟欣导演见面的地点也是咖啡厅,只不过不是在梅地亚。与上次相比,她显得有些疲倦。见面后没多说,让我们先坐下喝茶。我看到另外有两拨人在等着她。无意中,我听到与我们邻近而坐的是一家知名啤酒企业,演出定在一个月之后,正在谈演员阵容呢。等候孟欣导演的当口,栏目组另一位负责人过来和我打招呼,我看到《同一首歌》演出排了好几场,心想,孟导真够忙的,能不疲倦吗?!

原本我是前来负荆请罪的,但当孟欣导演听了我们这场演唱会"三张城市名片"的策划,便频频点头,给予赞许。省泰州中学建校已逾百年,在其校园内有一处叫"安定书院"之所在,那可是"分斋教学"创始人、北宋著名教育家胡瑗讲学的地方,鉴于此,我们策划了第一张名片:"百年名校,千年书院"。由省泰中及其校园内的安定书院切入,延伸展示泰州悠久的历史,以及深厚的人文蕴藏。第二张名片:"海军诞生地,水兵母亲城"。铭记的是,1949年4月中国人民解放军海军于泰州组建的峥嵘岁月。

由此展开这片土地与人民子弟兵的鱼水深情。第三张名片："和谐城市,祥泰之州"。以泰州这座城市当下所发生的鲜活事例,勾勒出一个年轻地级市建设、发展、奉献之轨迹,用普通观众对友爱、祥和、进取、包容等城市氛围的切身感受,给"祥泰之州"以新的注解。

特别是她看了我们带去的为 6 月 27 日这台演出所做出的策划宣传,孟导原本神情严肃的脸上露出了微笑。她坐到我的身边,仔细询问每一个策划的细节。"明星竞猜"是怎么个竞猜法,提供了哪几位明星让读者来猜?"祥泰小天使"海选报名儿童多不多,最终入选了多少,有没有走后门的?她边问,边不停翻看着《泰州日报》《泰州晚报》上有关"祥泰之州·同一首歌"大型演唱会宣传专版。面对孟欣的提问,我一一做了详细的回答。她对我说:"你们让我很感动。近十年来,没有哪个合作方能做到你们这样,让当地老百姓如此广泛地参与,形成如此良好的互动。感谢你们! "

随后,她要走了所有的宣传专版,匆匆离开了。连我们想请她吃个饭,对在某环节上出错表示一点儿歉意的机会都没给。不过,孟导这番话语,让我悬在心中的一块石头落地矣。我和同事总算能踏实地往回赶了。回到泰州,已是 24 日凌晨。

第三次见到孟欣导演,则是演出前一天傍晚。为了迎接她,我吩咐安排了颇具地方特色的临近江边的一家酒店,据说酒店中一顶级餐厅装潢就花了千万元。我正自得,能在如此豪华的餐厅中接待孟欣导演,应当是够品位了。可临近晚餐时,《同一首歌》栏目组的人告知我,孟导不会去我们安排的酒店。她时间特别紧，一到下榻处就要开会，随便吃点儿简餐就行了。我知道没有人能改变她的决定，只得赶紧调整。可就让她在下榻酒店随便吃点儿简餐，我又心有不甘。毕竟这是她头一次来泰州，而且是为了"祥泰之州"演唱会来的。

果然，孟欣导演一到下榻酒店就召集主创人员商谈晚会主持人的主持词，逐句斟酌，反复推敲。前来陪她用餐的市领导见状，也不忍催促。眼看过了晚上八点，我那边安排的泰州土菜，电话催过几次了。我只得跟人家赔不是，让再等等。

主持词中涉及泰州地方内容的，孟导让我提出意见。我一看机会来了，便借机提出先吃饭，并保证晚饭后和撰稿一起开夜差，改出一份让她满意的主持词来。这时，她虽同意吃饭，但对到外边吃饭有异议。我只得向她解释，晚餐安排的是泰州土菜，多数属绿色食品，便宜又好吃。在酒店吃花钱多，还不一定吃得好。走得又不远，几分钟而已。我看得出来，她是将信将疑上的车。

进得陈庵，我向孟导介绍，今晚用餐地为昔日孔尚任写《桃花扇》之所。看着散发着明清气息的古朴典雅的建筑，她频频点头："这儿好，这儿好。你那上千万装修的餐厅，我可不去。"原来，我以为是安排上的一大亮点，竟成了败笔。

"您再品尝品尝泰州土菜，绝对新鲜。"我有些不好意思，只好转移话题。凉拌水瓜、整扑红萝卜、酱油豆儿、水煮河虾、盐水鹅……一道道泰州土菜，让孟导啧啧称好。席间，我们介绍了为晚会而搞的"祥泰小天使"海选的情况，六百多名小朋友报名，上千个家庭参与，报名的车辆一连几天挤满了报社大门前的广场。

孟导听了很是感动，当即表示演出结束要上台和孩子们合影,并且从她开始,到每一个登台明星都要给孩子们签名。此时,凤城河景区负责人想请她为景区题词,被婉言谢绝。

我只得出来打圆场,请她看一看"水天堂,夜游城"的夜景,增加一点儿对泰州的了解,改晚会主持词才有感觉。看了夜景之后,感觉好就为景区写几个字,不强求。她推说时间紧,好多事等着呢,明晚就演出了。我笑笑对她说,哪怕就看五分钟,感受一下,不一样的。磨刀不误砍柴工。

就这样,孟欣导演和栏目组其他人员一起上了游船。当灯光璀璨、金碧辉煌的望海楼出现在孟欣导演的眼前,她脸上露出了惊喜的神情。望着粼粼波光,我告诉孟导,五十年前,这河里可是经常能见到一个中学生游泳呢。她会意地点点头。

游船快靠岸时,陪同的市领导提醒,想请孟导题写什么抓紧,不然就没机会了。面对着阔大的题签簿,孟导一直婉拒着,说没想好,说字难看。

一切都不能成为不题写的理由之后,她问陪同的市领导有没有在上面题过,市领导开玩笑说自己没资格,在上面题词的都是名家大师,随手翻出了中国作协主席铁凝的题签。这当儿,孟导转身对我说:"你写,我就写。"

"此话当真?中国人说话得算话!"面对孟导给我的难题,我没有退缩,顺手拿起笔写下:"陪孟欣导演夜游风城河,是我此生之幸也。"自然签上我的名字。这时,她想不接笔都不行了。

答应写了,景区负责人脸上有了笑意。可,写什么,让她颇费踌躇。"祥泰之州,美不胜收。"栏目组的人出主意道。

"水天堂,夜游城。"景区负责人想借机宣传一下景区特色。

"最好能把《同一首歌》与泰州联系起来。"孟导沉思着说。

"同一首歌,走进泰州;祥泰之州,美不胜收。"栏目组的人又出主意。大伙儿七嘴八舌,都没能想到让孟导满意的词句。

"简单一点儿,我就写两句《同一首歌》的歌词吧。"说着,她挥笔写下了"同样的感受给了我们同样的渴望,同样的欢乐给了我们同一首歌",随后签上"孟欣 2009 年 6 月 26 日于泰州"。

"啪啪啪——"掌声不约而同在船上响起。我赶紧让景区负责人接受孟导的题词。"咔嚓咔嚓",摄影记者一连按了好几次快门。欢笑声中,孟导愉快地下了船,直奔晚会彩排现场。

谁都没想到,原本排定了的节目顺序,一夜之间被孟导全部打乱。她竟然让周杰伦开场。观众多以为周杰伦要赶时间离开,其实当晚大牌明星中恰恰是周杰伦住泰州。

尽管我也两度和央视的导演合作,2007 年周杰伦在"欢乐中国行·魅力泰州"演唱会上可是压台的。凭我的经验,这次孟导让周杰伦开场,定有深意。

果然,在演出结束后的答谢酒会上,孟导笑眯眯地向我解密。"我就是要把在后面上台的演员逼疯。周杰伦唱过了,你们怎么唱?不卖力行吗?卖力了,节目才会一个比一个精彩。"此言一出,我恍然大悟,只有佩服的份儿了。

"真是大师之举!"我充满敬意地举起手中的酒杯,给孟导敬酒。我对她说,我们这儿出了个创意大师叶茂中,他有句名言叫"男人要对自己狠一点儿",现在看来,女人要成功,首先得把自己逼疯。整场晚会由于你疯了,台上的明星们疯了,台下的观众们也跟着疯了。我的话引来了哄堂大笑。一桌人都以为我在说笑。只有孟欣导演朝我举起杯,大声说了声,"对!"

当晚的答谢酒会分楼上楼下两处,孟导端着酒杯不停到栏目组工作人员中间敬酒,和他们有说有笑,合影留念。这一晚,我看到了不再是在舞台上为演唱会而忙碌指挥着的孟欣,工作状态中,她的神情多半是冷峻而严肃的。这一晚,身材小巧的她,像一团热腾腾的火,每到一桌都足以把那儿点燃,让那儿沸腾。

这一晚,我看到了感性而激情、率真而诗意的孟欣!

然而,让人遗憾的是,当时影响如此巨大的《同一首歌》,在泰州的演唱会竟成绝唱。这也让我从此无缘与孟欣相见矣。

花雨无声润心田

在我三十多年的业余为文生涯中，没有一份文学期刊如此长期地关注着鼓励着我的文学创作。之所以如此，这大概跟我与这份刊物几任主编都有过一些交往不无关系。我说的，不是其他，正是创刊已六十余年的，江苏的《雨花》。

最近一次在《雨花》发稿，是2020年第十期上的短篇小说《豆腐坊》。2019年，我对"香河"文学地理进行最新的与书写挖掘，《豆腐坊》是这一批十五个系列短篇当中的收尾之作。主编朱辉与我同乡，是位具有全国影响力的短篇高手。《豆腐坊》被他看中，跟我说，要发！

他凭借短篇小说《七层宝塔》，荣获了第七届鲁迅文学奖短篇小说奖。正如众多评论家指出的那样，《七层宝塔》以熨帖、亲切、精妙的语言，以及七层宝塔般精巧的结构，讲述了进城后的唐老爹，与楼上一对年轻夫妻之间的种种冲突：两代人因不同的价值理念、不同的行为方式，产生了一系列摩擦。作家借此书写出了乡土中国城市化转型过程中，出现的新的矛盾和问题，既表达了作家深切的忧虑，也带给人们深入的思考。

2019年5月15日，我以"里下河文学流派名家讲坛"的名义，邀请朱辉回乡举办了一场题为"乡镇生活与《七层宝塔》"的文学讲座。而在《七层宝塔》甫一获奖，我就主动联系朱辉，请他同意我们在"里下河文学流派作家·星书系"序列中推出一本他的短篇小说集。

2018年10月，收录了《七层宝塔》在内的，涵盖了朱辉三十年来创作的二十个经典短篇小说的作品集《夜晚的盛装舞步》，在我的策划下，由作家出版社出版。这应该是他获得鲁奖后推出的第一部短篇小说集。

正如他在序言中所说："《七层宝塔》获得了第七届鲁迅文学奖。这篇小说对我来说是个异数，它本不在我的计划之内。某一日，我们去参观'农民新村'，看到那些目前还是农民的'新城市人'，我突然心中一动，觉得可以写个东西了。我想了一年多，终于找到了小说的'关节'——我称之为小说的'腰眼'，真正打字，也就半个月，很顺。事后回想，写出这个东西是有因缘的：我17岁之前生活在小镇，我熟悉那里的人和事；我大学学的是农田水利；我的妻子是水利专家，专业是城镇规划，她难免回家跟我唠叨……这些都是准备。一堆柴火，只需要一根火柴。我说过，我想得多，写得少，但也有几百万字。从中挑出一个短篇集，难免踌躇。这么说吧，这个集子里的二十篇小说，都是我各个时期短篇写作的代表。未必最好，但是我自己喜欢。"

时隔不久，在第六届全国里下河文学流派研讨会召开期间，我们在泰州市图书馆专门举办了"里下河文学流派作家·星书系"新书发布和分享会。在此次分享会上，作为分享嘉宾之一的朱辉，携新书短篇小说集《夜晚的盛装舞步》，与众多热情的读者就文学和写作进行了生动而深入的交流。中国作协书记处书记、作家出版社社长吴义勤,江苏省作协主席范小青,江苏省作协书记处书记、副主席汪政等应邀在现场进行了精彩点评。

我是由衷地感谢朱辉作为里下河文学流派重要代表作家,一直以来对我们的里下河文学流派构建工作的鼎力支持。尤其是在这项工作的初始阶段,存在着这样那样的不同声音时,他就是坚定的支持派。说实在的,他著名作家和《雨花》主编的双重身份,对我们这项工作的推进,积极影响是很大的。《雨花》对里下河文学流派作家作品的重视,让一大批还在基层坚守自己梦想的里下河作家,有了一个重要的展示平台。毕竟,《雨花》在江苏文学界的影响,十分广泛。

当然,从更为宽泛的视角,来衡量《雨花》在基层面广量大的读者中产生影响之举措,则不能不提朱辉主编之前任,李风宇!

风宇兄主编《雨花》之后,可谓是新招连连。成千上万的《雨花》期刊,进入了普通读者的视野,发行量大增不说,影响力、亲和力更是大幅飙升。这当中,给我感触较深的,是"中国作家·《雨花》读者俱乐部"的创立,短短几年,真有如雨后春花,迅猛盛开,很快就有了繁花似锦的好气象。

我主管泰州文联工作,自然是要抓住这一契机的。借此为本土作家和地方文学爱好者搭建起一座与《雨花》沟通交流的平台,何乐而不为?! 于是,在风宇兄的关心下,我们在泰州稻河古街区一处叫作"陈氏住宅"旧式庭院中,挂出了属于泰州的"中国作家·《雨花》读者俱乐部"。

在此处设立"中国作家·《雨花》读者俱乐部",倒是蛮相宜的。这陈氏住宅古色古香,为前后六进的大宅院,庭院陈设且不去细说,出得院门,眼前是幽深悠长的石板小巷,自有一番怀古之幽情了。而穿过石板巷之后,便是古稻河湾。

这里曾经是泰州通往里下河各县之门户,大量的稻谷在此流通交易。有民谣歌曰:"稻河水流呀流,一流流到里下河,庄稼喝了乐呵呵。"

2007年,我主持策划过央视一档大型综艺节目《欢乐中国行》泰州演唱会,曾经让一位泰州姑娘在舞台上吟诵过这首民谣。只可惜,那姑娘没能用纯正的泰州方言吟诵,韵味出不来。此为闲话,暂且搁下,言归正传。

想着既已设立了"中国作家·《雨花》读者俱乐部",总得有所行动才对得起风宇兄的一番美意。翌年以泰州文联和"中国作家·《雨花》读者俱乐部"的名义举办一全市性征文的想法在我脑海中成形——"我和《雨花》的故事"。

此想法我和风宇兄进行了沟通,得到他的肯定,是我预料之中的。得到他无比热情的肯定,令我有些喜出望外。他几乎是兴奋地告诉我,2017年是《雨花》创刊六十周年!

六十一甲子。经历了六十年风风雨雨的《雨花》和从此刊步入文坛的作家们,和从此刊走上文学道路的文学爱好者们,和成千上万的心爱读者,和视期刊如生命的一代又一代《雨花》的编辑者……该有多少故事啊!

说实在的,只要一谈起《雨花》,我自己就是感同身受的。

与《雨花》的老一辈办刊人几乎没打过交道,如叶至诚先生,吾生也晚,起步亦迟,无缘交往属常情常理。倒是与先生之公子兆言兄有了文学之外的交流,于我似乎是一种缺憾之弥补。

我与兆言兄在每年省作协理事会上都会相见。会议期间的闲暇，也会有些自娱自乐的民间活动。兆言兄随和得很，完全没有名门之后的优越感。当然，就创作成就而言，他也是一位具有全国影响的作家。撇开他众多有影响的作品不谈，他关于写作的言论，如"在写出一百万字之前，一切技巧都毫无意义""才华不重要，重要的是能不能熬到一百万字"都是传播度极高的。我依稀记得，他也曾说过"没有一百万字的作品在社会上流传，不要称自己作家"之类，说明一百万字，似乎是衡量一个作家是否成熟的数量级。

和兆言兄有较为密切的接触，是在 2015 年 11 月，江苏省作协组织的一次澳大利亚、新西兰之行，五六个人，为期一周。在完全放空自己的情境下，彼此之间的交流有如行云流水，自由、畅达、惬意。

其实，此刻在电脑前敲打键盘时，我才发现，自己曾经跟兆言兄的父亲叶至诚先生是有过一面之缘的。那是三十五年前，我参加"江南雨笔会"，在为期半个多月的培训班上，曾经聆听过叶先生的讲课。说实在的，叶老先生当时给我们来自全国各地的十来个文学青年讲了些什么，我真的无从记起矣。然，他亲笔为我题写过一段话，这是有案可稽的。当年先生在我的速写簿上题写的是："用自己的头脑，说自己的话。说真话。"并且注明，这是"录巴老语"。在这段话下面，先生署上了自己的姓名，以及时间："85.11"。我自然清楚，这是指 1985 年 11 月。

作为一个在基层业余从事写作者，我真正与《雨花》打交道，是从周桐淦主编开始的。周主编是著名的报告文学作家，他老家和我的老家同属里下河地区,现在又同属一个行政区划,亦算是同乡了。地缘相近,风物、风俗、风情,一脉相承。亲切,那是自然流淌出来的。至今,我都还记得他女儿笔下的溱潼大鱼圆,令人垂涎。

近年来,泰州方方面面都在做"泰州早茶"的文章。泰州,被称为"一座被早茶唤醒的城市"。这当中,自然少不了文人的参与。某日,周桐淦先生来电询问,说是新近收到《稻河》一笔稿费,不知用的什么文章,因为没有看到刊物。

《稻河》是我到泰州文联工作之后,创办的一份文学内刊,逢双月推出。主要是为本土作家和广大文学爱好者提供发稿平台,偶或也有名家约稿。尽管是份文学内刊,创办之初,还是请大名鼎鼎的王蒙老先生题写了刊名。这也让在《稻河》上发稿的地方作者,有了一份荣耀。

周桐淦先生是家乡的名作家,这回《稻河》用稿,原是执行主编李明官从其他地方得到了桐淦先生的散文《大说泰州干丝》。其文笔自不必说,更主要的是此乃应时应景之文,《稻河》抢着一用,并不妨碍向外再发。故而,桐淦先生不知详情。

我与周桐淦先生的第一次见面,颇具戏剧性的场面是:接头。

说来,此事放在现在的可信度,几乎为零。但,这确确实实发生在我和周主编身上。故事的时间是在二十世纪八十年代中期,其时桐淦先生的身份应该是《风流一代》的主编,而我只是一个兴化农村乡镇的团委副书记。周主编来信说,某月某日上午大约某时,他要从南京赶到兴化来看我,让我在兴化汽车站门口广场上等候。激动吧,当然!一位主编,要从省城坐长途汽车,路远迢迢(请允许我这样描写,在当时这四个字是恰当的)地赶到兴化见一个文学青年,那真是天上掉馅饼的美事!

可难处还是来了,我和周主编只有书信往来,没有见过一次面,见了面也不相识,如何接头呢?诸位有所不知,人家周主编不愧为大作家,细节早替我想好了。我俩在兴化汽车站门口广场接头时,以手持报刊为信物:周主编手持一册《风流一代》,我则被要求拿一份本地的《兴化报》。有了如此约定,果然我在漫长的等候之后,极顺利地接到了身材高大、英俊帅气的周桐淦主编。那个高兴劲儿就甭提了。

有点儿不好意思说出口的是,当时,我是用自己黑色长征自行车驮着大名鼎鼎的周主编到我家中吃了一顿农家饭。"农家乐"走俏那是几十年之后的事儿,我款待周主编的只是极寻常的一餐,要说特地为他,最多也就是杀了一只鸡,炒了几个鸡蛋。如此而已。

几十年过去了,我从来没有和周主编再提过此事。顺便说一句,2020年11月底,在《散文》创刊四十周年活动上,见到桐淦先生,往事才第一次被重提。他说:"你为《雨花》创刊六十周年写的文章,我看到了。"并且他特意点出了我所叙述的见面细节,得到了认可。

在《雨花》多位主编中,梁晴是我唯一打过交道的女性。

梁晴女士曾经是我某获奖作品的评委,这同样是我几十年来从没有和她提起过的事儿。那也是二十世纪八十年中期,梁晴女士担任着《雨花》副主编一职。套用现在流行说法,梁女士可是个十足的美女主编哟,温婉可人的模样,定然有不少"凉粉"的。我们几个获奖的男生,虽够不上"凉粉"的级别,但关注美女主编的喜好几乎是不约而同的。

你还别说,美女主编每到一地,喜欢品尝当地风味小吃,还真被我们几个获奖男生见着了。那次她在出席扬州颁奖活动期间,就曾在文昌阁附近的小吃摊上,与我们相遇。因为我们和她之间的"遥不可及",自然没有交流。只是那微黄的路灯下,她品尝小吃时娇小的身影、安静的坐姿,定格成了一幅画,温暖而平和。

她在《雨花》上给我发过稿,我也曾到杂志社去拜访过她,我们在一些文学活动上也是见过面的。只是,她总是那么安静,让我不忍因俗务去打搅。

姜俐敏先生当《雨花》主编时,给过我一个礼遇,让我至今都心怀忐忑。2011年第七期《雨花》在封二"江苏作家群英谱"专栏,推出了一组我的图片和介绍,这对于我这样一个基层的地方性写作者而言,无疑是一种鞭策与激励。

而走进《雨花》"英雄谱"之后,与姜俐敏主编有了结伴同行的机缘。在一次苏南的采风活动中,有幸欣赏到他高亢嘹亮、富有穿透力的嗓音,着实让我看到了不一样的姜俐敏。说实在的,如此雄浑、极富沧桑感的歌唱,很难与姜先生如此质朴的脸庞联系在一起。在此,本人郑重声明:俺不是"外貌协会"的,绝无以"貌"取人之意。

叙说了我与几位《雨花》主编之间的故事,似乎没有言及《雨花》这份期刊,也没有过多提及在《雨花》刊发过的具体作品。我的考虑是，刊物是由人创办的，一份期刊的风貌，某种程度上，是由办刊人的风貌决定的；一份期刊的精气神，某种程度上，是由办刊人的精气神决定的。也就是说，期刊的风貌，说到底体现的是办刊者的风貌；期刊的精气神，实质上体现的是办刊者的精气神。

而我们每一位投稿者，是需要研究自己作品的"精气神"是否契合期刊的"精气神"，这样才能"对路"。像我的《琴丫头》《水妹》之类以女性为主角的小说，像《吴麻子》《细辫子》之类以手艺人为主角的小说，像《菱》《河藕》《旷野的精灵》之类风物随笔，像《苦楝树》《河边的小屋》之类亲情散文，之所以能被《雨花》选用，我以为是因为契合这一点。

业余为文三十五年，《雨花》给予我的是一份幸运。多位《雨花》主编给予我更多的是鼓励与鞭策，让我的文学之树，在他们的雨露滋润下，生根发芽，枝繁叶茂。没有《雨花》这块园地的培育，没有周桐淦等众多园丁悉心呵护，我的文学之树上也就不可能有现在丰硕的果实。因此，《雨花》及《雨花》的办刊人所给予我的关爱，有如春风化雨，点点滴滴，润物无声。我唯有铭记于心，铭记此生。

我的心扉，始终向着《雨花》打开。面对诞生已逾六十周年的《雨花》，我愿意深深地弯下身子，奉上我虔诚的祝福！

雨花催发，润泽万代。

寻找"第三种地方"的一群人

在美国洛杉矶，有这样一群华人，他们因为各自不同的人生际遇，从中国内地，从中国台湾，从世界的其他地方，来到美国，来到洛杉矶。原本互不相识，工作也毫无联系，却为了一个共同的目的，用他们的话说，是为了寻找"第三种地方"而走到了一起，组建了一个民间团体——北美洛杉矶华文作家协会。

可别小看了这个民间组织，它成立二十多年来，就与中国作家协会互访数十次。众所周知，中国作协可是个部级建制的团体，每年中央财政有可观的经费下拨，拥有逾万名会员，遍布全国各地、各行各业。而北美洛杉矶华文作家协会，我去拜访的那一年，仅有会员八十多人，经费主要来源于社会捐助。会员每年也象征性缴纳二十多美元会费，协会负责人每年则要在会费之外向协会捐款三百至五百美元，会长捐款一定最多。

北美洛杉矶华文作家协会有一份自己的年刊《洛城作家》，每月在《中国日报》有一期《洛城文艺》专版，主要刊发华文作家的华文作品。从会长到会员，都有自己的本职工作，做协会的工作都是用业余时间，哪怕是举办一年一度的"美中华文文学论坛"这样跨国界的大型活动，也不例外。

2009 年 5 月 22 日至 6 月 4 日，我应北美洛杉矶华文作家协会之邀，作为"中国作家代表团"成员，参加了为期半个月的"第二届美中华文文学论坛"，并在论坛上宣读了题为《细腻而广博的情感世界——刍议琦君自传体散文创作》的论文，参加了该协会的"文学沙龙"活动，访问了洛杉矶、波士顿、华盛顿、纽约等城市。

这一次的北美之行，我还被北美洛杉矶华文作家协会聘为荣誉会员。"第二届美中华文文学论坛"的文学交流活动引起了当地媒体普遍关注，《世界日报》《国际日报》《中国日报》《星岛日报》等华文报纸，以及凤凰卫视、当地电台等均做了报道。

因为签证晚了一天，我未能和其他与会者同行，加之不懂英语，又是第一次来美，在飞机上就一直担心自己能否顺利到达目的地。经过近十二个小时一万公里的空中之旅，我来到了太平洋彼岸陌生的美国。

飞机降落洛杉矶机场已是傍晚时分，我推着行李在出口处焦急地寻找着。终于，在攒动的人群中，一行熟悉的中文映入我的眼帘："欢迎《泰州日报》副总编辑刘仁前先生"。我心头一热，那块悬着的石头，落地了。

欢迎晚宴在一家中餐馆举行。我一步入餐厅，就有人说，接到了，接到了。北美洛杉矶华文作家协会卢威会长主动上前紧紧握着我的手："终于把你等到了，辛苦了。"黄宗之副会长也走上前来问候。虽说先前和他只通过几次电话，发过几次邮件，但一见面全无那陌生之感，满面的笑容、紧握的双手，让我有如见到了久违的朋友。

更让我感动的是，整个餐厅四五桌人，都在等待我的到来。

我被安排和我国驻洛杉矶总领馆文化参赞陈怀之先生邻近而坐。从席间交谈中得知,陈参赞老家是盐城的,与我老家毗邻,且我又是盐城的女婿,谈话自然轻松起来。置身于如此氛围,我周身暖融融的,似乎在参加一次亲友聚会。

既是美中华文作家之间的一次交流活动,晚宴上必要的仪式自然不可少。然,北美作家们席间的才艺展示也好,性情流露也好,无不令我们从祖国大陆远道而来的七位作家、学者感动。原本北京人艺出身的张春鹰先生,用他浑厚而富有磁性的嗓音,在朗诵了徐志摩的那首《再别康桥》之后,又饱含深情地朗诵了中国台湾著名诗人余光中的《乡愁》,让在场的每一个人心生感叹,别有一番滋味在心头。

好在,女作家施玮的主持风格轻松自如,很快让张之元副会长登台亮相。你别看张老先生其时已八十一岁高龄,一头银发,但精神矍铄,《陈情表》《出师表》烂熟于心,脱口而出,足见古文功底深厚。他用上海、江苏、浙江、四川诸多方言讲笑话,惟妙惟肖,生动有趣。这一刻,开心、快乐,弥漫在整个餐厅之中。

晚宴后,我们中国大陆的七位同行者纷纷感叹,原本十几个小时的时差,就让人云里雾里的,这晚宴上的氛围,真让人感觉宾至如归。这种感觉,在 5 月 24 日晚,北美洛杉矶华文作家协会举办的一次文学沙龙上,被渲染到了极致。

经过一天的学术交流,一天的参观访问,我们对原本陌生的环境,对原本陌生的人,均有了一些了解。就连不懂英语的我,也不再担心因语言不通而无法交流了,尽管协会的友人们在交流时会时不时地冒出几个英语单词。

当我们被告知，24日晚上参加他们的一次文学沙龙活动，我们几位都异常高兴。步入"777公寓"（北美洛杉矶华文作家协会驻地），我看到一个偌大的客厅，一边摆放着各种中式菜肴，以及餐具之类；一边紧靠书橱放着一架投影机，看似做讲演、演示文件用的。

　　卢威会长和黄宗之副会长还是和晚宴那天一样，忙前忙后，先给我们七位拿餐具，请我们先选择合口的菜肴，让我们心中过意不去。

　　当我得知，所有这些菜，并非出自哪个酒店，而是参会几位女作家从家中做好了带来的。你三个菜，她四个菜，没有约定，全凭自愿。男作家们则主动带些饮品、啤酒之类，与女作家们来个互补，最终呈现出一个完美组合。

　　坦率而言，刚开始我脑瓜子还转不过弯来。这不是我们老家早些年常有的"凑份子、吃碰头"吗？这种聚餐法，在我记忆里，只存在于物资匮乏的年代。现在，早没有了。在我们那儿，再普通的家庭请客，都习惯了去酒店。多数时候，不耐烦去菜市场一样原料一样原料的采购，回到家中再一样一样加工制作，可谓费时费神，还要考验主人烹饪之技艺，真的不如去酒店简单。去酒店宴请，主人只需在宴席结束时做一件事："埋单"。

　　如此一来，能在家中做一桌饭菜请客，那可是特别的礼遇了。不想，在物质生活条件如此优越的洛杉矶，在都能挥笔著书立说的洛杉矶华文作家们中间，竟然还保持着如此淳朴的聚会方式，真的让我由不解而心生感动。

　　卢威会长告诉我，他们协会每年都有若干次这样的沙龙，开始前大家一起吃点儿东西,然后进行文学方面的专题交流,相互碰撞,相互启发。每次聚餐都不会去酒店,这不是费用的问题。每人都带点儿东西来"凑份子",营造的是一种"家"的感觉。协会就是要给予每一位会员家的感觉,而每一位会员也要从内心把协会当成自己的家。

听着卢威会长的介绍,看着几十位作家围着餐桌捡菜,三三两两相聚用餐,其乐融融,好不让人羡慕!这当儿,有几位会员来和我们敬酒,原本没沾酒的我,愉快地端起酒杯,喝了啤酒,又喝了白酒,真是高兴。

在我印象里,置身于这样的文学氛围,大概还是在二十世纪七十年代末至八十年代中期吧。其时,我虽然承担着一个地区作协的日常管理工作,说实在的,其氛围与眼前所见,真的有天壤之别。在相距如此遥远的洛杉矶,竟然让我找到了内心期盼的那种感觉。怪吗?!

在洛杉矶逗留的最初几天里,我始终不能把来美国之前,自己头脑中固有的印象与现在眼前所看到的相联系。先前,无论是从媒体,还是从书刊,抑或是他人口中,我头脑中形成的印象是,美国是绝对现代,到处高楼林立,车流不息,繁忙而喧嚣;一到夜晚,定然是霓虹闪烁,纸醉金迷。然,洛杉矶颠覆了我头脑中的美国印象。

在洛杉矶,除了市政中心有几处高楼之外,其他地方几乎看不到过高的大厦,亦看不到密集的楼群。随处可见的是,开阔而平坦的绿地,高大而疏朗的树木,还能感受到清新而凉爽的空气。陪同我们的黄宗之先生告诉我,洛杉矶处于沙漠之中,周边有不少沙漠,所以特别重视绿化。这一点,很快就得到了证实。我们离开洛杉矶去其他城市时,就穿过了很大一片沙漠。只不过,那片大沙漠也被耐旱的绿色植物所占领。

看惯了国内封闭的居民小区里那密集的楼群,乍一看洛杉矶比华丽山庄,那一幢幢散落在绿荫丛中的低矮别墅,心生好多疑云。小区没有围墙,也不见安保人员,居民的安全能得到保证吗?每一幢房屋造型各不相同,并不如国内那么整齐划一,当初的规划如何通得过的?小区住宅如此分散,且均为低矮建筑,在我看来土地使用率也太低了,为何不密集一点儿,建高一点儿呢?黄先生微笑着,极耐心地一一向我说明。虽说,这里有东西方文化的差异,但这里"以人为本"的理念,渗透在民众生活的方方面面,的确让我叹服。我只能脸红自己问题的浅薄。

在小区中,每一座别墅,几乎都是一道独特的风景。有的房前植满了各色花木,红红紫紫,妖娆艳丽;有的则将非洲沙漠才有的旱地植物移到了自己的寓所前,看得出主人对非洲的迷恋;也有在别墅前摆上几尊个性鲜明的雕像,让自己的居家之所显得与众不同。同行者中,有摄影发烧友,也有专业从事期刊摄影的,大伙儿的相机"咔咔咔"地按个不停,很是过了一把瘾。

就在我们心满意足、啧啧赞叹之际,小区的通道上,缓步走来了几只孔雀。同行者们一阵惊喜,这很是出乎大伙儿的意料。小区里怎么会有散养的孔雀呢?面对我们的疑问,黄先生直摇头:"No,no,它们来去自由,无专人饲养,纯粹处在一种野生状态。"

这时,有人在给孔雀喂食面包。一辆小车经过,见状,自觉放慢车速,孔雀悠然离开通道,回到草坪上去了。

"有意思,真是有意思。"别看我们一行人中,作家、博士、教授、博导,大有人在,此刻竟语汇匮乏了。除了"有意思",还是"有意思"。

黄宗之先生告诉我们,小区里不仅有孔雀,还有其他小动物。果然,他话音刚落,我们就在树下看到了两只小松鼠,蹦蹦跳跳地朝我们过来,如此看来也是不怕人的主儿。

我在随身皮包中搜寻了一下,指望能找出一两块饼干之类,可惜未能如愿。好在,机灵的小家伙,很快从草丛中找到了食物。它们直立着身体,用前爪夹着食物,小嘴唇上下动个不停,样子极可爱。

生活在这样的小区,与孔雀、松鼠为伍,真的令人心生向往。

当然,北美洛杉矶华文作家协会营造的那种"家"的感觉,更让我向往。我弄不清楚,在美国这样一个金钱至上的资本主义社会,为什么会有这样一群人,他们愿意这样做,这究竟是为了什么?

正是由于心存这样的疑惑,我利用即将离开洛杉矶的前夕,走进了副会长黄宗之先生的家中,想通过他这个常务副会长来了解一些会员的情况。

当我和其他六位同行者到达黄先生家时,黄先生和夫人朱雪梅女士早已在门口迎候了。因几天相处,彼此之间已十分熟悉,也就少了通常的一番寒暄。

进得屋里,我看到了一个布置现代、宽敞明亮的二层别墅。黄先生夫妇告诉我们,这样的住宅在美国知识分子家庭是极普通的。白天,黄先生就曾陪我们看了几处居民区。我们一行七人,很是为一家一户的房屋建筑风格各不相同而感叹,更是为居住如此疏散,环境如此幽静而惊叹。有同伴开玩笑说,这种好地方,放在我们所居住的城市,早被开发商建成一幢幢高楼矣。

在参观了黄先生家楼上楼下的陈设之后,主客在沙发坐定,我便和黄先生聊起想要了解的话题。

黄先生坦诚地从他自身的经历开始了心路历程的叙说。十多年前,已经是一所高校副教授的他,为了追求全新的人生体验,实现更高的人生价值,变卖了家中全部家当,携带着妻子,离开自己工作生活了几十年的家乡湖南,投身滚滚"出国"大潮。

刚来洛杉矶的那几年,一切都非常艰苦。从副教授变成了打工者,工作必须看别人的脸色;租住在别人家里,诸多不便是免不了的。原以为,有了绿卡,有了自己的住房,一切就会好起来,当初出来时的梦想就能实现。可,几年过后,当绿卡有了,房子也有了,在一家制药公司有了一份不错的工作,他感到自己想要的并不是这些。他除了看着别人的脸色而拼命工作,并没有梦想实现后的快乐。他开始反思,生存的最终目的是什么?人生的意义究竟在哪里?此刻,他在寻找家庭、单位之外的"第三种地方",寻找能让他身心得以停泊的精神家园。

于是,没有一点儿文学创作实践的他拿起了笔,以"我"的经历和心路历程为影子,以自己的家庭命运为再现的载体,来抒写那一代出国者的辛酸苦辣、奋斗历程。1999 年,他的第一部长篇小说《阳光西海岸》创作完成,翌年百花文艺出版社出版,并引起强烈反响。

第一次成功的创作实践，让黄宗之夫妇想沿着这条道走下去。就这样，他们加入北美洛杉矶华文作家协会。在与同道者的交流中，他们得到了提高；在参与刊物编辑的过程中，他们学到了他人之长。就这样，他们夫妇的生活变得充实。那飘浮着的心灵，似乎找到了栖息地，有了归宿。

　　黄宗之先生告诉我，当他融入协会群体时才发现，他们都是一群精神上的漂泊者，他们都清醒地意识到自己不属于脚下这块土地。然而，他们又远离故土，协会和创作让他们有了某种精神依附。他们走到一起，有了一种共同的文化认同，因为他们有着相同的古老中国文化的根！

　　无怪乎，在欢迎我们的晚宴上，在论坛举办过程中，在其后的文学沙龙上，从卢威会长到每一位与会会员，都开心快乐地忙碌着，抓紧一切机会与我们交流着，释放着。

　　我终于理解了，在欢迎晚宴上，黄宗之先生再忙，为什么也要拿起话筒唱一曲《故乡的云》！一位年近六旬的女作家，一边担心时间太迟会影响大家休息，一边依然在深情诉说；我终于理解了，在举办文学沙龙时，年逾八旬的张之元副会长还要亲手将剪好的会标，一个字一个字，端端正正地贴到墙上，其他人想帮他，他还不让，并自豪地跟我说，几十年了，他弄这个有经验；我终于理解了，为什么身为收银员的刘加蓉，打工一小时还不足十美元，在洛杉矶属低收入者，但在5月24日的文学沙龙上，她一人带来了好多份菜肴，后来我才得知，因为有祖国的人来了，她竟然发动了家里的母亲、妹妹都来帮她做菜；我终于理解了，卢威会长为什么如此重视洛杉矶华文媒体对此次"美中华文文学论坛"的宣传报道,活动在他策划下,不仅在凤凰卫视及洛杉矶华语电台播出,他还亲自收集了刊载活动消息的《世界日报》《国际日报》《中国日报》《星岛日报》等多种报纸,并由黄宗之、张之元两位副会长为我们做成了一套完整的会议资料,弥足珍贵。

限于时间关系,我不可能了解太多,但我知道,在他们这群人当中,有写出诸多美文的著名女作家施玮,有写出了《永不放弃自己》等多部长篇小说的旅美作家汪洋,有写出了长篇小说《洛杉矶的中国女人》的刘加蓉,有早年成名于四川的写出了《相逢在黑暗尽头》等具有广泛影响短篇小说的刘俊民,更有写出了《阳光西海岸》《破茧》等为文坛广为关注的长篇小说的伉俪作家黄宗之、朱雪梅……

距离赴美参加"第二届美中华文文学论坛",已过去十余年矣,但愿远离故土、身在异乡的他们,灵魂不再漂泊,用手中的笔构筑起共同的精神家园。

后记

　　《生命的年轮》这部散文集中所收录的文章，主要得益于《大家》明全贤弟、《美文》穆涛兄之鼓励，让我于2021年分别在他俩主编的刊物上开了个人专栏："醉岁月"和"岁月有痕"。这才让我有了将专栏文章汇编起来的想法。

　　机缘巧合的是，2020年年底，一次《散文》创办四十年的活动，让我得以与百花文艺出版社的薛印胜社长相识。"百花"出散文，在国内有口皆碑。对于我这样一个在基层从事地方性写作的人而言，能够在百花推出自己的散文集，那是求之不得。

　　简单交流，便得到了薛社长的支持，他很快明确了责编王燕女士。之前，《散文海外版》就曾选用过我的散文习作，与王燕女士是熟识了的。薛社长将《生命的年轮》一书的出版事宜，交由王燕和我商谈，于是事情变得愉快而顺畅。

　　这是我以"刘香河"之名出版的第一部作品集。所选散文，除了在《大家》《美文》专栏中以"刘香河"之名刊发外，另有几则分别在《山东文学》《天涯》《中国作家》(纪实)等期刊刊发，亦是以"刘香河"之名刊发。

　　《生命的年轮》分三辑，第一辑是"年轮里"。年轮所蕴藏的信息密码，是丰富的。本辑所录几则散文，或写个人生命记忆，或写特定生存境况,对普通人的生命礼赞。个人的情感,世事的变迁,时代的印记,自然在笔端呈现。

第二辑是"醉岁月"。"醉岁月"主要是 2021 年我在《大家》开的个人专栏,书写的是活跃在民间颇具影响力的非遗传承人。他们陶醉在自己的岁月里,取一种民间视角、民间立场、民间态度。但,在我的笔下,"民间"更是一种生存状态,一种生存智慧。

"醉岁月"这组叙写特定地域民间风俗、风物、技艺的散文中,所涉及的不少"非遗"传承人,他们在自己所从事的领域皆为响当当的高手,令人们钦佩,让岁月生辉。

"非遗"是一座历史文化富矿,值得更多作家、专家去关注,去挖掘,去研究。我的叙写,连冰山一角都算不上。

第三辑是"岁有痕"。天空没有留下翅膀的痕迹,但我已经飞过。从泰戈尔的诗句中,我们体会到了"飞鸟无痕"之意韵。不仅如此,白驹过隙,流水无痕,又让我们感叹时光的流逝,生命的短暂。尤其像我这样步入花甲之人,感受似更为真切。

曾经的过往、曾经的遇见,于喧嚣与庸碌之中,似乎了无痕迹矣。非也,每个人的心底,皆有一群飞鸟,它们随时听从心灵的呼唤。

《美文》从 2021 年第二期开始,为我开设了"岁月有痕"专栏,文章所叙写的皆为当年我曾经有缘相识的文坛艺坛的"大咖"们。

这组小文,原本不在我近期写作计划之内。在一次文学活动上碰到了穆涛君,聊起了我二十四年前曾经相见的贾平凹先生。为佐证我所言不虚,随手从手机中调出当年与平凹先生的合影,以及平凹先生给我的题赠。这似乎让穆涛君既感意外，又饶有兴趣，当场鼓励我动笔写出来。

于是乎，尘封已久的记忆闸门打开矣。由贾平凹、陆文夫、汪曾祺、陈建功，而至洛夫、勒克莱齐奥，乃至阎肃、孟欣等，一批曾经与之交往过的文学艺术界名家，走到了我的笔下。

我所书写的这些名家，对于一个在基层从事地方性写作的人而言，原本需仰视才能见之。现在书写起来，倒也自然平和，内心滋生出些许亲近。当然，世事的变迁，岁月的印记，亦随之呈现。

这样的书写，是不是可以启发每一个普通人，去唤醒尘封心底的记忆，感受一下自己内心的"诗和远方"呢?!

业余为文三十余载，进入花甲之年，自己也还是有一些想法。于是，启用了一个全新笔名："刘香河"。如果我没记错的话，中国台湾作家许地山先生，曾因一篇散文《落花生》而给自己起了一个笔名"落华生"。

我的这个笔名"刘香河"，当然跟我写出的第一部长篇小说《香河》有关。实在说来，《香河》面世之后，还是产生了较为广泛的影响。多次被专家学者们研讨，人民文学出版社也推出了多个版本。小说曾在泰州电台以方言形式连续播出，被改编成同名电影之后，不仅入围第二十七届金鸡百花电影节，由国家广电总局数字电影管理中心面向全国农村公益性放映，多次在央视电影频道播出，而且入围温哥华国际电影节、开罗国际电影节、南非国际电影节等多个国际电影节，获得最佳导演、最佳摄影、最佳编剧等多项提名，并在俄罗斯外贝加尔湖国际电影节上获得最佳女主角奖。有一年，家乡多个电视台打出"大年初一看《香河》"之广告宣传，在大年初一播放电影《香河》，还真引发了不小的"香河热"。《香河》，无论是小说，还是电影，都在散发着其独特的魅力。

需要向读者诸君说明的是，我的这个笔名，并不仅仅是因为《香河》。诚如读者诸君所知，笔名后两个字为"香河"，而前两个字则为"刘香"。

"刘香"，这是我出生地的名字。换句话说，这是我真正的老家的名字，是我的血地！《香河》中的"香"字，最直接的是从村名中来。当然，进入文本之后，"香"字有了更为丰沛的内涵，自不必说。不仅如此，"刘香"在作为我老家地名之前，首先是个人名。他是我的祖上！听我父亲讲，我们这一支"刘"的老祖宗便是"刘香"。如此一来，我的新笔名，既认祖归宗，又与自己创作相关。

其实，明眼人一望便知，我的这一举动，是一个"切分"。将花甲之年之后的创作，与之前做一个切分，让以"瓜棚主人"为笔名的创作成为过去，让"刘香河"给自己一个全新的开始。

进入花甲之年的我，对"刘香河"充满期待。

是为后记。

刘香河
2021 年 9 月